替天行盜
卷4
長生秘訣
石章魚 著

生命對任何生物來說都是無比珍貴

只要有一線可能，沒有誰會甘心赴死

目錄

CONTENTS

第一章

赤焰追魂蜂

顏天心的表情瞬間變得無比嚴峻，
低聲道：「赤焰追魂蜂！」
她只是聽長輩提起過這種邪惡的生物，
卻從未親眼見過，看到眼前一幕，方才聯想起來，
那蓮蓬狀的物體原來是一個碩大的蜂巢。

地震是天象，而爆炸卻是人為，每個人都清楚兩者之間的區別。顏天心望著羅獵，如果羅獵的判斷無誤，那麼就是說還有人潛入了古墓，那座古墓就在他們的附近。

羅獵忽然想起了什麼，他叫上其餘三人合力將棺槨移動開來，目前唯一沒檢查過的就是棺材下方，果不出所料，棺材下方出現了一幅浮雕。

陸威霖重重拍了拍浮雕，下方並非是中空的聲音，當然，如果石板太厚，也無法從拍擊中回饋真實的狀況。在他看來，或許這幅浮雕和剛才他們進入的那道門是一樣的原理，低頭尋找破解方法之時，卻聽顏天心道：「這是一道圖形鎖，我能解開！」

圖形鎖類似於拼圖，唯有將正確的圖形拼湊而成才能解開機關，顏天心並沒有花費太久的時間就已經將圖形拼成，圖形完成之後卻是一幅金人狩獵圖，一人彎弓搭箭，一頭巨熊傲然而立。這樣的圖案極其常見，金人將這種圖案視為吉祥勇敢的象徵，出現於他們生活的每一個角落。

不過他們並沒來得及欣賞這幅浮雕，就聽到身後發出吱吱嘎嘎的聲音，藏於右側的隱形石門緩緩移動開來，在他們面前呈現出一個高寬各有一丈方形甬道。

阿諾興奮地連連搓手道：「我就知道，這裡面必有玄機。」

栓子手握彎刀走在隊伍的最前方，這柄彎刀還是他剛才從外面的骷髏身上取下的，禹神廟崩塌的時候，他們逃離得太過匆忙，武器多半沒有來得及帶出來，所有人中只有顏天心隨身帶著一把柯爾特袖珍手槍，其餘人的槍支全部被埋在了禹神廟內，羅獵身上倒是還帶著八柄飛刀，這和他最近刀不離身的習慣有關。

陸威霖盯著顏天心的手槍，目光中充滿了羡慕，這是柯爾特M一九〇六型，口徑六・三五毫米，彈夾容量不過區區六發，這是他們五人擁有的唯一火器，此時更顯得彌足珍貴。

羅獵提醒幾人儘量放輕腳步，剛才的兩次震動應該是爆炸，這座古墓之中很可能還有其他人在，在目前武器裝備嚴重不足的狀況下，還是儘量避免打草驚蛇。羅獵心中有個預感，這兩次的爆炸極有可能和羅行木有關，如果羅行木在這裡，就意味著麻雀也在附近。

通過這條甬道，他們就進入了另外一座古墓的內部，古墓前殿的墓門早已被毀，明眼人一看就知道這裡已經被盜過，顏天心皺了皺眉頭，心中怒火頓生，這些盜墓賊著實可惡，為了謀財，無所不用其極，竟然盜掘他們先人的墳墓。

陸威霖吸了吸鼻子，並沒有聞到硝煙的味道，憑他的經驗判斷，羅獵剛才所說的爆炸並不是發生在這裡。古墓內部空空蕩蕩，走過前殿，發現這裡的建築規模要比剛才他們最早進入的大上許多，由此也證明了顏天心剛才的判斷，剛才那間墓室，應當埋葬的是妾侍，這座古墓才是正主兒。

不過妾侍也罷，正主兒也罷，兩座古墓都被盜得空空如也，除了裡面的石雕和散亂的瓷器碎片，甚至看不到一個完整的殉葬品。

墓室前方有兩座詭異的石雕，乍看上去是兩隻蹲踞在那裡的猛獅，可仔細一看，那兩隻獅子卻生著人樣的面孔，羅獵心中暗奇，只知道埃及有獅身人面像，想不到蒼白山的金國古墓中也有，雖然規模小了不少，可是論到雕工之精美，表情之生動卻遠勝前者，左側的獅子相貌威武，方面大耳，不可一世，霸氣側露，右邊的那一尊雕像卻是長眉秀目，瓜子面龐，嫵媚妖嬈，應當是一雌一雄。

幾人嘖嘖稱奇的時候，羅獵留意到顏天心的表情卻充滿了惶恐，她用力咬了咬櫻唇，小聲道：「我來過這裡。」

幾人同時將目光投向顏天心。

顏天心道：「我五歲的時候，和小夥伴們在山寨後面的坡地玩耍，不小心掉入了一個掩埋在草地中的洞窟，結果滑落下去，等我甦醒之後發現自己已經在伸手不見五指的地下，幸好我帶著火摺子，在黑暗中摸索，可是並沒有找到出路，反而越走越深，最後來到了這裡……」她有些緊張地握緊了雙拳，這件事是她兒時的噩夢，當時她跌落的地方其實就是盜墓賊留下的一個盜洞，她摸索來到古墓之中，忍饑挨餓，在恐懼中苦捱了三天三夜，方才等到有人來救她。

羅獵道：「你確定是這裡？」顏天心能夠將十幾年前的事情記得如此清楚，可見她的記憶力也非常驚人，不過正常人在五歲的時候都有了記憶，墜入盜洞誤入古墓，對一個孩子來說只怕是終生難忘的經歷。

顏天心點了點頭，她用手電筒照亮右側石雕的側方，上面可以看到用木炭寫下的三個字──顏天心。她有些不好意思地說道：「當時我覺得自己必死無疑，若是以後化為一堆白骨，恐怕沒有人知道我是誰，於是我就在這裡寫了三個字，沒想到居然能夠故地重遊。」憶往思今，內心中難免感慨萬千。

羅獵笑道：「字寫得不錯！」他絕不是有意奉承，五歲的孩子能夠寫得那麼漂亮的一手書法實屬難得，通常這麼大的孩子甚至連自己的名字都不會寫，顏天心註定是個才女。

顏天心因他的這句話不由得笑了笑。

羅獵道：「你既然來過，看看這裡有什麼改變？」

顏天心道：「裡面有兩具棺槨。」

羅獵點了點頭，既然是墓室就會有棺槨，這沒什麼稀奇。

可是顏天心繼續道：「那兩具棺槨是豎著擺放的。」

羅獵這才提起了興趣，他曾經聽瞎子說過豎葬的學問，棺材豎放稱為點穴，三年尋龍，十年點穴，棺槨豎放多為點穴。一般都是皇家諸侯才採用這樣的葬法，此乃大吉。第二種可能卻是因為停屍期間發生屍變，棺醇銅角無法壓制，需堆砌石牢將其困住，豎葬防止屍體聚集靈氣。第三種可能是頭朝下倒葬的，因為埋葬之處是龍脈頭朝下吸收靈氣死後肉體生鱗，羽化為龍，造福後代。

這裡埋葬的是當年金國的頭面人物，明顯不是第二種，按照顏天心的描述，應該是棺槨頭朝下倒葬，屬於第三種，吸收靈氣，為了日後羽化成龍。

可是他們進入主墓室之後，卻發現兩具棺槨仍在，只不過擺放的位置和顏天心剛才描述的全然不同，出現在他們眼前的兩具棺槨如今都已經平放，而且都被打開。也就是說，在顏天心誤入墓室獲救之後，又有人進入其中盜墓，而這次棺槨也未能倖免。

陸威霖和阿諾兩人率先來到棺槨前看了看，棺槨內空空如也，連屍骨都不知去向，目睹如此情景，顏天心無法遏制心頭的憤怒，這座陵墓乃是金宣宗時期北院大王完顏伏虎的埋骨之所，完顏伏虎是金宣宗時期第一猛將，南征北戰為金國立下汗馬功勞，後來為權臣術虎高綺所害。直到術虎高綺被誅，方才得到平反，金宣宗追謚他為天鵬王，威德大將軍，可是已經為時太晚，金國的腐朽深入骨髓，再也無力挽回敗亡的命運，最終為蒙古人所滅。

可以說天鵬王完顏伏虎在女真族的心中擁有崇高的地位，是勇猛忠義的象徵，看到如此一位英雄人物，到死後居然落得屍骨無存的下場，身為後代子孫的顏天心又怎能不憤怒，怎能不難過？

墓室的頂部有一個盜洞，顏天心記得當年自己就是從這個盜洞進入了墓室。

羅獵望了望上方的盜洞，心中暗歎盜墓賊選位之精確，竟然可以打出一條直達墓室的盜洞。既然當年顏天心能夠從這個盜洞進入墓室，他們就可以經由這個盜洞離開。想起剛才的那兩次爆炸，羅獵心中難免奇怪，進入天鵬王的墓葬之後，就再也沒有聽到任何動靜，難道剛才是自己聽錯了？

陸威霖道：「沿著這條盜洞，咱們應該可以抵達連雲寨的後山。」

羅獵向顏天心道：「你還記得那時的路線嗎？」

顏天心搖了搖頭道：「就算我記得那條路線，我們也無法通過那條盜洞離開，我記得當初盜洞非常狹窄，我那時才五歲，身材瘦小，許多地方也是勉強通過。更何況，我被救出之後，我爹命令馬上將盜洞填上。」

幾人都明白了顏天心的意思，盜洞狹窄，以他們的身材不可能通過，即便是能夠通過也出不去，出口已經被封住。

阿諾道：「看來咱們只能折返回頭了。」

幾人的目光同時投向羅獵，明顯都在等待他的最終決斷，羅獵道：「你們有沒有感覺到這裡很熱？」

經羅獵提醒，所有人才注意到這件事，這裡的溫度比起剛才的墓室提升很多，更不用說暴風肆虐的室外。多半人認為這並不稀奇，畢竟墓室深入地下，厚厚的岩層和山土將寒冷的空氣隔絕在外。

顏天心幼時誤入古墓，當時在這裡又冷又餓，現在回想起來或許是當時太小內心恐懼的緣故，古墓內的溫度理應比室外要高上許多，否則當年她也捱不了三天三夜。

羅獵摸了摸牆壁，又摸了摸地面，雖然溫差很小，可是仍然沒有逃過他敏銳的感知力，他判斷出地下或許有熱源，阿諾學著他的樣子兩相對比了一下，卻沒有感覺到任何的不同，認為羅獵只不過是心理作用作祟。

羅獵緩步走向那兩具棺槨，棺槨用陰沉木製成，這是壽材中最為名貴的一種，遇火不染，遇水不腐。棺槨上並無多餘的紋飾，裡外都是平平整整，從中找不到任何可用的線索。

羅獵叫幾人幫忙將兩具棺槨移開，兩具棺槨下方都留下清晰的輪廓痕跡，這種現象並不稀奇，因為棺槨下面的部分被擋住，灰塵無法落在上面，所以在棺材和地面的接觸邊界會形成清晰的輪廓，羅獵移開棺槨的目的卻非如此，他想要尋找的是最早的輪廓。果不其然，在兩具棺槨長方形的輪廓痕跡內，可以看到兩個稍小一些的輪廓，因為新舊輪廓重合，所以看上去就像是兩個大大的目字，有如兩隻豎起的巨大眼睛。

羅獵的手貼在目字中間的方框內，這裡的溫度明顯比其他地方還要溫暖。

羅獵抽出一柄匕首，反過來用手柄敲擊青石地面，馬上判斷出輪廓內的聲音和外面有所不同，他找到石板裂縫，用匕首撬起邊緣，眾人合力將這塊石板掀開。石板下方卻嵌著一個鐵環，鐵環上扣著一條鐵鍊，下方有一個碗口粗細的孔洞，鐵鍊的下半部隱沒於孔洞之中。羅獵伸手拉了一下鐵鍊，感覺頗為沉重。

阿諾道：「我覺得有些邪乎，咱們還是別拉了。」

他的意見顯然沒有得到幾人的重視，羅獵幾人聯手拖動鐵鍊，約莫將鐵鍊拉出三米左右，突感腳下一震，似乎一物撞擊在他們的腳下。

幾人繼續向上托，已經無法拖動鐵鍊，沒過多久，鐵鍊開始緩緩轉動回縮，下方應當有一股反向牽拉的力量將鐵鍊緩緩收回，羅獵幾人試圖和這股力量對抗，很快就發現，他們就算聯手也無力抗衡，慌忙鬆開了雙手，全都撤向一旁。

被拖出來的鐵鍊一會兒功夫就全部被拖回了孔洞，連接鐵鍊的石板在地面上緩緩拖動，摩擦出轟隆隆的聲響，不一會兒功夫已經被拖回原位。

阿諾心底發毛，吞了口唾沫，暗忖這下方該不是藏著什麼怪物吧。

羅獵示意幾人退到牆角，突然之間那塊連接鐵鍊的石板崩裂開來，然後他們所在的地面石板在爆裂聲中，出現了一個個的裂縫。陸威霖驚呼道：「壞了，這裡要塌了，快退出去。」他還沒有來得及逃走，就聽到墓室的大門處傳來轟隆一聲巨響，卻是一塊巨石從天而降，把墓室的大門封住。

羅獵也沒想到自己的好奇心竟然捅了這麼大一個馬蜂窩，可現在後悔也已經晚了，他們腳下的地面幾乎在同時崩裂，幾人腳下一空，紛紛從墓室之中落了下去，和他們一起墜落的還有兩具棺槨。

陸威霖腳下的地面最早崩裂，他也是所有人中最早掉下去的一個，無論他膽色如何過人，這種突然失足的感覺也讓他內心中生出無盡恐懼，在他頭腦還未反應過來的時候，已經咚的一聲落入了溫暖的水流之中，陸威霖還沒有來得及慶幸，就看到黑乎乎的棺槨從上方砸落，嚇得陸威霖竭力向下方游去，棺槨砸在水面之上，雖然沒有直接砸中陸威霖的身體，可是水流產生的衝擊力，將陸威霖向水底推去，水底有磷光點點，借著微弱的磷光，陸威霖看到水底竟然寒芒閃爍，仔細一看下方卻是遍佈密密麻麻的長矛，發出寒光的正是朝上的矛尖，他此驚非同小可，慌忙踩水向上方游去。

陸威霖落水後，羅獵幾人也先後落入了水中，羅獵浮出水面，看到顏天心就在自己右前方，阿諾也在不遠處朝自己揮著手，陸威霖的腦袋也露出了水面，心中頓時安穩了許多，顏天心道：「栓子不通水性！」她說完就向水底游去，羅獵擔心她有所閃失，一邊脫去厚重的棉襖，一邊向水底游去，借著磷光他看到自己的正前方有一個身影正在緩慢向下墜落。與此同時，羅獵看到水底排列整整齊齊的長矛，原來這下方佈置了陷阱，如果沒有水的緩衝，他們只怕已被矛尖洞穿。

羅獵從身影中判斷出那人應當是栓子，栓子距離水底已經不到一米，只要他墜入水底，就算不被淹死，也要被那一排排林立的長矛扎死。羅獵迅速向栓子靠攏，從後方摟住栓子幫助他上浮，此時顏天心也游了過來，她也脫掉了臃腫的棉衣，這片水域溫度很高，入水之後並不感到寒冷，正因為如此，也為他們施救創造了便利條件。

羅獵從身後摟住栓子，此時栓子的足底已經碰上長矛，鋒利的矛尖頓時將他的足底刺破，栓子因為疼痛似乎恢復了知覺，猛然掙扎起來，羅獵竭力控制住栓子的身體，帶著他向上方浮去，顏天心過來幫忙，抓住栓子的一條手臂。

眾人帶著栓子浮上水面，一股強勁的水流拍打在他們的身上，將他們打得向下游漂去，耳邊傳來阿諾和陸威霖的大叫聲，兩人都已經爬到了岸邊，原來是提醒注意前方，羅獵轉臉望去，卻見距離他們五米左右的下游，露出了斜向上方呈四十五度角的大片矛頭，如果他們無法在漂到那裡之前上岸，就會像糖葫蘆一樣被長矛穿個透心涼。

死亡面前，誰也不敢怠慢，羅獵和顏天心帶著栓子竭力向岸邊游去，因為水流湍急，他們還要照顧栓子，難免行動會受到影響，阿諾和陸威霖緊張地在岸邊攥緊了雙拳，這種時候他們也幫不上忙，只有乾著急的份兒，陸威霖心中暗歎，如果萬一來不及，羅獵兩人唯有放棄栓子，方能保證自己活命。

羅獵和顏天心兩人並沒有想到放棄，他們拚命划水，終於在距離下游矛頭還有一米左右的地方爬到了岸邊，阿諾和陸威霖急忙迎上來，幫忙將栓子拖了上去，羅獵顧不上休息，開始為栓子做心肺復甦，他曾經在教會醫院做過義工，基本的急救知識懂得不少。

按壓了幾下胸部，正準備做人工呼吸的時候，栓子就睜開了雙眼，看到羅獵張開嘴巴正要親上來，嚇得栓子噗的一口渾水噴了出去，噴了羅獵一頭一臉，好不狼狽。

栓子捂住嘴巴，惶恐道：「你……你想幹什麼？」

包括顏天心在內的旁觀者都笑了起來，羅獵促狹地向栓子眨了眨眼睛：「不想幹什麼？就是看你長得好看，想親一口……」話沒說完，栓子已扭過頭去，哇哇吐出了幾大口黃水，他被羅獵的話給噁心到了。

陸威霖哈哈笑道：「羅獵啊羅獵，真看不出你還是個不愛紅妝愛武裝的主兒。」不過他暗自佩服羅獵在生死關頭的鎮定，換成自己說不定已放棄了栓子。

顏天心全身濕透，望著羅獵，美眸異常明亮，其實剛才救栓子的時候她也感到害怕，眼看著就要被水流推向那排長矛，內心緊張到了極點，正是羅獵的鎮定讓她堅持了下來，她將濕漉漉的長髮盤起，然後將隨身攜帶用來裝針的一根竹管兒插入髮髻之中，又從腰間鹿皮囊中取出手電筒，還好沒有進水，收納在其中的手槍也沒事，顏天心將手槍遞給了陸威霖，他們五人之中，陸威霖的槍法最好，將手槍交給他的目的是要讓他們有限的武裝發揮出最大的戰鬥力，同時也表現出對陸威霖這個新加入同伴的信任。陸威霖笑了笑，接過手槍，心中暗讚顏天心的大局觀。

羅獵坐在地上歇了一會兒，望著眼前奔騰洶湧的那條地下河，河水冒著熱氣，這條河或許和某處的溫泉相通，否則水溫不可能那麼高。他向顏天心要來了手電筒，擰亮之後光束投向上方，墓室的底部石板已經全部崩塌，從底部到現在的位置大約有七米，在底部的位置有十多個巨大的青銅齒輪相互傳動，齒輪在不停緩緩轉動。

羅獵手中的光束定格在其中的一個碗口大小的齒輪上，他忽然明白了墓室地面崩塌的原因，他們剛才從石板下方發現了鐵鍊，鐵鍊的另外一頭，應該連著這小小的齒輪，他們將鐵鍊拖拽到盡頭，齒輪剛好嵌入兩個巨大的齒輪之中，整個傳動系統得以完成，從而觸動了底部的機關，而墓室底部的石板大都有鐵鍊連結在下方，齒輪轉動，攪動鐵鍊，鐵鍊纏繞在上方鐵軸之上，強大的拖拽力讓石板產生了崩裂效應，進而讓整個墓室的底部崩塌，他們因此失足從上方落下。

其實按照設計者的初衷，下方佈滿矛尖朝上的長槍，只要有人從上方落下，就會被下方的槍林穿透身體，必死無疑。只是人算不如天算，或許設計者並沒有料到他精心設計的槍林會被水淹沒，因為水的浮力，羅獵等人方才逃過了被槍林洞穿的下場。

看懂了機關的原理，每個人都感到後怕，羅獵剛才的舉動實在太過冒險，如果不是機緣巧合，他們現在絕不可能坐在這裡談笑風生。

阿諾道：「這齒輪究竟是如何驅動的？」

羅獵道：「應該是水，水能載舟亦能覆舟，他設計這個墓穴的時候，應該沒有想到精心佈置的槍林會被水淹沒。」

陸威霖道：「時間能夠改變一切，經歷了那麼多年，什麼都能改變。」

羅獵道：「改變這裡的不僅僅是時間。」他想起剛才聽到了兩聲爆炸，或許正是那兩聲爆炸導致了地下河水流的變向，流到這裡，剛好將陷坑覆蓋，也挽救了他們的性命，正所謂福禍相依。

顏天心道：「我們現在最應該考慮的是如何離開這裡。」

阿諾道：「爬上去原路返回。」說完之後方才想起，他們墜落下來的時候，墓門已經被巨大的條石封住，現在想走回頭路已經沒有任何的可能。

羅獵的目光投向前方奔騰的溫泉河，擺在他們面前的無非是兩個選擇，逆流還是順流，順流而下不知去向何方，可是如果逆流而行，或許會遭到剛才爆炸的發生地，興許能夠找到溫泉的源頭。

陸威霖低聲道：「咱們還是舉手表決，到底是往上走還是往下走！」

栓子道：「我聽寨主的。」

陸威霖將目光投向顏天心，他原本也沒指望栓子能夠拿出什麼意見。顏天心卻將目光投向羅獵：「你說吧，我聽你的！」

羅獵頗有些受寵若驚，同時心裡還有那麼一點點的滿足，只要是人必然會有虛榮心，高傲冷漠的顏天心居然在人前公開表現出對自己的言聽計從，這是多大一份面子，羅獵高興過後又感到了顏天心在這件事上的小心機，她是在巧妙表達對自己的感謝，畢竟自己剛才奮不顧身地救了栓子，而且在目前的狀況下誰也不知道哪裡才是出路，給自己面子的同時，也把這份責任交給了自己。

陸威霖是個明白人，一行五人，栓子聽顏天心的，顏天心聽羅獵的，也就是說羅獵說什麼都是多數壓倒少數，還表決個屁！

阿諾卻沒有他那麼明白，搖頭晃腦地反對道：「千萬不要盲目崇拜，羅獵也不是一貫正確，如果不是他好奇拉那根鐵鍊，咱們也不會掉下來。」他剛才倒是反對來著，可是沒人理會。

羅獵笑道：「我也說不準。」他轉向顏天心道：「開天峰上有沒有溫泉？」

顏天心點了點頭道：「山上溫泉頗多，較大的就有五眼。」

「山下呢？」

顏天心想了想道：「沒有！」

「有無大的溪流？」

顏天心仍然搖了搖頭：「北麓沒有，南麓倒是溪流遍佈。」

羅獵徵求陸威霖兩人的意見道：「你們覺得應該往哪裡走？」

阿諾道：「你們中國人不是常說，水往低處流，人往高處走，我看咱們應該往上游走！」

陸威霖暗歎這老外國學知識的博大，點了點頭，顯然認同阿諾的意見。

顏天心也認為阿諾說得不錯，輕聲道：「有些道理。」

栓子也跟著點了點頭。

阿諾道：「既然大家都同意，咱們就逆流往上走。」

幾人統一了意見，決定逆流而行，顏天心卻留意到羅獵自始至終沒有發表意見，兩人落在了隊尾處，她小聲問道：「你好像沒說自己的意見啊？」

羅獵笑了笑道：「我的意見並不重要。」

顏天心道：「你想順流而下？」

羅獵道：「我真不知道往哪兒走，不過根據我的經驗判斷，大家都認為正確的時候，往往判斷會出現錯誤，因為真理通常掌握在少數人的手裡。」

顏天心呸了一聲道：「你剛才又不說！」

羅獵道：「這正是我的矛盾之處，如果我說了，你和栓子肯定站在我這邊，我這邊又成了多數，那麼阿諾就成為少數了。」

顏天心聽著他的歪理邪說，可是又拿不出反駁的理由，想想似乎還有些道理的樣子，禁不住笑了起來：「反正也沒什麼頭緒，走一步算一步吧。」**其實誰都沒有絕對的把握，能否脫困只能依靠運氣。**

羅獵朝顏天心看了一眼，剛才為了營救栓子，她和自己一樣都在水裡脫掉了棉衣，如今衣衫單薄，嬌軀曲線玲瓏，盡收眼底，顏天心覺察到了他的目光，雙手下意識地抱在胸前。

「你冷啊？」羅獵關切道。

顏天心道：「還好！」

羅獵歎了口氣道：「可惜我也沒有多餘的衣服給你。」

顏天心道：「其實你有些時候還是蠻有男子氣概的。」

羅獵聽到這句恭維，心中不由得一喜，追問道：「什麼時候？」

「不說話的時候！」顏天心冷冰冰懟了回去。

羅獵有種一張臉貼到冰牆上的感覺。

「看！好美啊！」阿諾在前方感歎道。

羅獵和顏天心舉目望去，前方出現了一個蓮蓬狀的物體，嵌在頭頂岩壁之上，宛如磨盤般大小，通體閃爍著藍色幽光，忽明忽暗，有若暗夜中的霓虹。幾人都不知道這是什麼，注目觀望之時，卻見從蓮蓬內飛出一隻美麗的生物，拇指般大小，通體透明，宛如細線構成的輪廓發出幽蘭色的光芒。

他們都從未見過這樣的生物，或許是獨特的地底環境，方才能夠孕育出這樣的生命。

所有人驚歎於這生物的美麗奇幻之時，羅獵卻從輪廓中看出這是一隻蜜蜂，作為蜜蜂牠的體型稱得上巨大了，阿諾伸出手去，想要觸摸這美麗的小生靈，羅獵慌忙提醒道：「小心！」

說話的時候那透明的小生物腹部突然亮起了紅光，紅光從牠的腹部傳導到牠的尾端，強調出尾部長達半寸的尖刺輪廓，然後這小生靈照著阿諾的右手毫不客氣地扎了下去，阿諾嚇得慌忙縮回手去，那小生靈撲了個空，關鍵時刻槍聲響起，卻是陸威霖及時射擊，子彈射中了那隻透明的蜜蜂，紅光四射，蜜蜂體內的漿液迸射到阿諾的身上，原本濕漉漉的外套竟然燃燒了起來。

阿諾嚇得慌忙將外套脫掉，扔入溫泉河中，棉襖沉了下去，火焰卻仍然在水面上燃燒。他嚇得滿頭都是冷汗，這是什麼怪東西？如果陸威霖晚一刻出槍，恐怕他已經被這東西螫中，或許整個人都要燃燒起來。

顏天心咬了咬櫻唇，俏臉的表情瞬間變得無比嚴峻，低聲道：「赤焰追魂蜂！」她只是聽長輩提起過這種邪惡的生物，卻從未親眼見過，看到眼前一幕，方才聯想起來，那蓮蓬狀的物體原來是一隻碩大的蜂巢。

此時栓子驚呼道：「看！」

其實就算栓子不說，他們也已經看到，前方傳來一陣嗡嗡聲響，成千上萬隻透明的赤炎追魂蜂飛出蜂巢，向他們的方向飛了過來，飛行途中，腹部已經開始變紅，猶如空中點亮了成千上萬只小燈泡，如此美麗的景致對他們來說卻是恐怖到了極致的景象，栓子掉頭就跑，在死亡的面前每個人都會有本能的反應。

羅獵第一個反應過來，他們的奔跑速度不可能甩開這群奪命殺人蜂，他靈機一動，大吼道：「跳到水裡！」他抓住顏天心的手，兩人向一旁的溫泉河奔去。

阿諾和陸威霖兩人也顧不上多想，沒命奔向河岸，一頭扎入河水之中。

栓子不會水，他的選擇只能是在岸上沒命奔跑，沒等他跑出多遠，那群赤炎追魂蜂就已經撲了上去，尖刺瘋狂地蟄在了栓子的臉上身上，被蟄到的地方，先是發紅透亮，繼而燃燒了起來，栓子發出痛不欲生的哀嚎，轉瞬之間，整個人全都被火焰包圍，他掙扎著慘叫著，沒命揮舞著手中的彎刀，試圖驅趕這些殺人蜂，可是根本無濟於事，很快就跌倒在地上，在地上翻滾著燃燒著。

顏天心還未沉入水面，看到眼前淒慘的一幕，頓時淚流滿面，因為她去了十字坡，老佟連累被殺，栓子僥倖逃過了那場劫難，剛才自己又和羅獵一起聯手將栓子從水中救起，可是沒想到栓子終究難逃一死。

一隻大手從水底伸了出來，扯住她的手臂將她拖入水面以下，是羅獵，對他們來說目前唯有水底暫時安全，身體的任何一個部分留在水面上都極其危險。

透過頭頂的水面可以看到一大片紅彤彤的火雲向下方籠罩而來，羅獵暗暗心驚，如果這些殺人蜂不怕水，那麼他們就全都完了。

那些赤焰追魂蜂看到水面下的獵物，一個個爭先恐後地向下方撲了上去，然而牠們美得炫目的身體並非上得天入得水的神物，遇水之後馬上發生了爆炸，爆炸後形成的火焰仍漂浮在水面上，前撲後繼，赤炎追魂蜂看到獵物似乎喪失了智商，剩下的只有瘋狂攻擊，牠們試圖突破水面，可惜身體一接觸到水面就炸得灰飛煙滅。

死去的追魂蜂在水面上留下大片的火焰，羅獵幾人誰都不敢露出水面，他們全力潛游，還好他們一直處在順流的狀態，這大大增加了他們逃離的速度。

阿諾就快憋不住氣了，他知道這樣下去就算不被殺人蜂螫死，自己也得活活憋死在水下，就在他決定冒險游上水面的時候，看到頭頂竟然漂浮著一口棺材，那口棺材正是從墓室中墜落的其中一個，倒扣在水面上，並沒有沉下去，阿諾欣喜萬分，他全力划水，來到棺材的下方，小心翼翼地從水面探出腦袋，棺材裡面果然有一些剩餘的空氣，吸上一口，神清氣爽，有種恍如隔世的感覺。

一顆腦袋從他的前方露了出來，嚇了阿諾一大跳，還以為自己活見鬼，黑暗之中又看不清楚，不過馬上響起陸威霖上氣不接下氣的聲音道：「憋死我了！」

羅獵卻沒有他們那樣的幸運，他已經處於即將窒息的狀態，看到頭頂仍然被大片的火光籠罩著，知道自己還沒有游出赤炎追魂蜂攻擊的範圍，心中暗歎，想不到自己還沒有找到麻雀，居然就窩囊地死在了古墓之中。

生死之間的煎熬只有身臨其境的人才會懂得，羅獵就快支持不下去的時候，一個曼妙的身影游到他的身邊，是顏天心，火光照亮了她充滿憂傷的俏臉，仍然沉浸在栓子死去悲傷中的她卻必須要儘快面對現實，她看到了苦苦支撐的羅獵，顏天心游了過去，捧住羅獵的面孔，然後湊了上去，失去血色的嘴唇吻上了羅獵的唇，將口中的空氣度入羅獵的嘴裡。

羅獵吸入了來自顏天心的這口氣，整個人恢復了不少的體力，他心中暗自奇怪，兩人幾乎同時入水，何以顏天心的氣息會如此悠長？顏天心牽著他的手向前方游去，她的左手中握著一支小小的竹管，正是她剛才用來束髮的那根，平時她用竹管藏針，關鍵時刻卻是這根竹管兒起到了決定生死的作用，她利用隨身攜帶的匕首削去竹管的底部，兩頭透空的竹管可以在不浮出水面的前提下換氣，然後再將口中的空氣度給羅獵。

如果沒有顏天心的幫助，羅獵就算再有毅力也不可能逃過這場危機。

頭頂的紅光漸漸黯淡，赤炎追魂蜂飛蛾撲火般的瘋狂攻擊導致了牠們的大片死亡，而羅獵和顏天心也已經游回了他們最初從墓室墜落的地方，下方矛頭林立，稍有不慎就會被矛頭刺傷，隨著他們向下游挺進，水深變淺，他們的身體和矛頭也變得越來越近，羅獵指了指岸邊，示意必須上岸，顏天心卻指了指前方，羅獵定睛望去，卻見前方槍林之中竟然有一個缺口，那缺口直徑大約一米，應該可以容納一個人的身體通過。

顏天心指了指自己又指了指羅獵，然後率先向缺口游去，羅獵無奈只能追隨她向那缺口中游去，如果在平靜的水池中，想要游入這個洞口並不難，可是現在是在流動的水中，必須要精確控制自己的身體。

顏天心率先通過了缺口，羅獵雖然謹慎調整自己的位置，通過缺口的時候，左腿仍然不慎被矛頭劃了一下，尖銳的矛頭在他腿上留下了一道寸許長度的血痕，鮮血從傷口中汩汩而出，流入水中即刻化為一片血霧。

阿諾和陸威霖兩人頂著這口棺材，還好棺材內的空氣暫時夠兩人呼吸，黑暗中陸威霖道：「那些殺人蜂好像已經死絕了，你去看看。」

阿諾哼了一聲道：「你怎麼不去？」

陸威霖給了一個簡單明確不作偽的答案：「我怕死！」

阿諾道：「我特媽更怕！」

於是兩人誰也沒出去，就這樣頂著棺材，在黑暗中靜靜守著彼此，過了好一會兒聽到陸威霖道：「空氣總有用盡的時候。」

阿諾歎了口氣道：「得過且過，多活一分鐘也好。」

多半人都明白這個道理，可是卻沒有他們這種真實的體驗，陸威霖沒說話，不是因為害怕，而是在默默給自己鼓勁。栓子的死實在是太過淒慘，目睹他死時的慘狀，陸威霖寧願被淹死也好過被那些殺人蜂活活燒死，他手中還有一把手槍，如果能夠在三種死法中選擇，他寧願選擇死在槍下，只是這把槍泡水之後不知道還能不能自如地射出子彈？

陸威霖想了很多，時間卻沒過去太久，空氣已經變得稀薄，棺材裡殘存的這點空氣已經不夠他們兩人支持太久的時間，陸威霖移動了一下身體，手槍不小心碰在棺材上，發出咚的一聲。

阿諾的內心頓時緊張起來，他第一個念頭就是陸威霖想要除掉自己，棺材內的空氣已不多，一個人總比兩個人活下去的機會更大，這個簡單道理誰都明白。陸威霖的聲音卻在此時響起：「你放心，我不會對同伴開槍。」他說完就放下棺材從水底游了出去，阿諾慶幸之餘又感到有些慚愧，看來自己誤解了陸威霖。

陸威霖確信頭頂沒有火焰，方才鼓足勇氣將腦袋露出了水面，睜開雙目，看到空中已沒有赤焰追魂蜂，那些赤焰追魂蜂前撲後繼地投入水中自尋死路，如今連一隻都沒有剩下，陸威霖這才放心大膽地吸了口氣，伸手拍了拍棺槨的外面。

阿諾聽到拍擊聲，也從水底游了出來，意識到他們終於逃過了一劫，阿諾激動地一把將陸威霖給抱住。

陸威霖笑著推開了他，四處張望道：「羅獵他們呢？」

羅獵的厄運還沒有完全過去，他和顏天心雖然通過了槍林中的缺口，可是身後一個閃爍著灰色鱗光的巨大陰影正在悄然尾隨著他們，羅獵意識到自己的左腿受了傷，他必須儘快上岸處理傷口，回頭觀望的時候，卻看到水中閃爍的灰色鱗光，定睛望去，那怪物卻陡然加快了速度，猶如一支離弦的利箭般向他衝來。

水波鼓蕩，顏天心也被暗流驚動，她轉身望去，美眸圓睜，本以為他們逃過了劫難，卻想不到一波未平一波又起，這古墓中竟然生長著那麼多的古怪生物。

羅獵深知以他和顏天心目前的速度，根本不可能在這怪物到來之前上岸，他左手用力向後擺動了一下，示意顏天心快走，然後抽出匕首，居然轉身向那頭怪獸迎了上去。

顏天心大吃一驚，羅獵在水中想要跟怪獸戰鬥無異於自尋死路，她馬上明白了羅獵的用意，羅獵應當是判斷出怪獸游動的速度過快，兩人無法逃脫牠的攻擊，所以才會做出這樣的選擇，期望犧牲他自己阻擋怪獸，從而給自己製造更多的逃生時間，顏天心心中又是感動又是難過，她並沒有絲毫猶豫，一轉身也向怪獸游了過去。

怪獸本來衝向羅獵，可是突然之間又多了一個目標，顏天心也從另外一個方向衝了過來，再凶惡的猛獸頭腦也比不上人類，很少有怪獸會懂得逐個擊破的道理，看到兩個獵物主動送上門來的時候，居然首先想到的是選擇，羅獵和顏天心相比較，怪獸更想捕獵的是後者，如果不是羅獵主動衝上來，牠首先攻擊的目標肯定是顏天心，因為牠依靠簡單的大腦判斷，顏天心應當比羅獵更好吃一些。而羅獵關鍵時刻的決定打亂了怪獸的計畫，於是這一根筋的怪獸有些淩亂了，左右為難，好不容易才調整目標準備幹掉羅獵，顏天心又不顧一切地衝了上來，拜託，你們人類也考慮一下怪獸的智商好不好？

眼看著就要正面相逢的羅獵和怪獸，怪獸居然將牛頭大小的腦袋突然一轉，放棄羅獵向顏天心衝去，羅獵望著擦身而過的這團鱗光，想都不想，揚起手中的匕首就狠狠扎了下去，匕首撞擊在怪獸的鱗甲上方，猛然停頓了一下，羅獵的手臂感到巨大的反震力，這怪獸的鱗甲極其堅韌，刀槍不入。

怪獸雖然沒有受傷，可是在身體被攻擊之後，又忘了自己眼前的目標顏天心，扭頭準備對付這個偷襲自己的傢伙。

羅獵此時已經看清了這水底的怪獸，牠身長近五米，頭顱碩大，周身佈滿鱗甲，四肢粗短，尾巴佔據了身體的絕大部分，看樣子是一隻蜥蜴。

這隻明顯擁有嚴重選擇障礙的蜥蜴，正想回身去報復羅獵時，顏天心揮動匕首刺在牠身體的另外一側，當然還是無用功，可蜥蜴的注意力再度被轉移了。

羅獵和顏天心你一下我一下的刺殺雖然沒能傷害蜥蜴分毫，可是蜥蜴偌大的腦袋已經被兩人撓癢癢一般的攻擊給弄暈了，他們為什麼不怕我？我到底應該先吃掉哪個？沒有比糾結更痛苦的事情。

頭大腦小的蜥蜴在水中痛苦的糾結著，羅獵和顏天心兩人卻從蜥蜴左搖右擺的腦袋上看出了端倪，敢情這蜥蜴是個傻子，優柔寡斷，猶豫不決，左右為難，選擇困難症。

蜥蜴的糾結給了羅獵兩人逃生的絕佳良機，此時他們已經靠近了岸邊，顏天心率先爬了上去，然後撿起一塊石頭砸在蜥蜴的身上，蜥蜴看到水中的目標只剩下一個，好不容易才重新鎖定唯一目標的時候，顏天心的這次攻擊又讓牠凌亂了，我應該先吃哪一個？

蜥蜴會猶豫，人卻不會，羅獵趁著這難得時機已經上了岸，他和顏天心心照不宣地彼此分開了七米左右的距離，他們都看出這是一隻內心搖擺不定的蜥蜴，必須要利用這種方式讓牠難以抉擇。

一旦上了岸，蜥蜴對他們的威脅就小了許多，羅獵抓起一顆拳頭大小的石塊照著水中開始發射，他投擲的威力遠遠超過顏天心，那隻蜥蜴原本還準備上岸繼續糾結，可是被羅獵連珠炮彈般的石塊砸得心亂如麻，單純如牠，何時見過那麼複雜的人類，蜥蜴決定放棄了，水中晃動了一下長長的尾巴，迅速向下游而去。

羅獵和顏天心兩人宛如經歷噩夢一場，此番的經歷卻是大起大落，原本以為兩人必死無疑，可沒想到居然遇到了一個腦筋不太好使的生物。由此可見，武力再強大，腦子不夠用也是個硬傷。而他們兩人在剛才表現出的無畏和不離不棄方才是他們雙雙逃出生天的根本，如果顏天心捨棄羅獵而逃，那麼羅獵必然成為蜥蜴攻擊的唯一目標，面對刀槍不入的巨蜥，羅獵很難有逃生的機會。

兩人舉目四望，發現周圍並無一隻赤焰追魂蜂的身影，河面上仍然火光閃爍，看來那些赤焰追魂蜂全都義無反顧地撲入水中犧牲了性命。顏天心讓羅獵坐下，幫他檢查了一下腿上的傷口，傷口並不算深，不過血仍未止住，顏天心取出金創藥幫他簡單處理了一下傷口。

此時聽到阿諾的呼喊聲，循聲望去，陸威霖和阿諾兩人沿著河岸走了過來。

羅獵揮了揮手，顏天心朝兩人的身後望了望，心中希望能夠看到栓子的身影，可她又明白這只不過是自己的奢望，栓子已經死在赤焰追魂蜂的圍攻下。

四人重新會合，只是彼此點了點頭，誰也沒心情多說話。阿諾從附近居然找到一些枯枝，羅獵掏出從不離身的打火機，將枯枝點燃，四人坐在火邊烘烤著身上的衣物。

顏天心不由得想起羅獵此前所說的話，**真理掌握在少數人的手裡**，如果他們一開始就往下游走，或許不會遇到那群殺人蜂。羅獵不僅擁有超強的分析和判斷能力，而且他的直覺和預感往往是正確的，更重要的是，他超人一等的運氣，幾次轉危為安，雖然智慧和勇氣起到了關鍵作用，但是運氣的因素真的無法忽視。

衣服烤乾了之後，陸威霖將自己的羊皮襖遞給了顏天心，他性情雖然冷漠，可並不代表不近人情，既然大家成為一個團隊就應當守望相助，顏天心畢竟是他們之中唯一的女性，男人理當照顧女人。

雖然自己也是衣衫輕薄，可阿諾還是分出了自己的夾襖給羅獵，羅獵沒有拒絕，這裡的溫度比起剛才墜落的地方已經有所減低，若是向下游走，說不定溫度還會持續降低，他和顏天心單薄的衣衫肯定無法支撐下去。

陸威霖細心擦槍的時候，羅獵已經站起身來，輕聲道：「總要走出去！」他的手錶因為進水已經停止了轉動，羅獵從手腕上摘下，塞入口袋中。

顏天心想起剛才水中的遭遇，仍然心有餘悸道：「我在天脈山這麼多年，從未見過這樣的生物！」

羅獵笑道：「那是因為你沒有我這樣的好奇心。」

顏天心道：「好奇心太重可不是什麼好事。」

羅獵呵呵笑了起來，今天如果不是他因為好奇拉動那根鐵鍊，那個懸掛於下方的齒輪也不會被嵌入傳動裝置之中，從而導致整個機關的運轉，更不會發生這一系列的事情，或許栓子也就不會死，想到這裡羅獵臉上的笑容倏然消失了。

顏天心卻似乎猜到了他的心事，小聲道：「**人命天註定，有些事情怪不得任何人。**」

羅獵詫異地看了她一眼，想不到顏天心居然看透了自己的想法。深深吸了一口氣道：「走吧，趁著那頭傻蜥蜴沒有回來找麻煩，咱們儘快離開這裡。」

蓬！爆炸聲從遠處傳來，幾人聽得清清楚楚，幾乎在同時都站了起來。

羅獵指了指下游的方向，爆炸聲來自那裡，除了他們之外，這古墓之下的黑暗世界中還有其他的訪客。

爆炸發生在距離羅獵他們三里開外的地方，剛才的爆炸炸毀了一堵冰牆，坍塌的冰岩倒在溫泉河之上，阻擋了水流，改變了河水原本的流向，洞窟前方，立著兩個身影，左側的老者白髮蒼蒼，粗大的辮子一直垂到腰間，此人正是羅行木，短短幾日他明顯又蒼老了許多，原本花白的頭髮和眉毛如今已經變成了純白，皮膚滿是皺褶，蒼白的皮膚上散落著許多黑色的斑點，他正在以驚人的速度變老，羅行木的呼吸低沉而緩慢，深邃的雙目透露出讓人不寒而慄的陰沉光芒。

一旁是體型魁梧的猿人，牠比羅行木高出一頭，右臂中夾著一名少女正是麻雀。猿人的右目裹著厚厚的白布，牠的這隻眼睛被羅獵用七寶避風塔符射瞎。

麻雀憤然道：「羅行木，你到底想幹什麼？」

羅行木冷冷望了麻雀一眼，目光垂落下去，盯住掌心中飛速轉動的指南針，蒼老而嘶啞的聲音道：「就是這裡，我不會記錯！」他的目光投向前方氣勢恢宏的巨大冰窟，回憶似乎在他的腦海中一點點復甦，雖然這裡的地勢因溫泉河的衝擊淘蝕不斷改變，可是他仍然找到了這座冰窟，沿著這裡走下去，就會找到當年所在的地方。

「這是什麼地方？」麻雀惶恐中帶著好奇。

羅行木沒有說話，他向前走了一步，身軀沿著傾斜的冰坡，向下方迅速滑去，猿人夾起麻雀跟隨羅行木的身後縱跳騰躍，向冰窟內行進。

羅行木抵達冰窟的底部，看到一條蜿蜒上行的冰階，一旁的冰岩上，用夏文刻著四個字——擅入者死！

羅行木望著那四個字居然眼眶有些發熱，看到這四個字的時候，他的記憶也在一點點開始復甦。

麻雀因為那四個字感到恐懼，抬頭看了看羅行木，卻看到他慘白的面孔之上，那雙眼睛內黑色的脈絡迅速滋生，轉瞬之間已經完全變成了黑色。

羅行木揮了揮手，猿人一鬆手，麻雀嬌呼一聲重重摔落在了堅硬的冰岩上，這猿人顯然不懂得何謂憐香惜玉。

羅行木走進那塊冰岩，伸出手去觸摸著最下方的死字，喃喃道：「我回來了……」

羅獵一行人很快就循聲找到了爆炸發生的地點，溫泉河將坍塌的冰岩一點點融化，隨著冰岩的融化，溫泉河的流域也在不斷地擴展，水流從炸開的冰窟中流了下去，在中途就凝結成冰，一會兒功夫，冰窟的下半部已經積滿了冰，而且在不斷地縮小。

陸威霖用力吸了吸鼻子，空氣裡仍然殘存著硝煙的味道，爆炸就是發生在這裡，從眼前的狀況看，爆破冰牆的人應該已經進入了冰窟之中。

顏天心意味深長道：「開弓沒有回頭箭。」其實是在提醒羅獵，如果他們進入冰窟，恐怕就無法再走回頭路，眼前的一切讓她感到從心底發冷，絕不僅僅是衣衫單薄的緣故。

羅獵點了點頭，微笑道：「你冷不冷？」雖然沒有正面回答顏天心的問題，卻已經給出了答案。羅獵決定繼續前行的一個很重要的原因就是麻雀，他有種預感，羅行木和麻雀就在附近，在藏兵洞內他眼睜睜看著羅行木將麻雀從自己的眼前帶走，這次決不能錯過營救她的機會。

陸威霖也猜到羅獵決定進入冰窟的用意，他之所以跟蹤羅獵一行來到天脈山，目的就是七寶避風塔符。既然羅獵說避風塔符在羅行木的手中，想必就在附近，陸威霖自然不會放過這個近在咫尺的機會。

顏天心並不認為這冰窟之中會有通往外界的道路，進入冰窟只會越走越深，從他們目前途經的路線來看，他們應當是一直往下走，和她最初想要儘快上山的念頭背道相馳，可是從羅獵篤定的眼神中已經知道他拿定了主意。

羅獵第一個進入冰窟，沿著傾斜的冰面像溜滑梯一樣滑落下去，顏天心雖然心中並不贊同這樣的冒險，可是仍然第二個跟了上去。

陸威霖向阿諾做了個邀請的手勢：「請！」

阿諾探頭探腦地朝裡面看了一眼，有些後怕道：「你說這裡面該不會還有殺人蜂吧？」

陸威霖笑了起來：「裡面有沒有我不知道，反正我知道外面有。」

阿諾聽他說完，毫不猶豫地鑽了進去。兩害相權，取其輕，對他來說這世上沒有比殺人蜂更加可怕的東西。

進入冰窟之後，和外面儼然是兩個截然不同的世界，猶如從春天瞬間過渡到冰冷刺骨的嚴冬，羅獵和顏天心雖然各自得到了一件友情贊助的皮襖，可是寒氣馬上就透過了他們單薄的衣衫。

陸威霖和阿諾兩人也好不到哪裡去，阿諾抱著膀子凍得牙關打戰，低聲道：「羅獵……這……這太……特馬冷了……」

羅獵做了個噤聲的手勢，目光落在一旁的冰岩上，卻見那冰岩之上刻著四個大字——擅入者死，內心不由得一寒。

顏天心下意識地用雙手掩住櫻唇，美眸之中流露出驚詫莫名的光芒，她伸手扯了扯羅獵的衣袖，然後緩緩搖了搖頭，提醒羅獵不要繼續向前。

羅獵道：「羅行木背上就是這四個字。」他舉步欲行，卻被顏天心一把抓住手臂，顏天心的內心頗為糾結，激烈交戰了一會兒，終於道：「這裡應當通往九幽秘境！」

羅獵此前就聽顏天心說起過九幽秘境的事情，本想問個究竟，可是顏天心卻總是迴避不談，可現在他們誤打誤撞居然找到了九幽秘境的入口。

羅獵道：「這裡面有什麼秘密？」

顏天心並沒有放開他的手臂，一臉凝重道：「據我所知，但凡踏入九幽秘境的人，沒有一個人能夠活著回去。」

阿諾聽她這樣說，不由得打起了退堂鼓。陸威霖不以為然道：「不入虎穴焉得虎子，既然來到這裡，沒理由不參觀一下回去。」他生性膽大，且從不信邪。

羅獵看了看顏天心，她的美眸中流露出前所未有的乞求，在這麼近的距離下，羅獵能夠清楚地感覺到她的恐懼，他和顏天心從凌天堡一路走來，途中經歷了無數凶險，顏天心始終表現出超人一等的鎮定和勇敢，很多時候甚至讓羅獵這個男子漢都深表佩服，可是此刻顏天心卻無意掩飾她的惶恐和不安。或許她的恐懼源自於兒時那場孤獨無助的經歷，或許是來自於族人的傳說，九幽秘境無疑已經成為顏天心內心中難以逾越的一道溝壑。

羅獵道：「阿諾，你和顏寨主留下斷後，我和威霖進去看看。」

顏天心自然明白羅獵的用意，歎了口氣道：「已經走到了這裡，也只能走下去了。」想不到剛才自己說開了沒有回頭箭，居然一語成讖。

阿諾雖心底發毛，可他寧願幾人一起走下去，也好過留在這裡等他們回來。

陸威霖看到四人達成了統一意見，率先向裡面走去，他們的衣衫過於單薄，只有不停運動才能夠產生熱量，讓他們不至於被凍僵。

繞過這塊巨大的冰岩，前方現出一大片冰稜群的奇觀，一根根的冰稜相互支撐，宛如玄冰森林，又如同一根根豎起的刀槍，寒光閃閃，陰氣逼人。阿諾用小碎步奔跑著，雙腿儘量抬高，讓全身盡可能通過這樣的奔跑方式熱起來，除了剛才的那四個字，至少在目前並沒有看到人為雕琢的痕跡，興許這裡只是一座深藏在古墓下的冰窟。

冰稜群的正中有一個三角形的冰洞，陸威霖第一個來到冰洞前方，向裡面望去，因為光線黯淡的緣故看不到頭。

顏天心此時從後面趕上，用手電筒照亮冰洞，可以看到對面有一個開口。

陸威霖示意顏天心將手電筒給他，他率先進入探路，快步通過這個冰洞，外面是一片廣闊冰面，陸威霖確信周圍並無異常，這才對這冰洞閃了兩下燈光。

羅獵幾人也迅速通過了冰洞和陸威霖會合。

可是很快一個問題就擺在了他們的面前，走過這片寬闊的冰面，前方出現了三個冰洞，這三個冰洞應當是通往三個不同的方向，如果他們選擇出錯，或許會距離目標越來越遠。

羅獵從陸威霖手中要來了手電筒，仔細觀察冰洞的地面，很快就發現左側洞口的地面上有一枚銅錢，他躬身將銅錢撿起，這是一枚神冊元寶，反轉元寶的背面，看到上方刻著琉雀這兩個字，羅獵抿了抿嘴唇，將這枚冰冷的銅錢握在掌心之中，毫無疑問，這枚銅錢正是麻雀隨身所戴的那一個，銅錢遺落於此並沒有太久的時間，由此能夠推斷，麻雀應該就在這座冰窟內部，羅行木理應也在這裡。

顏天心小聲道：「你認得？」

羅獵點了點頭道：「麻雀就在這裡。」他指了指左側的洞口。

陸威霖的唇角露出一絲笑意，對他而言此行還算順利，只要找到了羅行木就意味著可以奪回七寶避風塔符。

麻雀被猿人扛在肩頭，她的嘴巴被羅行木用破布封住，雙手也被反綁，剛才她故意將一枚銅錢丟在地上，可是細微的響動並沒有瞞過羅行木的耳朵，她也因此而觸怒了羅行木，從而招致了這樣的對待。

他們進入了中間的洞口，羅行木將那枚銅錢扔到了左側的洞口處，他知道麻雀這樣做的用意，直到現在這小妮子的心中都沒有放棄獲救的希望，她盼望有人能夠前來營救。

羅行木陰惻惻道：「沒有人會來救你，羅獵他早就死在黑虎嶺了。」

麻雀沒有悲傷，一雙美眸充滿憤怒地望著羅行木，她絕不相信羅獵會死，她始終認為羅獵有著不可思議的運氣，就算遇到任何的危險，他也能夠化險為夷。

羅行木非常厭惡麻雀此時的目光，伸手扯下她嘴裡的破布，麻雀清脆的聲音迴盪在冰洞之中：「你死他都不會死！」

羅行木呵呵笑了起來，然後揚起手來給了麻雀一個響亮的耳光，麻雀的面頰被他打得火辣辣的疼痛，她仍然倔強望著羅行木，毫不退讓，毫無懼色。

羅行木歎了口氣道：「跟你爹一樣，冥頑不化，你還年輕，為何要學你那個書呆子父親？只要你幫我破譯那些文字，我保證不會傷害你，還會送你離開，這樣你就能去找羅獵，跟他在一起，長相廝守，你覺得怎麼樣？」

麻雀因為羅行木的這番話居然有些臉紅，她意識到在自己的內心深處對羅行木的謊言是有所期待的，如果能夠離開這裡，如果能夠找到羅獵那該有多好，可是她又清楚地認識到，羅行木根本就在欺騙自己。

羅行木湊近麻雀耳邊：「你爹難道沒教過你？這個世界上只能依靠自己！」

麻雀道：「我爹告訴我，你是盜墓賊，盜竊國寶，賣給日本人，出賣國家利益，不知廉恥！」

羅行木不怒反笑：「你以為他是什麼好人，表面上道貌岸然，背地裡男盜女娼，一個偽君子罷了！」

羅獵越走越覺得不對，冰洞變得寬闊，前方空曠地面約有籃球場般大小，正中地面上躺著一個高大的身影，身穿金色甲冑，手握大劍，就連面部也被金色的面具籠罩，幾人吃了一驚，顏天心卻已經看到那人護心鏡上雕刻的天鵬王三個大字，這套甲冑應當屬於天鵬王，威德大將軍完顏伏虎，女真人的將領入殮之時往往會給遺體穿上一身的甲冑，因身分地位的不同，甲冑也分為金銀銅鐵，金甲乃是一等王侯和頂級武將方才能夠享受到的待遇。

羅獵也看到了天鵬王三個字，他心中難免有些奇怪，他們從天鵬王墓室內掉了下來，當時天鵬王的棺槨中並沒看到遺體，想不到遺體居然被轉移到了這裡。

阿諾道：「嚇了我一跳！我還以為是個活人呢。」他來到天鵬王的面前半蹲了下去，伸手拍了拍天鵬王的金盔，然後又摸了摸天鵬王的金甲，感歎道：「這身衣服得多少錢啊，真是奢侈。」目光落在天鵬王的胸前上，看到他頸部帶著一顆碩大的綠色寶石項鍊，心中難免一動，這麼大一顆寶石想必價值連城，阿諾見財起意，悄悄探出手去，想要將這條項鍊據為己有。

顏天心一直都在留意他的舉動，怒道：「你幹什麼？」

阿諾尷尬一笑：「沒……沒幹什麼……」他縮回手來，可是意想不到的事情發生了，原本躺在那裡一動不動的天鵬王竟然揚起右手，一把將阿諾的手抓住，他力量奇大，再加上他的手上也戴著金屬護套，捏得阿諾骨骸欲裂，阿諾情急之下，顧不上多想，揚起右拳照著天鵬王的面門就是狠狠一拳，卻忘記了天鵬王臉上帶著金屬面具，這一拳如同打在堅硬的鐵板上，痛得阿諾慘叫起來。

天鵬王已經緩緩坐了起來，羅獵看到阿諾被制，衝上前去幫忙，抬腳踢中了天鵬王的腦袋，咚的一聲，天鵬王碩大的頭顱微微晃動了一下，然後一揚手將阿諾推了出去，阿諾宛如稻草人一般被他扔了出來，羅獵躲閃不及被撞了個正著，兩人抱在一起同時翻滾著跌倒在冰面之上。

顏天心目瞪口呆，顯然被眼前的一幕震驚了，天鵬王完顏伏虎在他們族人的心中擁有著極其尊崇的位置，顏天心剛才呵斥阿諾，就是要阻止他對天鵬王不敬。不過顏天心只當是天鵬王的遺體被藏在這裡，卻沒有料到他居然會突然復活，這世上當真有人能夠起死回生？

陸威霖以驚人的速度掏出了手槍，瞄準天鵬王的左側眼窩射了一槍，天鵬王周身覆滿了甲冑，防護極其嚴密，最大的弱點應該就是他的雙眼，陸威霖認為只要子彈從眼部的孔洞中射入，那麼就能夠穿透對方的大腦，他是個無神論者，才不會相信什麼死而復生的鬼話。

天鵬王對危險有著超級敏感的意識，陸威霖開槍的同時，他的頭顱迅速低下，子彈擊中了他的頭盔，噹的一聲，火星四濺，子彈雖然沒能穿透頭盔，天鵬王的頭顱也因為被子彈的重擊而向後一仰，可是子彈卻並未阻止他前進的腳步，天鵬王猛然衝上前去，雙手舉起大劍，照著陸威霖的頭頂力劈而下。

第二章

天鵬王

羅獵拎起天鵬王的頭盔聞了聞，
一股腦油味道熏得他差點沒吐出來，
一揚手扔鐵餅一樣狠狠扔了出去，
頭盔撞在冰岩上然後又落在地上，
天鵬王撿起頭盔，重新戴在頭上，
大步流星追逐著這四名冒犯禁地的年輕人。

陸威霖想不到天鵬王身穿如此厚重的甲冑，行動居然還如此迅速，情急之下，他來了個懶驢打滾，雖然姿態不雅，可重在實用，天鵬王這一劍劈空，大劍劈斬在冰面之上，金屬和冰面的撞擊也是迸射出千萬點火星，他變招的速度極其驚人，一招落空，右腿向前跨出一步，左腳跟上狠狠踢中陸威霖的小腹，踢得陸威霖騰空飛起，然後又重重落在兩丈開外的冰面上，餘力沒有卸去，身體在冰面上繼續滑行三尺方才停下。

這一腳踢得陸威霖差點沒疼昏過去，手中的手槍也拿捏不住，掉落在地上。天鵬王身上穿的甲冑絕不是普通的黃金，應該是精鋼打造，外面鍍上了一層黃金，所以硬度奇高。

羅獵看到陸威霖遇險，從腰間抽出一柄飛刀向天鵬王射去，雖明知飛刀不可能穿透天鵬王的甲冑，可是至少能夠吸引他的注意力，給同伴創造逃生的機會。

飛刀射中天鵬王的頸部，被護頸擋住，天鵬王身軀一震，停下了腳步，然後緩緩轉過身來，羅獵大吼道：「逃！」眼前的天鵬王無論攻擊還是防守已經超出了正常人的能力範圍。

四人同時逃向不同的方向，面對戰鬥力近乎變態的天鵬王，他們明白就算一擁而上也不是對手，所以剩下的唯一選擇就是儘快逃命。

天鵬王向羅獵追逐而去，他的步幅很大，開始的時候頻率算不上快，可是越來越快。面對這變態的怪物，羅獵也不敢正面迎擊，射出飛刀之後馬上就逃，天鵬王的步幅很重，每次落腳總會引起冰面震動。羅獵從他的腳步聲感覺到他距離自己越來越近，他大吼道：「逃！」是在提醒同伴趁著天鵬王將目標鎖定在自己身上的時候儘快逃離這是非之地。

天鵬王向前跨出一步，伸直右臂，手中長劍直刺羅獵後心。羅獵大吼一聲，從地上騰空而起，利用全力奔跑的速度，他的雙腳攀上了牆面，然後一個倒空翻，從天鵬王的頭頂翻過，天鵬王這一劍落空，大劍全力刺在前方冰岩之上，因為他的力量過大，鋒利的劍身刺入堅硬的冰岩直至末柄。

羅獵從天鵬王頭頂翻過之時，探出手去，趁機一把抓住他的頭盔，將天鵬王的頭盔硬生生從頭頂扯落。

天鵬王滿頭蒼白的長髮四散紛飛，他發出一聲低沉的暴吼，用盡全力將大劍抽出，旋即反向橫掃。

羅獵於空中用頭盔擋住了天鵬王的這一擊，雙臂劇震，虎口都被這股大力震裂，身體借著天鵬王橫掃之力退到了安全的地方，他雖然摘下了天鵬王的頭盔，卻沒有摘去他的面具，雙耳久久回響著剛才的那次撞擊聲。

顏天心從冰面上撿起了手槍，裡面還有四顆子彈，陸威霖看到羅獵成功脫困，大叫道：「跑，快跑！」

幾人向剛才進入的冰洞跑了出去，羅獵自然落在最後，天鵬王舉步追逐的時候，顏天心揚起手槍朝他連續開了兩槍，兩槍全都射在天鵬王的胸口，雖然打得天鵬王身軀踉蹌，子彈卻無法穿透胸甲對他造成致命傷害。

羅獵拎起天鵬王的頭盔居然聞了聞，一股常年沒有洗頭的腦油味道熏得他差點沒吐出來，一揚手扔鐵餅一樣狠狠扔了出去，頭盔撞在冰岩上然後又落在地上，嘰哩咕嚕地滾落在地面上，天鵬王低頭撿起頭盔，重新戴在頭上，這才大步流星追逐著這四名冒犯禁地的年輕人，散落在頭盔外的白色長髮因為狂奔而向後方飄揚起來，長髮飄飄，看起來倒也瀟灑飄逸。

顏天心和羅獵兩人一前一後狂奔著，最早逃離的阿諾和陸威霖兩人已經逃出了這個冰洞，兩人想都不想就跑進了中間的那個冰洞。

顏天心和羅獵則轉而逃入右側的冰洞，幾人全都是慌不擇路，誰也沒留意到大家已經分開，顏天心氣喘吁吁道：「羅獵……」

羅獵在身後應了一聲，顏天心這才稍稍安下心來，可是腳步卻不敢有絲毫的停頓，因為她聽到身後又傳來沉重的腳步聲，天鵬王將目標鎖定在他們身上，跟在後方緊追不捨。

前方現出一道向上的通路，通路盡頭冰柱叢生，羅獵提醒顏天心，兩人沿著冰坡向上，顏天心關上手電筒，牽住羅獵的手躡手躡腳進入冰柱群中。

沉重的腳步聲越來越近，天鵬王隨後來到了下方，身上的寶石發出淡綠色的光暈，照亮周圍的環境，天鵬王並未留意到這斜坡，一路向前方奔去，羅獵和顏天心慶幸不已，希望和天鵬王就此錯過，再不相見。

顏天心小聲道：「是人是鬼？」

羅獵附在她耳邊小聲道：「哪有什麼鬼？一定是人假扮。」

「你怎麼知道？」

羅獵呼了口氣道：「頭盔裡一股腦油味差點沒把我熏暈，這孫子至少十年沒洗過頭了。」

顏天心差點沒笑出聲來，慌忙掩住嘴唇，雖然面臨如此險境，可是有羅獵在她身邊，居然沒有感到任何害怕，反而覺得趣味橫生。

羅獵相信自己的判斷，屍體的味道和活人的味道應該全然不同，他剛才搶下頭盔的時候特地聞了聞，那股腦油味道雖然難聞，可是絕對是活人才能擁有。他敢斷定天鵬王是活人假扮，沒有人可以起死回生，更不會有人能夠存活千年。

此時顏天心突然抓住了他的手臂，下方綠光朦朧，卻是那天鵬王去而復返，他抬起頭，金色面具閃爍著深沉的反光，雖然看不清他的雙眼，卻知道，他已經發現了上方的這片冰柱群。

羅獵和顏天心悄悄站起身來，慢慢向冰柱群深處撤退。

陸威霖和阿諾兩人沿著冰洞跑了足足兩里路，方才停下了腳步，兩人都累得夠嗆，躬下腰去扶著膝蓋急劇喘息著。阿諾拍了拍陸威霖的肩膀，喘息道：「好像那怪物沒有跟過來。」

陸威霖心有餘悸地回頭向後方看了一眼，確信天鵬王沒有跟上來，這才稍稍放下心來，冰洞幽深，不過越走越是寬闊，冰岩之上泛起淡藍色的螢光，借著螢光，依稀能夠看清周圍的環境。

阿諾徵求他的意見道：「咱們是繼續向裡，還是在這裡原地等候？」

陸威霖道：「先等著，羅獵他們兩個不知有沒有逃出來？」他摸了摸身上，身上空空如也，已經沒有了任何武器。

阿諾也是彈盡糧絕，如果現在天鵬王跟上來，他們只能徒手相搏了，見識過天鵬王變態的武力，兩人都明白徒手相搏就只有送死的份兒。

陸威霖靠在冰岩上，阿諾挨在他身邊靠著，兩人貼緊一些至少能夠抵禦寒冷，阿諾低聲道：「那怪物是人是鬼？」

陸威霖過去一直是個無神論者，可剛才眼前的一切卻讓他對自己的信念產生了懷疑，正常人類怎會擁有如此強悍的戰鬥力？別的不說，單單是那身沉重的金甲穿在身上，換成自己恐怕連走路都困難，又怎能做到行動自如，奔跑如風。

陸威霖沒有回答阿諾的問題，低頭思考的時候，腦袋被摸了一下，他不耐煩地說道：「別鬧！」可沒成想說完之後，腦袋又被重重拍了一下，陸威霖不禁大怒，阿諾這小子膽子越來越大，更讓他生氣的是，這廝根本不分場合，猛然轉過頭去，怒視阿諾，卻看到一張碩大的醜怪面孔倒掛在自己的面前，這根本就不是一張人類的面孔，猿人呲牙咧嘴，一隻獨目惡狠狠盯住陸威霖。

阿諾聽到陸威霖的怒吼，莫名其妙地轉過頭來，看到一個長滿棕色長毛的後腦勺，幾乎在同時，阿諾和陸威霖爆發出一聲驚恐的大叫，然後他們兩人又同時反應了過來，轉身就逃。

猿人因兩人的大叫，也誇張地張大了嘴巴，大手抓住兩人的衣領，用力一扯，將兩人的身體重重撞在了一起。

陸威霖和阿諾同時摔倒在地上，猿人滿臉獰笑，從上方冰岩上凌空翻轉下來，雙足在地上一頓，倏然騰躍到半空之中，一雙長臂高高舉起，大手照著陸威霖的腦袋砸了過去。

陸威霖生死關頭將懶驢打滾運用得純熟，身體在地上滾了數圈，猿人的攻擊落空，砸在冰面之上，發出蓬的一聲巨響，冰屑四處紛飛。

阿諾還未來得及從地上爬起，抬頭正看到猿人碩大的屁股在自己面前晃蕩，一時間鼓起勇氣，揚起右掌照著猿人兩個大屁股之間狠狠捅了過去。阿諾在關鍵時刻的出手還是夠狠夠準，這次的捅擊，正中猿人最為脆弱的部位，痛得猿人哀嚎一聲，原地蹦起足有一丈，大手捂住屁股，等牠意識到是剛才躺在地上的阿諾對自己下了黑手之後，所有的憤怒都集中在阿諾的身上，抬起大腳向阿諾踏去。

阿諾一骨碌爬起來，轉身就逃向洞外。

陸威霖看到阿諾遇險，從地上抓起冰塊照著猿人後腦勺就是一記，那猿人如同後腦勺長了眼一樣，大長臂向後一抓，已將冰塊抄在手中，然後瞄準了阿諾的後心扔了出去。牠的力量極其強大，冰塊在牠的投擲下宛如被強弓勁弩激射而出，砸得奔跑中的阿諾一個踉蹌趴倒在地，身體又因慣性向前方滑出老遠。

猿人衝上去，一把將阿諾拎起，然後照著他的小腹就是狠狠兩拳，打得阿諾小腹劇痛，眼前一黑，金星亂冒。陸威霖抱起一個冰塊朝猿人的背後奔來，意圖從後面偷襲牠的腦袋，冰塊剛剛舉過頭頂，猿人就猛然回過頭來，一拳砸在冰塊之上，將冰塊砸得四分五裂，劈哩啪啦掉在了陸威霖的腦袋上。

陸威霖雙手空空望著那猿人，滿臉愕然旋即又變成了訕訕的笑容：「不好意思，認錯人了……啊！」猿人碩大的拳頭已經重重擊在他的小腹之上。

天鵬王腳步沉重，手中大劍拖在身後，劍鋒在冰岩上劃出一道長長的痕跡，摩擦出讓人心底發毛的聲響。

羅獵和顏天心分別躲在一座冰柱的後面，羅獵掌心中扣著飛刀，準備隨時出擊，天鵬王已經來到了他的身邊，羅獵後背緊貼冰柱，躡手躡腳沿著冰柱移動，天鵬王霍然轉過臉來，羅獵嚇得屏住呼吸。

天鵬王的那張黃金面具近在咫尺，眼部的黑洞黯淡無光，羅獵以為他看到了自己，正準備出手的時候，卻見天鵬王又將頭轉了回去，這才知道他並沒有看到自己，近在咫尺，視而不見，證明天鵬王的眼睛有問題，羅獵心中暗自慶幸，自己的運氣果然不錯。

天鵬王繼續向前方走去，羅獵向對側的顏天心比劃了一下，然後捂住鼻子指了指自己，意思是讓顏天心屏住呼吸，天鵬王竟然是個瞎子，這一發現讓羅獵喜出望外。

顏天心點了點頭，她正準備按照羅獵說的去做，可是看到天鵬王經過羅獵藏身的那根冰柱之後，突然揚起了大劍，然後照著那根冰柱反向斬了過去，顏天心驚呼道：「小心！」

羅獵經她提醒方才知道危機來臨，慌忙向前方逃去，他剛剛逃離，天鵬王手中的大劍就已經將冰柱攔腰斬斷，轟隆一聲，冰柱倒地，碎裂的冰塊散落一地，天鵬王極其狡詐，居然故意裝成瞎子來混淆視線，讓羅獵都出現了判斷失誤，如果不是顏天心及時提醒，他險些被天鵬王暗算。

顏天心看到羅獵遇險，揚起手槍照著天鵬王的後心又是一槍，天鵬王的身軀震動了一下，子彈仍然無法穿透他這身堅韌的甲冑，顏天心暗自心驚，她槍裡的子彈現在只剩下了一發。

羅獵抓起地上的冰塊輪番投擲，砸在天鵬王的身上叮叮咚咚聽起來極其熱鬧，可是這樣的攻擊並不能造成真正的傷害。天鵬王依然邁著大步向羅獵不斷逼近，將他逼入了前方的死角。

羅獵撚起一枚飛刀，望著天鵬王面具上的眼睛部分的黑洞，或許唯有將飛刀射入他的眼中，才能夠對他造成真正的傷害。

顏天心站在天鵬王的身後，怒斥道：「喂！停下！不然我就開槍了！」她說這番話的真正用意在於吸引天鵬王的注意力，從而給羅獵創造脫困的機會，可惜天鵬王並沒有理會她，子彈的威力他已經領教過，根本不可能對他構成傷害。

羅獵內心變得無比凝重，成敗在此一舉，如果不能成功射傷天鵬王，那麼自己今天恐怕很難過這一關，就在他準備射出飛刀的時候，突然感到頭頂有冰屑落下，羅獵不敢抬頭，目光仍然盯住步步緊逼的天鵬王，看來頭頂又有敵人到來。

顏天心在後方卻看得清清楚楚，羅獵身後的冰岩之上出現了一個銀光閃閃的怪物。那怪物頭顱碩大，有若牛頭，身軀狹長，四肢粗短，正是他們兩人在溫泉河中遇到的大蜥蜴，本以為這蜥蜴已順水游走，想不到牠居然一路追蹤至此，蜥蜴一雙暗藍色的大圓眼朝顏天心眨了眨，顏天心頭皮發麻，看來這怪物是衝著自己來的，不過那蜥蜴的注意力很快就被渾身上下金燦燦的天鵬王吸引，雙腿向後一蹬，然後從冰岩之上一個餓虎撲食，越過羅獵的頭頂，直奔天鵬王而去。

通常來說過於鮮亮顯眼的裝備總是容易引起注意，可木秀於林風必摧之，天鵬王一身明晃晃、亮晶晶、黃燦燦的盔甲成功將蜥蜴的全部注意力都吸引到了他的身上，於是這頭巨蜥就義無反顧地撲向了他。

天鵬王聽到頭頂的動靜，抬頭望去，想要躲避已經晚了，被巨蜥撲了個正著，仰首跌倒在冰岩之上，盔甲撞擊在堅硬的冰面上發出驚天動地的巨響。巨蜥張開大嘴，照著天鵬王的腦袋咬了下去，天鵬王左手撐住巨蜥的脖子，右手大劍從側方向巨蜥的腹部狠狠刺去。大劍刺在巨蜥的身體之上，劍鋒抵出一個凹窩，可是被堅韌的鱗甲阻擋，再也無法前進分毫。

巨蜥猛一甩頭，竟然咬住了天鵬王左側的肩甲，強大的咬合力意圖將天鵬王的左肩撕裂，天鵬王的這身甲冑防禦性也是極強，巨蜥全力咬合之下也只是在肩甲上留下一排淺淺的凹窩。

羅獵驚出了一身冷汗，如果不是巨蜥出現，自己恐怕難以抵擋天鵬王的正面攻擊，他貼著冰岩小心移動開來，顏天心仍然在遠處等著他。

羅獵不敢大步逃離，生怕產生的動靜引起巨蜥的注意。

巨蜥和天鵬王貼身纏鬥，一時間相持不下，羅獵眼看就要離開戰圈，倏然一條銀灰色的長尾從上方抽打下來，嚇得羅獵慌忙後撤，巨蜥的長尾抽在冰岩之上，將冰岩打出一道深深的凹痕，冰屑四散飛起，羅獵暗自吸了一口冷氣，如果這一擊抽打在自己身上，免不了要骨斷筋折。

顏天心也被嚇了一跳，不由自主向前走了一步，羅獵擺了擺手示意她千萬不要靠近，抬腳想要跨越蜥蜴的長尾，此時蜥蜴的尾巴又翹了起來，迴旋向羅獵腰間掃去，羅獵身軀後仰，背部幾乎平貼冰面，眼看著那條強有力的長尾從自己的鼻尖掠過。

其實巨蜥此時的注意力完全集中在天鵬王的身上，兩次差點擊中羅獵的攻擊根本就是無意識的行為。羅獵心中暗歎，得虧我腰力不錯，否則肯定躲不過去這次橫掃，他不敢停留，身軀慢慢直立起來，繼續向遠處逃離。

天鵬王終究在力量上無法和巨蜥相比，被巨蜥死死壓在身下，幾經努力始終無法翻身，他的左手已經開始顫抖，明顯無法抵住巨蜥強大的壓力，巨蜥張開大嘴，意圖將天鵬王的腦袋吞入口中。

巨蜥已逐漸佔據上風，眼看天鵬王就要落敗，一道金色的光芒出現於冰岩的上方。顏天心首先注意到了這一變化，冰岩之上竟然又出現了一名金盔金甲的武士。那武士的身材比起天鵬王要苗條許多，甲冑極其合體，從身形看應當是一個女人，她也和天鵬王一樣戴著面具，所以無法從容貌上判斷出她的真實性別。

羅獵此時已經成功逃到顏天心的身邊，忍不住回頭看了一眼，卻見那金甲武士從冰岩之上魚躍而下，手中大斧照著巨蜥的尾部砍去，羅獵和顏天心同樣感到吃驚，那金甲武士甲冑的造型來看應當是女人，不然胸部不會搞出兩塊那麼誇張的圓錐形胸甲，女人用斧本就不多見，可是她不但用，而且用的是大斧，程咬金那種宣花大斧，沒有過人的膂力又怎能使用這樣的武器？

大斧正中蜥蜴的尾部，竟然將巨蜥的尾巴從根部斬斷，原來蜥蜴的尾部才是牠身體最弱的一環，藍色的血液從蜥蜴尾部的殘端流淌出來。巨蜥負痛，猛然扭轉身軀，碩大的頭顱狠狠撞擊在金甲武士的身上，金甲武士被他撞中前胸，身體向後橫飛出去，後背重重撞在冰岩之上，大斧也從手中丟了出去。不過她極其強橫，馬上就從地上爬起。

天鵬王趁著同伴製造的絕佳時機從巨蜥的身下翻滾出來，揚起手中大劍，照著蜥蜴尾部的傷口刺去，這巨蜥雖然周身鱗甲防禦力極強，可是並不意味著牠刀槍不入，沒有任何的缺陷。蜥蜴類的生物尾巴大都可以再生，這也是牠們遇到危險的時候，棄卒保帥，用來保住生命的王牌。或許正是這個原因，牠的尾巴也就成為周身防禦力最弱的一環。

金甲武士揮斧斬斷蜥蜴的長尾，幾乎截去了牠一半的身長，蜥蜴少了那麼長一根大尾巴，疼痛自不必說，而且牠的行動受到嚴重影響，重新找回平衡需要一定的時間，這嚴重拖慢了牠的速度。

蜥蜴痛得扭過頭來，一口咬住天鵬王的頭盔。

剛剛跌倒的金甲武士似乎並沒有受傷，她撿起地上的大斧，反轉斧刃，以大斧背部重擊在巨蜥腦門之上，雖然大斧無法砸碎蜥蜴堅硬的腦殼，也將蜥蜴砸得天旋地轉。巨蜥一甩頭，將天鵬王的頭盔扔到了地上，然後一腳踩扁。

天鵬王利用這難得的時機，手中大劍繼續挺進，直至末柄，蜥蜴發出一聲古怪的嘶叫，對死亡的恐懼讓牠不敢繼續逗留，後腿蹬地，身軀向右側竄去，那柄巨劍從牠的身體內迅速抽離，地面上留下一連串藍色的血跡。

亡命逃離的不僅僅是巨蜥，還有羅獵和顏天心，雖然天鵬王和金甲武士聯手打怪相當精彩，可是他們也不敢多看，現在不逃更待何時。

羅獵和顏天心已經是拿生命在奔跑，因為跑得越快，生存的機率就越大，可是他們很快就聽到了身後急促而沉重的腳步聲，這聲音不屬於人類，那頭巨蜥從後面追趕上來。

羅獵暗暗叫苦，沒想到巨蜥這麼輕鬆就幹掉了天鵬王和他的同伴，現在開始捕食他們來了，危險面前顏天心驚呼道：「你快逃，我擋住牠……」話沒說完，已經被羅獵轉身抱住緊貼在冰洞的邊緣，面對全速奔跑的巨蜥，他們根本不可能正面抵擋，就算被蜥蜴正面撞擊，恐怕也會骨斷筋折，所以唯有選擇躲避，否則巨蜥的腳掌就能夠將他們兩人活活踩死。

巨蜥彷彿沒看到兩人似的，和他們擦身而過，羅獵這才發現巨蜥的尾巴已經斷了，巨蜥雖然逃走，可是危險卻並沒解除，天鵬王和金甲武士一前一後追逐而來，兩人雖成功擊敗巨蜥，可是也都受了傷，剛才的搏鬥之中，天鵬王的頭盔面具全都脫落，暴露出了他本來的面貌。

羅獵歎了口氣，抓起顏天心的纖手，兩人踩著地上巨蜥留下的斑斑點點血跡繼續狂奔。

兩人逃到冰洞外面，聽到頭頂風聲颯然，卻是天鵬王凌空七百二十度旋轉掠過兩人頭頂，阻擋住他們的去路。

天鵬王頭盔被巨蜥踩扁，面具也不知何時失落，凌亂的白髮披散在肩頭，他緩緩轉過身來，手中大劍指向羅獵，真實的面目暴露於兩人面前。

顏天心望著天鵬王那張佈滿滄桑的面孔，美眸之中卻流露出不可思議的神情，驚呼道：「爺爺，怎麼是你？」她無論如何都想不到，這身穿盔甲被她誤認為是完顏伏虎的天鵬王，竟是她的爺爺假扮，可是她的爺爺顏闊海卻於十年前失蹤，所有人都說顏闊海早已死了，卻想不到他仍然活在這個世界上，而且就藏身在天脈山下的冰窟之中。

顏闊海混濁的雙目漠然無情，顏天心的這聲呼喊並沒有讓他產生半點的反應，竟似完全不認得自己的孫女了。

羅獵看出情況不對，低聲提醒顏天心道：「他神志不清！」羅獵本來就不相信死去多年的天鵬王還擁有如此強大的攻擊力，推測到天鵬王應該是有人假扮，現在顏天心道明了天鵬王的真正身分，也證明他的判斷沒錯。

羅獵留意到天鵬王的面部已失去了防護，心中暗喜，現在他的飛刀應該可以派上用場，他記得顏天心的手槍裡還應該有一顆子彈。兩人合力除掉天鵬王應該不難，只是天鵬王如果真是顏天心的爺爺，那麼顏天心又怎麼可能對他下殺手？

顏闊海手握大劍一步步向他們逼近，身後金甲武士也已經趕到，從後方攔住他們的退路。

羅獵向顏天心道：「你只有一顆子彈！」他知道顏天心面臨抉擇，並沒有給她施加壓力，說話同時已率先出手，一柄飛刀射向顏闊海的左目。並非是因為他不講人情，而是在這種時候，心中的任何仁慈都會導致自己和顏天心落入絕境。

天鵬王的一雙眼完全變成了黑色，根本看不到任何的眼白，面對羅獵近距離射出的飛刀他揚起了左手，準確無誤地將飛刀抓住手中。而此時顏天心在極度矛盾中射出了一槍，這一槍瞄準了顏闊海的右耳，蓬！槍聲過後，顏闊海的右耳被子彈炸飛，他的半邊面孔滿是鮮血，然而子彈驚人的鳴響，讓他愣在了原地。

羅獵大吼道：「逃！」他連續擲出兩柄飛刀，這兩柄飛刀都是直奔顏闊海的面門，顏闊海不得不向左側閃避，羅獵和顏天心抓住這難得的時機，從他右側閃開的空隙逃了過去。

顏天心本是他們小隊之中戰鬥力最為強大的一個，可是因為此前利用金針刺穴和羅行木激鬥，從而內力透支，現在反倒成為幾人中實力最為薄弱的一環，顏天心剛逃出兩步，腦後的秀髮突然一緊，卻是被從後方趕上的金甲武士一把抓住，她手臂用力，拖起顏天心，狠狠拋了出去，顏天心被摔落在冰冷的地面上，沉重的撞擊讓她喪失了移動的能力。

羅獵意識到顏天心重新落入對方的魔爪，馬上停下了腳步，掌心扣住飛刀，準備和兩名強勁的對手拚死一搏，顏天心無力道：「羅獵，快逃……」

金甲武士揚起了手中的大斧，雙手高舉過頂，準備砍下顏天心的頭顱，羅獵爆發出一聲悲吼，手中飛刀向金甲武士射去，想要竭力阻止這場悲劇的發生。

顏闊海的目光此刻卻落在顏天心的胸前，那是一顆金綠貓眼寶石，周圍用鉑金鑲嵌，貓眼有正常人的眼睛一般大小，光線變幻，有若一隻貓的眼睛正在窺探這個世界，這貓眼石原本藏在顏天心的衣服內，因為搏鬥而顯露出來。

羅獵的飛刀射中了金甲武士的面門，卻無法阻擋她揮落的大斧，鋒利的斧刃距離顏天心的頸部只有不到一米的距離。

噹！顏闊海此時卻突然出手，手中的大劍擋住了金甲武士志在必得的一斧。

顏天心本以為自己必死無疑，卻想不到爺爺會在最後關頭出手，心中驚喜交加，以為爺爺恢復了意識，她含淚道：「爺爺！」

金甲武士稍稍一怔，然後重新一斧劈下，顏闊海再次擋住了她的攻擊。

趁著眼前的機會，羅獵慌忙來到顏天心身邊將她抱起，向中間的冰洞奔去。

顏天心被金甲武士摔得骨骸欲裂，到現在都沒有從劇痛中恢復過來，顫聲道：「他是……我爺爺……」

羅獵道：「別說話！」

顏天心無力伏在羅獵懷中，羅獵心中暗歎，他低估了此次前來天脈山的凶險，沒想到這古墓下的冰窟竟藏有如此之多的危險，他們的準備實在太不充分。

前方隱約透出亮光，羅獵知道阿諾和陸威霖兩人應該逃入了這個冰洞，那光芒興許是他們兩人發出。

逃到光亮處，卻看到前方一塊高大的冰岩之上，一個身軀魁偉的獨目猿人傲立其上，雙手一左一右抓著兩個人，正是阿諾和陸威霖，兩人各有一條大腿被猿人抓住，倒懸在半空，只要猿人撒手，他們就會一個倒栽蔥跌落在下方近六米的冰面之上，少不得是一個腦漿迸裂的下場。

羅獵將顏天心放下，怒吼道：「羅行木！你在哪裡？」雖然沒有看到羅行木的身影，可是他仍然可以斷定羅行木就在附近。

羅行木陰惻惻的聲音從右前方響起：「羅獵啊羅獵，看來我終究還是低估了你，想不到你居然可以找到這裡？還真是陰魂不散啊！」他一手拄著鐵杖，一手拖著雙手被反綁的麻雀從兩人身後暗處走了出來，臉上帶著詭異邪惡的笑容。

麻雀看到羅獵終於現身，激動的淚流滿面，可惜她的嘴上被堵著破布，根本說不出話來。

羅獵道：「羅行木，你把他們全都放了！」

羅行木哈哈大笑，他的笑聲卻又毫無徵兆地倏然收斂，陰森的目光直視羅獵道：「小子，你以為自己是誰？在我的面前還敢發號施令？」他倨傲的目光投向猿人：「你朋友的性命掌控在我的手裡，我讓他們生他們生，我讓他們死他們就死，想不想看到他們被摔死在你的面前？」

羅獵道：「除非你永遠都不想知道大禹碑銘的秘密！」

羅行木聽他這麼說不由得皺了皺眉頭。

羅獵道：「我不知道你究竟是誰，也不知道你跟我說過的事情有幾件是真，幾件是假，可是有件事想必你並不知道，從我小的時候，我爺爺就教我認識了許多生僻古怪的文字，比如說你背後的擅入者死，又比如說這上面的琉雀！」他將拾到的那枚神冊元寶向羅行木拋了過去，羅行木放開麻雀，伸手將銅錢接住，反過來看了看背面的兩個字。其實羅獵說出這番話的時候他就知道並無任何錯誤，只是他仍然要確定這枚神冊元寶就是他之前見過的。

羅獵道：「麻教授雖然學識淵博，可是他對夏文的掌握終究有限，充其量認識不超過五十個字，麻雀是他的女兒，咱們姑且不論麻教授失憶之後還能夠教會她多少，就算她將麻教授的學識全都掌握，無非是五十個字罷了，你以為單靠五十個字就能夠通曉夏文？」如果不是逼不得已，羅獵絕不會透露自己掌握夏文的秘密，這是他最後一張牌，能否逆轉局面，能否將同伴們救下全都在此一舉。

羅行木伸出鐵杖在冰面上寫下了兩行字，不等他提出要求，羅獵已經道：「崇楚事裒，勞餘神禋，鬯曼吉徙。南瀆衍昌。」

羅行木不由得愣住了，這十六個字取自大禹碑銘，是麻博軒親自破譯，羅行木早已爛熟於胸，無論他怎樣威逼利誘，麻雀都不肯說出這十六個字寫的是什麼，羅行木甚至懷疑麻雀根本就認不全這十六個字，羅獵剛才說得那些事，羅行木早就想過，不排除麻博軒沒有將夏文教給麻雀的可能，其實就算麻博軒傾囊相授，麻雀掌握得也恐怕不多。羅行木當年讓麻博軒破譯這十六個字，都是打亂了順序單獨給他看，即便是麻博軒復生也不可能如此順暢地將十六個字破譯出來。羅行木心中驚喜非常，羅獵的出現真是及時。

羅獵道：「放他們離開，你想去什麼地方我都陪你去！」

羅行木咳嗽了一聲，卻伸出手去，卡住了麻雀的脖子：「你有資格跟我討價還價嗎？只要我願意，隨時都可以扭斷她的脖子。」

羅獵道：「她對你而言並沒有任何價值，你想要的東西在我身上，你我認識也有一段時間了，你以為我是個容易被要脅的人？」他向倒懸著的阿諾和陸威霖看了一眼道：「一個人如果沒有了退路，你應該知道逼急他的後果。」

羅行木冷哼了一聲道：「大不了狗急跳牆！以為我會在乎嗎？」

羅獵道：「與其魚死網破，不如你我合作！」

羅行木不屑道：「你有資格嗎？」

羅獵卻微笑道：「只怕由不得你來選擇！」他已聽到了後方急促的腳步聲。

羅行木暗笑羅獵不識時務，可此時兩個金色的身影出現在他們眼前，卻是顏闊海和金甲武士。兩人似乎達成了協定，重新站在了同一陣線上。

羅行木留意羅行木的臉色也起了變化，大膽推測羅行木和顏闊海兩人也不是一路。

顏天心的目光關注著爺爺，顏闊海右邊面孔沾滿鮮血，耳朵也被子彈崩掉了半個，面貌顯得越發猙獰，顏天心剛才也是在情急之下對他開槍，原本這一槍瞄準了顏闊海的頭部，可開槍的剎那仍然槍口一偏，雖然知道爺爺喪失了神智，可顏天心終究不忍心親手槍殺，目睹爺爺如此模樣，心中難免一陣內疚。

羅獵提醒顏天心道：「那顆貓眼石！」旁觀者清，剛才他看得清清楚楚，正是因為顏闊海看到了顏天心身上的貓眼石，所以才會在生死關頭救下顏天心的性命，由此證明顏闊海內心深處仍然存在著些許的理智，顏天心佩戴的貓眼石一定讓他想到了什麼，或許這顆貓眼石就是喚醒他塵封記憶的關鍵。

羅行木喉頭發出低沉而急促的呼喝，雙手隨之做出古怪的手勢。那個猿人從近六米的冰岩之上噌地跳躍下來。

羅獵心中一緊，看到阿諾和陸威霖兩人無恙，這才放下心來，猿人落地之後將他們兩人隨手一丟，然後手足並用，猶如一道棕色閃電般射向顏闊海。

不等顏闊海有所動作，金甲武士已經率先啟動，揚起手中大斧朝猿人劈去。

猿人身手敏捷，躲過金甲武士劈來的這一斧，舉起雙臂向金甲武士的胸膛砸去，這是牠慣用的伎倆，利用靈活的身法和強大的膂力和對方周旋。想不到金甲武士居然不閃不避，猿人的雙掌砸在她的胸膛之上，金甲武士被他砸得退了兩步，可是猿人的雙掌卻被金甲武士高聳胸甲的尖端穿出兩個血洞，顏闊海此時也迅速啟動，一劍刺中猿人的肩頭。猿人先是雙掌受傷，然後身上又中了顏闊海一劍，痛得牠發出一聲低吼，原地翻滾出去，繼而一躍而起，沿著剛才的冰岩一路攀爬上去，地上已經留下了不少殷紅色的血跡。

羅行木的目光卻始終盯住羅獵，他終於明白羅獵剛才為什麼會說出那樣的話，難怪羅獵肯主動放低姿態合作，不是因為麻雀在自己的手上，而是因為他們的身後還有兩大強敵追殺，羅行木有種引火焚身的感覺，他放開了麻雀，向前跨出一步，手中鐵杖隨之在冰面上重重一頓，尖端插入冰岩之中，以插入點為中心，冰岩宛如蜘蛛網般向四周龜裂開來。聲音低沉道：「你打算怎麼合作？」

羅獵道：「讓他們先走，我留下來陪你！」

羅行木唇角露出一個陰險至極的冷笑，這小子果然打得一手如意算盤，如果放走了所有人，自己還拿什麼要脅羅獵？假如他給自己來個寧死不屈，那麼自己辛苦策劃的局面豈不是要前功盡棄。

他向麻雀瞥了一眼道：「她也得留下！」

羅獵堅持道：「讓她走！」

羅行木搖了搖頭，若是放走了麻雀，豈不是丟掉了一張好牌。

顏天心道：「讓她走，我留下！」

羅行木微微一怔，麻雀用力搖頭，她雖然說不出話，可是用這樣激烈的動作表示自己心中的不情願，她不想死，更不想接受顏天心的這個人情。

羅獵卻知道顏天心的確有不得不留下的苦衷，她選擇留下主要還是因為她的爺爺顏闊海。他點了點頭，擺擺手示意阿諾和陸威霖兩人帶領麻雀先走。

顏闊海一步步向前方逼來，羅行木大吼一聲，身軀化為一道灰色虛影，轉瞬之間已經跨越了三丈的距離，來到顏闊海的對面，手中鐵杖向顏闊海刺去。顏闊海手腕一翻，大劍重重磕在鐵杖之上，噹的一聲，兵刃重重撞擊在一起，一時間火花四射。

阿諾和陸威霖兩人雖然都受了傷，幸好還走得動，他們走過去扶起了麻雀，帶著麻雀向洞外逃去。那名金甲武士想要阻截，攀上冰岩的猿人在羅行木一聲怪叫之後，抱起一塊巨大的冰岩向金甲武士砸去。看來是羅行木發號施令，給麻雀三人放行。

金甲武士不得不揚起斧頭擋住這塊冰岩，強大的反震力讓金甲武士雙足在冰面上倒退滑行。

此時不逃更待何時，阿諾和陸威霖兩人架著麻雀趁著這難得的時機迅速逃離，面對強大的敵人，就算勉強留下也無濟於事，不如先離開一部分人，以羅獵和顏天心的智慧或許有脫身的機會。

羅獵選擇和羅行木合作也只是權宜之計，眼看羅行木被顏闊海纏住，猿人封住了金甲武士的去路，心中大喜過望，他向顏天心使了個眼色，示意顏天心趁著雙方都騰不出手來對付他們，儘快離開。顏天心卻彷彿沒看到一樣，關切地望著顏闊海和羅行木的對決。

羅獵心中暗歎，顏天心只怕還是將顏闊海當成了過去的爺爺，可是顏闊海早已神智錯亂，根本無法將他視為正常人，為了一個這樣的人留下，實在是太過冒險，也太不理智。

羅獵想要向顏天心靠近，方才走了一步，一塊磨盤大小的冰岩就從空中投了下來，砸在他和顏天心之間，正是那個猿人，站在冰岩之上俯瞰下方，將現場的情況看得清清楚楚。

羅行木和顏闊海硬碰硬對了兩招，兩人氣力相若，彼此都被對方震得退了三步，羅行木眼觀六路耳聽八方，似乎已經察覺到羅獵的意圖，他冷冷道：「小子，若是不守承諾，老夫一樣有把握殺了顏天心！」話音剛落，身軀旋轉，反手用鐵杖擋住顏闊海當頭劈落的一劍，喉頭發出野獸般的嘶吼。卻聽冰洞深處傳來淒厲的嚎叫，七頭生有火焰般毛色，牛犢大小的血狼從冰洞內部有如疾風般向激鬥的現場衝來。

羅獵雖然聽同伴提起過血狼的事情，可今天卻是第一次見到，這狡詐智慧的生物，七頭血狼從不同的方向朝顏闊海和金甲武士逼近。

顏闊海連續劈出兩劍逼得羅行木向後退了幾步，然後自腰間掏出一隻黃金打造的號角，湊在唇邊吹響。號角高亢激昂，聲音在空曠的冰窟之中久久迴盪。羅行木爆發出一聲有若狼嚎的狂吼，手中鐵杖掀起一陣狂飆巨浪，攻勢一波接著一波，意圖儘快將顏闊海拿下。然而任他攻勢如何凌厲，顏闊海都穩如泰山，有若大海中屹立不倒的礁石，將羅行木狂潮般的進攻一一化解。

有四頭血狼分別繞行到顏闊海和金甲武士的身後，準備實施偷襲，而另外三頭血狼卻分別從左中右三個方向包圍了顏天心，牠們並沒有急於發動攻擊，似乎主要的用意是控制顏天心，避免她逃離。

羅獵心中暗暗稱奇，這些血狼和羅行木之間竟然擁有如此默契，若非經過長久的訓練無法達到這種地步，當然也存在另外一種可能，這些血狼擁有著超越尋常狼類的智商。

兩頭血狼已經率先向金甲武士發起了進攻，一左一右撲向金甲武士，金甲武士手中大斧旋轉劈斬，斧刃朝上直奔從左側撲來的血狼腹部而去，那血狼極其狡詐，衝到中途卻陡然一個急轉變向，真正的目的卻是為了同伴做掩護，大斧落空，右側突襲的血狼凌空躍起，一口咬住金甲武士的右肩，尖銳的獠牙在金屬外甲上摩擦出刺耳的鳴響。儘管牠的牙齒無法將武士的金甲穿透，可是牠有力的牙齒也將金甲武士的右肩鎖住，讓她無法自如揮動大斧攻擊。

剛才負責誘敵的血狼，此時迅速殺到，盯住金甲武士的下盤，一口將她左足的足踝咬住。

羅行木大聲道：「羅獵，你還要袖手旁觀嗎？」

羅獵倒不是存心想要袖手旁觀，而是不敢輕舉妄動，他的注意力集中在顏天心身上，生怕那三頭血狼會突然發動攻擊。顏天心向羅獵搖了搖頭，示意他不要輕舉妄動，其實她內心中也是左右為難，從感情上她自然站在爺爺的一邊，可是爺爺現在已經喪失了神智，激鬥的雙方無論誰獲勝，對自己和羅獵都不是什麼好事，最理想的結果就是雙方拚個你死我活同歸於盡，也唯有如此，她和羅獵才能有逃生的機會。

羅獵現在唯一感到欣慰的事情也就是阿諾和陸威霖已經將麻雀救走，他的手落在腰間，還剩下兩柄飛刀，面對這群窮凶極惡的對手，單靠這兩柄飛刀無法保證他和顏天心的安全。

蓬！蓬！蓬……冰窟周圍響起一連串的破冰之聲，三名身穿棕黑色皮甲的蒙面武士破開冰岩，衝入冰窟之中，不過這三人的皮甲和顏闊海卻有天地之別，破破爛爛，因為長期沒有清理表面聚滿油泥，他們剛一出現就加入了戰團，一人彎弓搭箭，瞄準咬住那名女武士足踝的血狼右眼一箭射去，箭鏃追風逐電射中血狼眼中，血狼發出一聲嗚嗚，被鏃尖直貫入腦，頓時一命嗚呼，那武士還想射出第二箭，一頭血狼斜刺裡衝了上來，將他迎面撲倒在地，張口咬向他的頸部。

現場陷入一片混戰之中，可是冰窟之中一個個烏甲武士仍然在不斷出現，轉瞬之間已經有十多人來到冰窟中增援，羅行木看到眼前狀況也是心中大駭，他本以為召喚七頭血狼，可以在實力上占優，卻想不到在地下冰窟之中竟然藏著一支如此規模的武士團隊。

羅行木虛晃一杖，逼退顏闊海，然後騰空躍向一頭血狼的背部，幾頭血狼同時調轉身軀隨同羅行木一起逃去，羅行木向羅獵大吼道：「快逃！」

一頭血狼奔到羅獵身邊居然主動慢了下來，似乎等著他爬上背部。羅獵震撼於血狼的靈性，他也不敢再有猶豫，翻身上了血狼的背部，抱住血狼的脖子，那血狼等到羅獵坐穩，閃電般向前方衝去。

顏天心擊倒一名烏甲武士，搶過他手中彎刀，爬上了其中一頭血狼的背部，羅行木奔行在最前方，三頭倖存的血狼尾隨其後，跟隨羅行木向冰窟深處逃去。

還有兩頭血狼被那群武士包圍，猶做困獸之爭，然而畢竟勢單力孤，現場武士不斷增援，總人數已經達到十三人之多，這群武士在顏闊海的指揮下一擁而上，刀劍齊出將兩頭血狼圍殲於中心。

血狼的哀嚎聲不停傳來，越來越弱，羅行木表情木然，在冰洞中蜿蜒行進了十餘分鐘，方才停下，羅行木翻身躍下，羅獵和顏天心也來到他的身邊，兩人從血狼背上下來，雙腳落到實地方才感到踏實了一些，如果不是親身經歷，他們實難想像剛才竟然會騎著血狼逃離險境。聯想起此前羅行木能夠操縱老鼠對他們進行圍攻，原來羅行木還擁有馭獸之能。由此可見此人身上隱藏著太多的秘密。

羅行木拍了拍血狼的頭頂，那頭血狼率領倖存的三名同伴轉身離去。

羅行木望著血狼離去背影充滿感觸道：「就算是野獸也比人類可靠得多。」

羅獵不知他因何發出這樣的感慨，輕聲道：「剛才那群武士是什麼人？」

羅行木淡然道：「守墓者！為了守住祖宗的陵墓，女真人世世代代都會有一支神秘的力量守護這裡。」

顏天心驚聲道：「你怎麼知道？」

羅行木呵呵笑了一聲道：「你身為女真人的後裔，連雲寨的寨主，難道不清楚這些事？」

顏天心雖然聽說過有人守護秘境的事情，可是她從未親眼見到過，更加沒有想到她的爺爺就是其中的守護者之一。

羅行木突然呵斥道：「孽障，你想幹什麼？」

羅獵慌忙轉過身去，卻見那個猿人不知何時來到了自己的頭頂，倒懸在一根石樑之上，獨目凶光畢露，張開血盆大口，殺氣騰騰，已經擺出了攻擊的架勢，原來牠仍然沒有忘記被羅獵奪去一隻眼睛的仇恨，所以想要趁著羅獵不備進行攻擊，可是沒等牠付諸行動就被羅行木識破。

猿人鼻孔翕動，呲牙咧嘴，無法抑制住心中的憤怒，可是羅行木在場，牠又不敢妄動。

羅獵道：「牠好像很恨我！」心中卻明白猿人不恨自己才怪。

羅行木漠然道：「你射瞎了牠的一隻眼睛，這筆帳牠做夢都想跟你清算。」

羅獵點了點頭道：「如此說來，我應該離開牠遠一些，萬一被牠暗算，我豈不是沒辦法給你幫忙了。」一語雙關，提醒羅行木要保證自己的安全，不然倒楣的不僅僅是自己。

第三章

上了賊船

羅獵心中暗歎今天是上了賊船，
不知這九幽秘境之中到底有什麼？
河水平緩流淌，兩側冰岩聳立，
冰岩之上泛起幽光，照亮了神秘的地下世界。
冰河底部的河床閃爍著五彩光芒，
那些都是寄生於河底的貝類。

羅行木當然明白他的意思，冷冷道：「你不用擔心，只要你老老實實跟我合作，大家自然相安無事！」他擺了擺手，猿人凌空翻滾，落在顏天心的身後，一雙充滿怒火的眼睛死死盯住前方羅獵。

羅行木手執鐵杖在前方帶路，前方雖然昏暗，可是他卻輕車熟路健步如飛，明顯不是第一次前來這裡。

羅獵道：「咱們這是往哪裡去？」

羅行木道：「九幽秘境！」

顏天心道：「九幽秘境乃是我族中禁地，外人不得踏入！」

羅行木桀桀笑道：「這山這水，這天這地，又有哪一處寫明了是你們女真族所有？過去是大清，現在是民國，跟你們女真族又有何關係？更何況天脈山先有九幽秘境，然後你那些有眼無珠的先祖才挑選這裡建造陵園，若是有報應，也會報應到你們的身上。」

顏天心雖然心中反對，可是她也知道現在並無辦法，羅行木剛才展示出的武力遠超她和羅獵，就算兩人聯手也未必勝得過他，更何況羅行木還有一手神鬼莫測驅馭野獸的能力。她改變不了羅行木的念頭，也阻止不了羅行木的行動。提醒羅行木道：「**擅入九幽秘境者，無一能得善終！**」

羅行木停下腳步，聲音低沉道：「我現在這個樣子，還有什麼好在乎的？」他的話倒是沒錯，他本來四十多歲正值壯年，自從上次和麻博軒幾人誤入九幽秘境之後，短短五年的光景已經變成了一個風燭殘年的耄耋老人，沒有人能夠體會他的痛苦。

羅獵道：「我在乎！你不怕死，我怕死！」

羅行木冷冷看了他一眼：「別忘了你答應過我什麼，若是膽敢反悔，我先殺了她！」

顏天心怒道：「以為我怕你嗎？」

兩人之間頓時變得劍拔弩張，矛盾一觸即發。

羅獵哈哈笑道：「既然大家同坐一條船，又何必自相殘殺，建立在威脅和恐嚇基礎上的合作從來都是不穩定的。」他笑瞇瞇望向羅行木道：「不如你拿出點誠意。」

羅行木怪眼一翻，這廝實在是狡詐，若非是遇到了自己，恐怕他們已經死於那幫護陵武士的亂刀之下，他還想要什麼誠意？救了他們的性命，放了他的三名同伴，難道還不夠誠意？

羅獵看到羅行木毫無反應，歎了口氣道：「我射入醜八怪眼睛裡的東西是不是在你那裡？」

羅行木這才知道他所謂的誠意是什麼，這廝分明在跟自己討價還價，他想索取七寶避風塔符。羅行木唇角露出一絲詭異的笑容意味深長道：「幫我進入秘境，我把東西還你！」

前方霧氣繚繞，羅行木率先走入霧氣之中，羅獵伸出手去，抓住顏天心冰冷的柔荑，身後傳來猿人沉重的腳步和急促的喘息聲，這讓他們有些擔心猿人會突然從身後發起襲擊。

一陣冷風襲來，籠罩周圍的霧氣倏然間就完全散去，在他們的眼前出現了一條淡藍色的冰河，冰河深邃呈現出寶藍色的光芒，河面水流柔順宛若絲緞，透過清澈的河水，能夠看到十多米深處的河底，河岸是潔白晶瑩的冰岩，冰岩旁邊停靠著一隻木筏，羅行木讓顏天心先上了木筏，羅獵隨後跳了上去，羅行木最後一個上了木筏。猿人並沒有隨同他們一起上去，垂落的雙手緩緩落在冰岩上，獨目猶自充滿怨毒地望著羅獵，雖然恨不能衝上去將羅獵扯成碎片，可是無奈羅行木就在這裡，牠不敢違抗羅行木的命令。

羅行木道：「你們絕不會相信自己看到的一切。」他解開栓在冰岩上的纜繩，木筏順水漂去。

羅獵心中暗歎今天是上了賊船，不知這九幽秘境之中到底有什麼？河水平緩流淌，兩側冰岩聳立，冰岩之上泛起幽光，照亮了這個神秘的地下世界。冰河底部的河床也不時閃爍著五彩光芒，那些都是寄生於河底的貝類。顏天心伸手觸摸了一下河水，觸手處冰冷徹骨，水溫極低，她慌忙又將手縮了回來。

羅行木從腰間抽出旱煙，裝好煙葉，羅獵主動幫他點燃，倒不是有意討好，而是因為大家同坐一條船上，這種時候不得不選擇同舟共濟。

火光映紅了羅行木滿是皺褶的面孔，羅行木抬眼看了看羅獵，然後用力吸了口煙，心滿意足地閉上了雙目，過了好一會兒方才看到白煙從他的鼻孔逸出，羅行木道：「我跟你說的許多事都是真話。」

羅獵盤膝在他的對面坐下，不知羅行木為何突然想起說這些。

羅行木道：「我和你爹是同父異母的兄弟，我的確是你的親叔叔！」

羅獵不無嘲諷道：「果然很親！」羅行木幾度想要將自己置於死地，就算是親叔叔，也是六親不認的那種。

羅行木道：「羅公權從未對我盡過一天父親的責任，為了你爹平安，他甚至不惜犧牲我的性命，若非是我娘懷著我逃離，我絕活不到今天。」

羅獵心中暗忖，你這種為非作歹的人死了才好，爺爺當初並沒看錯。

羅行木道：「還記不記得我告訴你，在你爹死的時候，我曾經返鄉，結果遇到了羅公權，他交給了我一封信？」他對親生父親直呼名諱，可見他直到現在都沒有放下當年被拋棄的仇恨。

羅獵平靜望著他，羅行木這個人生性狡詐，所說的一切真實性讓人生疑。

羅行木道：「其實那封信並不是他交給我的，而是他留給你的父親，只是陰差陽錯，那封信落到了我的手中。」

羅獵心中一沉，如此說來羅行木見過自己的父親，對了，此前他就已經提起和兩人曾經打過照面，他的這番話證明兩人之間的關係或許並非是一面之緣，很可能有著更深的聯絡。

羅行木道：「他這麼嫌棄我們母子，又怎麼捨得給我留一個銅板！」

羅獵道：「老爺子人都已經去世了，你又何必如此介懷？到現在仍然放不下，折磨的只是你自己。」

羅行木點了點頭道：「你說得對，他都已經死了，我又何必介意？只可惜他死的時候我不在場。」他的臉上浮現出一個極其怨毒的笑容。

羅獵看得心中一寒，羅行木的可惜絕不是因為沒有來得及給生父送終，他遺憾的是沒有親手報復。羅獵此時突然相信羅行木跟自己說過的身世，若非有這樣的身世，又怎會生出這樣刻骨銘心的仇恨。

羅行木道：「不知是不是報應，他生了那麼多兒子，到最後竟無子送終。」

羅獵聽他提起這件事，心中一陣難過，爺爺雖古板嚴厲，可是對自己的關愛從不藏私，姑且不論爺爺將自己從小送入中西學堂，窮畢生之積蓄為自己交納學費，供自己前往美利堅留學，單是從爺爺悄悄將夏文教授給自己就能看出，他將所有的希望寄託在自己身上，否則又怎會將隱瞞在心底最大的秘密告訴給自己？

羅行木突然咬牙切齒道：「他終究還是心疼你爹，愛屋及烏，竟然將夏文也教給了你。」

羅獵皺了皺眉頭，如果不是剛才情況緊急，他斷然不會透露這個秘密，以羅行木的為人，他不可能將知道的一切全盤說出，他的心底究竟藏有怎樣的秘密？

羅獵故意道：「我發現了你灶台下的密道。」

羅行木不屑道：「那算不上什麼秘密，只要留心觀察，早晚都會發現。」

羅獵道：「你在奉天南關天主教堂下故意留了一口棺材，目的就是要引誘麻雀前來找你。」

羅行木桀桀笑道：「你把我想得太過陰險，我又怎能知道你會跟她合作，就算能夠想到，也不可能推斷到她會找到那口棺材。那丫頭一心想要找到我，為麻博軒報仇，只要她知道我活在這個世上，就算掘地三尺也要把我找出來，所以我想抓住她並不需要花費太大的功夫。」

羅獵道：「你和蕭天行究竟是什麼關係？」

羅行木沒有回答他的問題，卻反問道：「你猜！」

面對這個老奸巨猾的傢伙，羅獵很難從他嘴裡套出太多的東西，話鋒一轉道：「原來你是麻博軒的學生。」

羅行木道：「想不到吧，這世上有太多你想不到的事情。」他停頓了一下又道：「你至今都不肯相信你爺爺是個摸金倒斗的盜墓賊吧？」

羅獵冷冷望著羅行木，他對生父恨之入骨，自然不惜詆毀爺爺的名譽。

羅行木道：「羅公權不但是盜墓賊，還是這一行當裡面的宗師泰斗！你不信？」

此時水流漸漸變得湍急，河水也淺了許多，水的顏色變成了淺藍色，在竹筏從一尺高度水簾落差滑下之後，河道變得狹窄，羅行木停住說話，用鐵杖撐住右側的冰岩，借著岩壁的反作用力，讓竹筏順利轉過前方的彎道。

他們方才轉過彎道，就聽到咻的一聲，一支羽箭迎面射來，羅行木應變奇快，手中鐵杖揮出，啪的一聲拍擊在箭杆之上，羽箭被鐵杖撞歪，斜斜飛了出去，沒入冰河之中。

羅獵抬頭望去，但見冰河右側的高聳冰岩之上，一名烏甲武士彎弓搭箭瞄準木筏，羽箭有如連珠炮一般射了過來。原來這些守墓武士陰魂不散，從河岸上一路追蹤他們的痕跡而來。

羅行木冷哼一聲：「米粒之珠也放光華！」手中鐵杖風車般旋轉起來，在前方形成一面護盾，擋住了接連射向他們的羽箭，鏃尖接連撞擊在鐵杖之上，發出乒乓不絕的撞擊聲。羽箭無法穿透鐵杖形成的護盾，落在木筏上，落入冰河中，無一能夠穿透護盾，對木筏上的三人構成真正的威脅。

羅行木擋住羽箭的同時，眼角的餘光不忘關注身後兩人，倒不是他關心他們的生死，而是因為羅獵通曉夏文，是他重新進入九幽秘境的唯一希望。可氣的是，自己忙於抵擋暗算的時候，羅獵和顏天心作壁上觀，兩人沒事一樣居然還對雙方的交手狀況品頭論足，彷彿眼前的這場戰鬥跟他們毫無關係。羅行木怒道：「羅獵，你知不知道何謂同舟共濟？」

羅獵笑道：「我那點三腳貓的功夫何必拿出來獻醜，您老人家對付他綽綽有餘。」嘴上雖那麼說，手上卻沒有閑著，抽出一柄飛刀瞄準冰岩上的武士射去。

羅行木的這句話並沒說錯，同舟共濟，無論羅獵和顏天心是怎樣登上的這艘賊船，可一旦上了船，大家都被捆綁在了同一陣營，如果羅行木敗了，他們就將直接面對人數眾多的守墓者，到時候他們的狀況只怕更加不妙。

烏甲武士發現羅獵的反擊，揮動長弓將飛刀擊落，就在此時羅行木發動奇襲，揚起手中鐵杖標槍一樣全力投擲出去，烏甲武士剛剛擊落了羅獵射來的飛刀，羅行木的鐵杖卻是後發先至，尖銳的杖尾刺入烏甲之中，這凝聚羅行木全部內力的一擊竟然刺破了烏甲，深入武士的身體。烏甲武士一聲不吭，被鐵杖穿了個透心涼，一個倒栽蔥從冰岩上跌落，直墜冰河之中，濺起大片雪白的水花。

顏天心表情有些不忍，要知道這些守墓者全都是她的族人，雖然明明知道這些守墓者是前來追殺堵截他們，可是顏天心仍然不忍看到他們命喪當場。

前方發出一陣轟隆隆的巨響，羅獵驚呼道：「小心！」

卻是左前方，一根巨大的冰柱轟然倒下，長達五丈的冰柱宛如泰山壓頂一般向他們的頭頂砸來。

這裡原本就是冰河河面最為狹窄的一段，就算冰柱沒有砸中他們，也會阻擋住他們前行的去路，羅獵和顏天心率先反應了過來，他們跳到岸上，羅行木也捨棄木筏跳了上去。

在這片冰柱叢生的河灘之上，十二名身穿破盔爛甲的守墓者從藏身處走出，在顏闊海的引領下組成包圍的陣勢。

羅行木從腰間解下長鞭，沉聲道：「這種時候再有異心，我們只怕都要死在這裡。」說這句話的用意是在提醒羅獵和顏天心，必須要和自己聯手方才能夠闖過眼前難關，羅行木的表情也變得前所未有的嚴峻。

羅獵向顏天心眨了眨眼睛，顏天心頓時明白了他的意思，羅獵應該是不會留下來和羅行木並肩戰鬥，一旦戰鬥打響，他們兩人也就有了趁亂逃離的機會。

羅獵朗聲道：「最厲害的交給我們，其他人交給你！」話剛一說完，他抬腳挑起地上的冰塊，等飛行到腰間高度的時候，一抬腿掃射在冰塊之上，冰塊有若出膛的炮彈向顏闊海的面門飛去。

羅獵之所以選擇實力最為強大的顏闊海，並非是知難而上，更不是好勝心作祟，而是因為他親眼目睹了顏闊海阻止金甲武士斬殺顏天心的一幕，和其餘護陵武士相比，顏闊海似乎還保存著一些自我的意識，喚醒顏闊海意識的關鍵在顏天心所佩戴的貓眼石。如果顏天心能夠憑藉這顆貓眼讓顏闊海想到什麼，哪怕是出現剛才那樣的遲疑，他們兩人也就有了逃離的機會。

羅行木並不知道羅獵心中的盤算，看到他主動挑戰強敵，還以為羅獵是要採用田忌賽馬的策略，纏住最厲害的一個，讓自己騰出手來消滅其他的武士，羅行木沒有絲毫的猶豫，手中長鞭一揮，在空中劃出一道弧形，然後倏然一抖，長鞭瞬間挺得筆直，尾部三刃尖刀有若蠍尾向右側一名烏甲武士射去。

羅行木出手極其突然，指東打西，那武士並未想到羅行木會首先攻擊自己，揚起長劍想去格擋，筆直的長鞭卻於中途不可思議地繞了個彎，從他的頸後繞了過去，迅速在他的頸部繞了三圈，羅行木用力一拉，那烏甲武士在他的牽拉下失去平衡，和一名衝向羅行木的同伴撞在了一起，因為兩人全都身穿烏青色甲冑，雖然甲冑的防禦力極強，可是終究無法和顏闊海的金甲相比，更何況甲冑影響到他們的動作。

顏天心本想和羅獵並肩攻向顏闊海，可是方才起步就被那名金甲女武士攔住去路，女武士雙手高舉大斧向下一個縱劈，顏天心向右側一躍，宛若羚羊般輕巧躲過，女武士大斧一轉，斧刃向上朝著顏天心的小腹挑去。她出手陰狠歹毒，招招致人死命。

顏天心此前和她已經有過交手，知道這女武士膂力強大，更何況對方手中的兵器占優，自己搶來的這柄彎刀雖然輕靈鋒利，可是選擇硬碰硬和她抗爭實乃下策，於是虛晃一刀，利用靈巧的身法和她周旋，來迴旋轉騰挪，躲過女武士一次又一次雷霆萬鈞的進攻。

這會兒功夫，羅行木已經擊倒了兩名烏甲武士，羅獵的判斷沒錯，這群護陵武士之中實力最為強大的應該是顏闊海和金甲武士，其餘武士的戰鬥力實屬一般。不過因為人數的關係，羅行木短時間內很難將他們盡數擊倒，往往是打倒了這個，另外一個就爬起來繼續戰鬥，很快就陷入十名武士的團團包圍之中。

羅獵採取的戰略和顏天心相同，他並沒有和顏闊海貼身肉搏，扔出冰塊之後，馬上撤退，撤退的途中撿起冰塊接連擲出，用意就是吸引顏闊海的注意力，讓他無法騰出手去對付他人。按照羅獵的推測，這些常年穴居於地下的守墓者並不正常，他們容易被輕易觸怒，換句話說就是在性格方面存在著很大的缺陷。

顏闊海的表情漠然，雙目許久不見一絲眨動，典型的死魚眼就是這個樣子。目光渙散，看似和羅獵直接對視，可給人的感覺卻似乎心不在焉。常言道，眼睛是心靈的窗戶，透過一個人的雙目可以看到他的內心，羅獵催眠術的一個關鍵環節就在於通過人的眼睛對其進行心靈控制，可是面對顏闊海這樣的對象，羅獵卻有種無從下手的感覺。因為顏闊海精神渙散，幾乎失去了自我意識，也就是說，現在的顏闊海就如同被人催眠了一樣，已經喪失了本我。對於這樣一個人，想要催眠他，達到控制他意識的目的難於登天。

如果勉強要做，通常的做法也必須要先喚醒他的本我意識，讓他恢復自主思考判斷的能力。

羅獵一邊向顏闊海投擲冰塊，一邊有意識地向顏天心退去，他真正意圖其實是讓顏天心直面顏闊海，想要喚醒顏闊海，唯有顏天心胸前的那顆貓眼寶石。

顏天心此時被金甲女武士步步緊逼，完全憑藉靈活的步法穿梭躲避，採取這樣的戰術一是為了躲避對方的鋒芒，二是為了消耗對方的體力，金甲女武士使用的大斧極其沉重，每一次攻擊都會耗去不少的體力，顏天心準備在她體力有所下降的時候方才發起反擊。

金甲女武士又是一斧落空，身後傳來風聲響動，她並未回身閃避，憑藉防護力極強的甲胄承受了這次攻擊，卻是羅獵擲出的冰塊砸在她的後心之上，金甲女武士身軀微微一晃，緩緩轉過頭來，看到羅獵已經猶如獵豹般向自己衝了過來，騰空一腳踹向她的後背，金甲女武士不及轉身，被羅獵踹了個正著，她立足不穩，踉踉蹌蹌向前方衝了幾步。

羅獵道：「咱們換換！」

顏天心頓時明白了他的意思，和羅獵交錯身形，手中彎刀劃出一道匹練的銀色光弧，擋住顏闊海從後方披風破浪攻來的大劍，刀劍相交，光芒倏然收斂，旋即鋒刃撞擊處迸射出火星萬道，顏天心在膂力上遠遠遜色於顏闊海，被震得手臂瘘麻，手中彎刀險些拿捏不住，顏天心以傳音入密呼喚道：「爺爺！」

顏天心之所以選擇用這種方式來呼喚爺爺，主要是不想讓羅行木知道自己和爺爺之間的身分。

顏闊海一劍將顏天心震退，揚起手中大劍本想使出第二招，可是目光卻又被顏天心胸前的貓眼寶石所吸引，握著大劍呆在原地，白眉凝結在一起，苦苦思索著自己好像在哪裡見過這塊寶石。

羅獵接連躲過金甲女武士幾次攻擊之後，看到對方胸甲起伏的頻率明顯加快了許多，推斷出對方的體力開始大幅減退。他又扔出一顆冰塊，趁著金甲女武士躲避的剎那，擺脫開來，迅速來到顏天心的身邊，低聲道：「走！」

顏天心點了點頭，直奔顏闊海衝了上去，顏闊海右手緊緊握住大劍，已經擺出了攻擊的架勢，他的身後就是那根倒塌截斷河流的冰柱。

看到顏天心向自己衝來，顏闊海揮劍向她劈砍而去，顏天心雙手擎刀準備全力擋住他的這次攻擊，卻沒有料到顏闊海這一劍居然沒有落下來，在距離她頭頂還有兩尺的地方突然停下，趁著顏闊海猶豫的難得時機，羅獵已經率先從他身邊衝過，提醒顏天心道：「快走！」

顏天心咬了咬櫻唇，虛晃一刀準備逃離，原本站在那裡猶豫的顏闊海卻陡然清醒了過來，他的左手探伸了出去，一把向顏天心的胸前抓去，顏天心出自本能的反應，揮刀劈向顏闊海的頸部，顏闊海的這身金甲刀槍不入，只是他的頭盔被蜥蜴踩扁，現在頭頸部是最大的破綻所在。

刀鋒距離顏闊海頸部還有一寸，顏天心卻再也不忍砍下去，無論怎樣，眼前的老人都是她的爺爺啊！顏天心感到頸部一緊，顏闊海的左手已抓住了那顆貓眼寶石，猛然發力，束縛貓眼寶石的紅繩崩斷，貓眼寶石落入顏闊海的大手之中。

與此同時一支冷箭從後方射來，卻是金甲女武士看到顏闊海形勢緊急，摘下腰間弩箭，射向顏天心，這一箭瞄準了顏天心的右肩，鏃尖射入羊皮襖，穿透了顏天心的肩胛，劇痛讓顏天心拿捏不住手中的彎刀，噹啷一聲落在了地上。

顏闊海此時卻盯住掌中的貓眼石，彷彿根本沒留意身邊發生了什麼事。

羅獵本以為顏天心可以順利逃出，卻沒有料到突然發生了這樣的變故，他怒吼一聲，抽出最後一柄飛刀射向金甲武士的面門，以此來阻擋她進擊的腳步。

噹！飛刀行至中途已經被顏闊海手中的大劍磕飛，金甲武士連續向前飛縱兩步，然後騰空魚躍而起，雙手舉起大斧，居高臨下向顏天心的頭頂劈落。

顏闊海左手忽然握緊，將那顆閃爍著神秘光華的貓眼寶石牢牢握在掌心，右手大劍橫擋在顏天心的頭頂，與大斧正面衝撞。

劍斧相撞的尖銳聲響幾乎刺破了顏天心的耳膜，迸射出的數點火星灼痛了她嬌嫩的肌膚，顏天心捂住右肩，提起所有的力氣向前方衝去，她看到羅獵向自己搖晃著奔跑過來，從一個變成了兩個，然後又似乎變成了無數個，最後眼前突然天旋地轉，她再也站立不住……

顏天心醒來的時候，發現周遭一片黑暗，內心中不由得感到一陣恐懼，首先想到的是自己難道已經死了，可很快她就意識到自己躺在一個寬闊溫暖的懷抱中，坐在羅獵的雙腿之上，被他堅實的臂膀圍住，就像嬰兒一般被抱著，又如同一隻小船停泊在風平浪靜的港灣。羅獵的氣息就在自己的額邊，他的呼吸悠長而緩慢，居然已經睡著了。

顏天心頓時安定了下來，她並沒有急於喚醒羅獵，小心保持著剛才的姿態，生怕自己的任何一個細微的動作都會驚醒羅獵，他太累了，不但連日奔波，而且飽受失眠症的困擾，哪怕是一小會的睡眠對他而言都是如此珍貴。她回想起自己昏迷前發生的事情，小心地抬起左手，摸了摸自己的右肩，發現穿透自己肩頭的弩箭已經不見了，而且包紮完畢。不用問，一定是羅獵所為，顏天心有些感動有些溫暖，同時還感到有些羞澀，畢竟羽箭穿透的地方有些敏感，這廝居然在沒徵求自己同意的情況下就出手為自己醫治。

羅獵的身體忽然劇烈地抽搐了一下，他睜開了雙目，顏天心關切的聲音在耳旁響起：「又做惡夢了？」

羅獵沒有說話，默默鬆開了雙臂，顏天心悄悄從他的懷中離開，挨在他的身邊坐下，羅獵習慣地去掏煙盒，摸到空空如也的口袋方才意識到自己的衣服已經在營救栓子的時候丟棄了。他找到了打火機，點燃之後，跳動的火苗散發出橘黃色的光芒，照亮了他們兩人用來藏身的這個小小洞窟。

顏天心第一眼留意到的卻是羅獵額頭的汗水。

「還疼嗎？」羅獵關切道。

顏天心搖了搖頭。

羅獵道：「沒有經過你的允許，我用了你隨身革囊中的金創藥。」

顏天心淡然一笑：「沒關係！」羅獵說得委婉，其實是在告訴自己，他在自己不知情的狀況下為自己療傷，羅獵雖然年輕，可是他觀察入微，很會為他人著想，善於顧及他人的感受，也許這正是他的魅力所在，顏天心此時卻想起了麻雀，小聲道：「不知阿諾他們是否已經安全離開？」

羅獵搖了搖頭，他也不知道，也無暇去想，即便是他很希望同伴們已經平安脫離了險境，可是也只能是希望罷了，眼前的狀況下，他們每個人能夠依靠的只能是自己。他和顏天心用己身作為代價換取了阿諾、陸威霖、麻雀三人的離開，也只能是暫時逃脫羅行木的魔爪，至於離開後的事情，他們已經無力兼顧。

顏天心道：「剛才我以為自己就要死了。」

羅獵點了點頭，不但是顏天心這麼認為，連他也認為顏天心會死在金甲武士的大斧下，可是千鈞一髮生死關頭，還是顏闊海出手擋住了金甲武士的殺招，這已經是顏闊海第二次這樣做，由此看來顏闊海應當還殘存著一些理智，在某些特定的情況下可以控制住他的行為。

羅獵低聲道：「那顆貓眼寶石被天鵬王奪走了。」

顏天心搖了搖頭道：「他不是什麼天鵬王，他就是我的爺爺！」其實此前她已經向羅獵坦陳過這件事。

羅獵道：「他好像認得那顆寶石。」

顏天心道：「那顆貓眼寶石就是他親手給我戴上的護身符。」她下意識地摸了摸頸部，原本懸掛貓眼寶石的地方已經空空如也，爺爺在剛才搶走了那顆寶石，也正是那顆貓眼寶石讓爺爺想起了什麼，所以他才會兩度對自己手下留情，出手擋住了金甲武士的必殺一招。

羅獵心中暗忖，如此說來那顆貓眼寶石果成為了顏天心的護身符，他安慰顏天心道：「舊的不去新的不來，這些東西本就是身外之物，你也不必太過介懷。」其實他又何嘗不明白，顏天心真正介意的絕非寶石，而是她的爺爺。

顏天心幽然歎了口氣道：「我一直以為爺爺十年前就死了，沒有想到他竟然一直都藏身在這裡。」想起爺爺這十年以來一直都在這暗無天日的地下生活，這種孤獨而痛苦的生活實在不是正常人能夠想像的，雖然他還有不少的同伴，可是這些人應該都喪失了意識，一個個宛如行屍走肉，真不知道他們是如何活下來的？顏天心芳心中說不出的難過。

羅獵過去曾聽說過陰兵的傳說，據說某些皇陵大墓中往往都會有一支神秘的護陵隊伍守候，顏天心的爺爺應當就是陰兵的首領，他沉聲道：「他選擇在暗無天日的地下生活，或許是因為某種責任和信仰，否則也不會忍心拋棄家園。」

顏天心點了點頭，其實她早就聽說九幽秘境有一支神秘的力量在守護，只是沒有想到守護這裡的原來都是她的族人。或許正如羅獵所說，這些族人源於信仰和責任才成為秘境的守護者，可是他們為何會喪失了意識，甚至連自己的親人都相逢不相識？她提醒自己不要繼續想下去，黑暗中吸了口氣道：「這是什麼地方？我昏過去有多久了？」

羅獵道：「具體的地方我也不清楚，我背著你逃了出來，踩著倒下的冰柱跨過冰河，進入了這邊的冰岩叢，裡面路況錯綜複雜，你又受了傷，我沒敢深入，找了個便於隱蔽的冰洞就躲了進來，情況緊急，所以沒經過你的允許就擅自動用了你革囊中的金創藥，你不會怪我吧？」

顏天心搖搖頭，心中暗歎他狡猾，避重就輕，這下為自己療傷的事情就變得光明正大冠冕堂皇了，自己也只能裝糊塗，無法細想他究竟是怎樣為自己療傷。

羅獵見她沉默不語，猜到顏天心可能是因為療傷之事感到尷尬，輕聲道：「你放心吧，這支箭並沒有傷到你的肺腑，只是穿透了你右肩的肌肉，骨骼也沒有受傷，休養一陣應該無礙。」

顏天心道：「多謝了。」她用左手支撐冰面站起身來，冰洞中氣溫很低，離開了羅獵的懷抱之後，寒冷的感覺越發強烈了。

羅獵道：「你若是能走，咱們現在就離開這個地方。」

顏天心道：「沒事，我支持得住。」

羅獵暗自佩服顏天心的堅強和倔強，從黑虎嶺藏兵洞兩人一路走來，歷盡凶險，她從未有過一聲抱怨，更沒有表現出任何的放棄，她的神經堅韌得猶如歷經風雪的青竹，連素來堅強的羅獵也自歎弗如。

同生死共患難的經歷容易讓兩個人儘快瞭解對方，顏天心和羅獵雖然認識的時間不長，可是她卻感覺羅獵如同一個認識了多年的朋友，儘管她有生以來還從未有過一個從心底認同過的真正朋友，因為她的身分使然，小時候她是連雲寨眾星捧月的小公主，長大了她理所當然地接過父親的衣缽，成為連雲寨的大當家，這樣的出身決定她從小就在多數人的仰視中長大，不知不覺中兒時的玩伴已經和她劃開了一道隱形的鴻溝，他們或選擇忠誠，或選擇仰慕，或選擇了疏遠，或選擇了背叛，卻無人能夠像羅獵一樣平等地對待自己，像一個普通朋友那樣說話。

羅獵伸出手輕輕攬住了顏天心的肩膀，極其自然，顏天心沒有拒絕，她知道羅獵是出於善意，想多給自己一些溫暖，而這恰恰是自己此時所需要的。

誠如羅獵所言，這地下冰柱林立，地形錯綜複雜，身處其中有若走入了一個晶瑩剔透的迷宮，顏天心不禁有些擔心，擔心他們就這樣迷失在地下世界，永遠都走不出去。不過顏天心並不感到害怕，或許經歷了太多的死裡逃生，死亡在她心中已不像當初那樣恐懼，或許是這地下寒冷的溫度已經讓她的神經開始麻木。

這些地下的冰柱群不知經歷了多少歲月方才形成，亙古不變，千年不化，晶瑩剔透的冰柱泛起淡淡的藍色螢光，兩人彷彿置身於一個光怪陸離的童話世界，羅獵猜測這些光線是因為冰岩內部摻雜了某些可以自發光的礦物質，冰柱姿態各異，有的如同一柱擎天，有的鋒芒畢露，宛若劍芒直指上空，還有的一叢叢、一簇簇，宛如一朵朵怒放的鮮花。即便是同樣姿態的冰稜，內部也不相同，有的水晶般純淨，有的分佈著大大小小的白色冰花，在螢光映照下越發顯得瑰麗晶瑩。目睹如此美景，兩人暫時忘記了寒冷，羅獵不時觀察周圍，提防追兵到來。

顏天心小聲道：「不知他們戰況如何？」

羅獵道：「兩敗俱傷最好。」想到顏闊海和顏天心之間的關係，所以也只是點到即止，指了指前方道：「那是什麼？」

顏天心循著他所指的方向望去，卻見前方冰柱內有一柄劍影，走近一看，果然是一把長達六尺的大劍，大劍被凝固在冰柱之中，通體用銅錢穿成，這柄大劍看起來威猛，卻不是真正意義的兵刃。

羅獵點燃打火機，借著火光觀察那組成大劍銅錢上方的字跡，這些銅錢都是遼錢，看得正專注的時候，顏天心輕輕扯了扯他的衣袖，羅獵在她的提醒下向周圍望去，卻見右前方的冰柱內凝固著一弓一箭，也是用銅錢製成。

從眼前所見可以確定，這些凝固在冰柱中的兵器全都是人為，從銅錢也可以推測出這裡存在的大概年代。

羅獵掏出掛在腰間的指南針，發現指標正在風車般飛速旋轉，異性相吸，同性相斥，通過這個簡單的物理原理不難推測出附近存在著強大的磁場。其實在沒進入冰窟之前，就發生了同樣狀況，不過指南針的轉速沒有現在這般迅速瘋狂。

周圍的冰柱中凝固著形形色色的兵器，從兵器的構成和擺放的形狀能夠看出，這些兵器很可能是殉葬品。穿越這片兵器組成的陣列，前方現出一條筆直的通道，通道兩旁各有十根合抱粗細的圓形冰柱，每根冰柱內都立著一人，左側冰柱內是全副武裝的武士，右側冰柱內全都是風流儒雅的文臣，栩栩如生，鬚髮鮮明，武臣威風凜凜，文臣形容謙和，這些人看起來竟如同活著一樣。

顏天心看到眼前情景不禁發出了一聲驚呼，一是詫異於眼前一幕的真實，二是因為聯想到這些活人被冰封殉葬的殘忍。

羅獵來到一名武將面前仔細看了看，讓他奇怪的是，這些位列於神道旁邊的殉葬者雖然表情各異，可是沒有一個人流露出絲毫的恐懼，這實在不符常理。沒有人能夠在死亡面前表現出如此淡定，而且這些人姿態各異，衣袂飄揚。

顏天心歎了口氣道：「為何如此殘忍用活人殉葬？」

羅獵緩緩搖了搖頭道，他也無法解釋，雖然歷史上不乏用活人殉葬的先例，可是用這種方法冰封為俑卻是第一次見過。

顏天心幾乎不忍再看。

羅獵道：「你看他們身上衣服的褶皺，還有被風吹起飄揚的部分，不知用何種方法才能夠保持如此姿態？」他舉起打火機湊在其中一名武將的手背之上：「的確是人被冰封在其中！你看，手背上汗毛和毛孔都清晰可見。」

顏天心在他的提醒下仔細觀察，果然如此，心中暗讚羅獵觀察細緻入微。同時內心也變得格外沉重，畢竟這裡的古墓屬於她的先祖，想不到先祖如此殘忍，用活人來殉葬。

兩人從正中神道向前，走了幾步，就發現地面上散落著不少的白骨，其中也有一些銅錢，羅獵躬身想要撿起其中的一枚，手指觸及銅錢，銅錢紋絲不動，原來銅錢經年日久已經被凝固在冰岩之上。湊近一看，銅錢是神冊元寶，和麻雀身上佩戴的那枚相同，羅獵不由得想到，當年麻博軒和羅行木是不是也曾經來過這裡？那枚刻有琉雀印記的銅錢就是在這裡所得？

羅獵借著光芒尋找，散落在冰面上的銅錢約有百枚，正反不同，不過背面上並沒有看到刻有琉雀字樣，其實這也正常，麻博軒之所以挑選那枚銅錢帶回去，就是因為那枚銅錢與眾不同，當然也不排除他撿到銅錢之後才在上面銘刻琉雀那兩個字。

從文臣武將中間的通道走過，前方現出一條用玄冰雕砌而成的階梯，兩旁雕

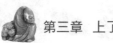

欄玉砌，工藝精美，氣魄宏大，抬頭仰望，看到冰階的盡頭聳立著一座氣派非凡的晶瑩殿宇，那殿宇似乎也是用玄冰建成。

顏天心自小在天脈山長大，除了五歲那年誤墜盜洞進入天鵬王陵寢，再也沒有進入過天脈山的內部，雖然她知道天脈山下藏著許許多多不為人知的秘密，可是兒時的經歷始終如噩夢般困擾著她，更何況還有祖訓的束縛，如果不是這次陰差陽錯，或許她永遠都不會興起進入天脈山腹地探險的念頭。

指南針此時停下了轉動，筆直指向大殿。

顏天心的目光中帶著詢問，明顯是在期待羅獵的選擇，其實她早已猜到羅獵的決定，以她對羅獵的瞭解，他必然會選擇前往冰宮一探究竟。

羅獵道：「欲窮千里目，更上一層樓！」

顏天心微微一笑：「站得高，看得遠，或許咱們走到上面就能找到出路。」

冰宮已然在望，可是真正來到冰宮大門前卻耗去了他們整整半個小時，階梯接近六十度，陡峭向上，中途並無可供休息調整的平台，他們兩人目前的體力都處於透支的狀態，而且顏天心還受了傷，走走停停，等來到大門處已經累得臉色蒼白，虛汗連連。靠在羅獵的肩頭歇了好一會兒，方才恢復了一些體力，羅獵關切道：「不如我背著你！」

顏天心搖了搖頭：「我還沒老到那種地步。」

羅獵笑道：「那等你老了我再背著你！」

顏天心俏臉一熱，芳心中卻湧現出難以形容的溫暖，這種溫暖的感覺有若春風吹遍了她周身的神經和脈絡，讓她身體的傷痛也變得不再那麼明顯，輕聲啐道：「到時候還不知道誰走不動呢。」

羅獵望著顏天心精緻毫無瑕疵的俏臉，心中不由一蕩，可旋即腦海中卻又出現了一雙充滿憂傷的眼睛，內心有若被鋼針刺入，他皺了皺眉，目光轉向一旁。

顏天心說完那句話也覺得有些尷尬，黑長的睫毛垂落下去，望著自己的足尖。她有生以來還是頭一次在一個男子面前表現得如此侷促忸怩。

冰宮大殿前方擺放著兩隻巨大的冰雕神獸，身形若虎，首部如龍，獨角彎彎，四肢粗壯，肋生雙翅，足爪尖利，尾部粗長有力，昂首挺胸，闊口方正，一雙吊睛四十五度角斜睨前方，盡顯不可一世的霸道風骨。

羅獵一眼就認出這兩隻冰雕乃是辟邪，辟邪通常會被放置於墓室大門前，作為鎮墓神獸，由此也可判斷出冰宮內很可能埋葬著某位重要人物。

顏天心道：「好像剛才的那隻蜥蜴。」

羅獵經她提醒也猛然驚覺，不錯，這兩隻辟邪的樣子像極了剛才他們在溫泉河中遭遇的蜥蜴，最大的區分在於蜥蜴的肋下似乎並沒有見到翅膀，也許古人在想像辟邪這種神獸的時候，正是在蜥蜴的基礎上加以創造發揮。又或是古時的蜥蜴原本就有翅膀，後來在漫長歲月中因適應環境而發生了部分生理機能的退化。

冰宮上方匾額之上刻著四個大字，羅獵雖然見識廣博，通曉夏文，卻不認得這四個字寫的究竟是什麼，因為這四個字既非漢字也不是夏文。

顏天心小聲道：「天地玄黃！」

原來這四個字乃是女真大字，女真人是滿族的祖先，最早雖有本族的語言但沒有自己的文字，一直借用契丹字，自從女真首領金太祖完顏阿骨打建立金國，方才命令完顏希尹創制女真文。完顏希尹奉命依照漢人的楷書，因契丹文制度，結合本國語言創制出了女真字，這種女真字史稱女真大字，金國滅亡之後，這種文字使用的範圍逐漸縮小，到明朝末年的時候，女真字幾乎已經滅絕。

羅獵雖然通曉滿漢兩種文字，可是對於這種可以稱之為古董的女真大字卻一竅不通，顏天心本名完顏天心，她是當年金國被蒙古族滅國時倖存的一支族人，因為她的祖上選擇在蒼白山天脈山占山為王，近乎隔絕了和外界的來往，正因為此才能保存昔日女真族的部分文化，其中就包括已被認為滅絕的女真大字。

從某種意義上來說，夏文的斷代失傳和女真大字也有著相同經歷，縱觀中華歷史，每到朝代更迭之時，否定前人，毀滅先賢文化的行為並不鮮見，最有名的應當是秦始皇焚書坑儒，羅獵心中暗忖，或許夏文的衰落和消失也和這一歷史事件有關。

站在冰宮門前，俯視下方，卻見身後階梯傾斜陡峭，一直延綿到下方，起始部隱沒在冰洞之中，居高臨下，一覽無遺，可以斷定後方並沒有追兵趕上，羅獵暗自鬆了一口氣，若是能暫時擺脫羅行木那些人，對他們來說也算是一件好事。

顏天心的內心卻沒有一刻平靜過，自從爺爺出現，她的內心就變得紛亂如麻，儘管知道爺爺已經神智錯亂，她仍不免為他的安危擔心。

羅獵猜到了她的心思，輕聲安慰道：「放心吧，落敗的應當是羅行木。」交戰的雙方眾寡懸殊，羅行木孤身一人，猿人和血狼全都不在現場，他根本沒可能取勝，能否全身而退殺出重圍都未必可知。

顏天心點了點頭，以他們現在的處境也的確無法兼顧其他，美眸再度向冰宮內望了一眼道：「咱們進不進去？」

羅獵揚起手中的指南針，指標已經停下了旋轉，執著地指向前方，他沉聲道：「天地玄黃，宇宙洪荒，我倒要看看這冰宮之中藏著怎樣一個世界。」

第四章

醜怪的木偶娃娃

羅獵感覺到這木偶的不同尋常，
很難想像一個小孩子將如此醜怪的木偶娃娃當成寵物的場景，
連心智成熟的他們都從心底產生厭惡乃至恐懼，
羅獵伸手將木偶拿了起來，入手頗為沉重，
這木偶乃是用陰沉木雕刻而成，他將木偶翻轉過來，
卻見木偶背上刻著鮮血淋漓的兩個字——救我！

顏天心最初還謹記祖訓，九幽秘境乃是他們這支女真族人世代不得進入的禁地，可是如今已經來到了這裡，彷若掉入了不可抗拒的漩渦，越陷越深，唯有一路走下去，回頭已經沒有可能，她也接受了現實，無論這秘境之中藏著怎樣的詛咒，她也要陪著羅獵一路走下去，縱然粉身碎骨，永墮地獄又能如何？從黑虎嶺一路走來，能夠活到現在已經是上天眷顧，歷經凶險之後，在不知不覺中已經看淡了生死。

冰宮大門緊閉，羅獵右手貼在冰冷的大門之上，全力一推，本以為這門扇已經被冰封凍，卻想不到一推之下，門軸轉動自如，在吱吱嘎嘎的聲響之下，大門緩緩開啟。

一股陰寒的冷氣從冰宮內侵襲而出，顏天心被這股冷氣所迫，不由得打了冷顫，羅獵走在前方，首當其衝，被冷氣刺激得接連打了兩個噴嚏。

羅獵發現冰宮的大門並非完全用冰雕成，而是用水晶雕刻，所以門軸門扇歷經千年都未曾腐爛封凍，依然轉動自如。讚歎冰宮鬼斧神工的同時，也猜測到此間主人的身分尊崇，絕不是尋常人物。

顏天心雖然身為連雲寨主，卻從未聽說過在天脈山內有一座冰宮存在，更無從得知這裡主人的身分。走入冰宮，氣溫驟降，兩人本來穿得就單薄，此時更是感到寒冷徹骨，眼前唯有彼此相依取暖。

羅獵用打火機照亮大殿，卻見大殿氣勢恢宏，一根根合抱粗細的巨大冰柱支撐於大殿之中，冰柱上方雕刻著盤龍飛鳳，蓮花底座，精工細作，纖毫畢現。大殿正中御道之上刻著朵朵晶瑩剔透的蓮花，意為步步生蓮，兩旁站立著百餘尊人像，應當是文臣武將，體型神態全都模仿正常人類的比例，和外面的蠟像不同，這些人像全都是用冰雕成，不過這些人像的身上全都穿著衣服，因為這裡特殊的環境，只是顏色暗淡，形態上並沒有太多的變化。

羅獵伸手摸了摸，有些衣服一碰就變成了齏粉，這讓急於找到衣服禦寒的他不禁有些失望，不過他很快就發現，其中有幾件裘皮竟然歷經千年，依然如新，質地溫軟皮毛柔順，這對他們兩人可謂是雪中送炭。

羅獵找了兩件齊整的裘皮外袍，抖落灰塵，先為顏天心披上，然後自己才穿上，裘皮保溫性能絕佳，上身之後頓時溫暖了許多，這些冰雕武將大都配有刀劍，羅獵從中挑選了一柄唐刀，這種兵器刀型來源於漢環首刀，刀身筆直，是唐時最為常見的戰刀，中華鍛造工藝於大唐達到鼎盛，作為戰刀的唐刀工藝嚴格，鍛造精細，考慮到破甲和耐用，鋼材極其堅韌，刃口窄薄，韌性奇強，採用包鐵工藝，熟鐵為外皮，內部夾百煉鋼，部分刃口採用覆土燒刃的局部淬火工藝，刃口堅硬可劈砍破甲，刀身堅韌不變形。

日本風行的太刀，其工藝就有不少從大唐學習了先進經驗，而讓人感到唏噓的是，中華鍛造工藝從大唐的極盛一時，也開始逐步走向衰落，許多工藝反倒流失海外，在外國得以傳承發揚。

顏天心挑選了一柄彎刀，又找到了一支連弩，她現在右肩受傷，行動造成了很大的影響，自然談不上什麼戰鬥力，利用這支連弩可以遠距離射殺敵人，起碼可以起到一些自保作用，她瞄準了遠處的一座冰雕，扣動連弩的扳機，咻的一聲尖嘯，弩箭射中冰雕，冰雕應聲而碎，冰塊散落一地。

羅獵從一尊武將冰雕的身上取下角弓，拉了拉弓弦，確信可用，這才將長弓背在身上，又將箭囊跨在腰間。

兩人裝備停當，彼此相望都露出會心一笑，比起剛才他們進入冰宮的狼狽，現在至少有貂裘保暖，還有武器防身，增加了不少的底氣，單就境況而言已經有了天地之別。

兩人拾階而上，來到冰雕王座前，王座只放了一個木偶娃娃，那娃娃通體漆黑，頭大體小，形容醜陋，圓乎乎的面孔上露出詭異的笑容，這種娃娃在當地並不鮮見，因為蒼白山一帶林木眾多，所以小孩子平時的玩具也大都就地取材，這些玩具大都簡陋，多半也談不上什麼雕工，可是眼前的這個木偶娃娃雖然醜陋，雕工卻是極其精湛，五官生動，一雙比例超大的眼睛應當是用黑色貓眼寶石鑲嵌而成，黑白分明，顧盼生輝，彷彿活過來一樣，讓人感覺它的目光始終在注視著自己，臉上似笑非笑，透露出一股陰森詭秘的寒意。

顏天心只是朝這娃娃看了一眼，就將俏臉扭向一邊，秀眉微顰，感覺心頭壓抑到了極點。雖然注意力從那木偶娃娃身上轉移開來，可是腦海中仍然迴盪著木偶臉上莫測高深的笑容。

羅獵也感覺到這木偶的不同尋常，很難想像一個小孩子將如此醜怪的木偶娃娃當成寵物的場景，連心智成熟的他們都從心底產生厭惡乃至恐懼，更何況是充滿童真稚氣的孩子，羅獵伸手將木偶拿了起來，入手頗為沉重，這木偶乃是用陰沉木雕刻而成，他將木偶翻轉過來，卻見木偶背上刻著鮮血淋漓的兩個字——救我！這兩個字卻是用夏文刻成。

羅獵內心為之一顫，以他強大的心理素質都感覺到毛骨悚然，險些失手將這木偶丟在地上，暗自吸了口氣，鼓起勇氣，手指觸摸木偶背上的血跡，觸手處黏糊糊的，竟像是新鮮的血液，羅獵用手指戳了戳，然後湊在鼻翼前聞了聞，傳來一股檀香氣息，其中沒有半點的血腥味道，推測到這些血跡並非真實，傷口應當是用小刀雕刻，至於這血液，很可能是某種顏料描畫而成，不過因為畫得維妙維肖，幾乎可以亂真。

顏天心咬了咬櫻唇，美眸在木偶上掃了一眼，小聲道：「這木偶好生詭異，它的一雙眼睛好像始終在看著我。」她留意到木偶的那雙眼睛似乎從頭到尾都在注視著自己，這讓她從心底產生了一種被人窺視的感覺。

羅獵其實也是一樣的感覺，他也認為這木偶在望著自己，那對眼睛如同擁有生命一般，不知是不是他的錯覺，總覺得那雙眼睛在盯著自己緩慢移動，他反轉木偶，將它重新擺放在冰雕王座之上。和顏天心轉身離去，走了幾步，兩人都產生了一種背後有一雙眼睛正在窺視自己的感覺，不約而同地轉過身去。卻見冰雕王座之上已經空空如也，那個木雕娃娃在轉瞬之間已經無影無蹤。顏天心不禁發出一聲驚呼，眼前的一切實在太過詭異，那木偶娃娃難道真的擁有生命，可以自己走動不成？

羅獵雖然覺得不可思議，可是他絕不相信那木偶娃娃能夠自己行走，一個雕像罷了，即便是雕刻得怎樣靈動，也不可能擁有真正的生命，他凝神屏息，仔細搜索著周圍的一切動靜，他很快就察覺到頭頂傳來壓抑低沉的呼吸聲，如果不仔細傾聽十有八九會忽略，羅獵緩緩抬起頭來，卻見冰柱的頂端，一個黑影攀援其上，血紅色的獨目猶如一團燃燒的火焰，正是那個被羅獵射瞎右目的猿人。仇人相見分外眼紅，猿人右掌用力一握，掌心之中的木偶娃娃被牠捏得粉碎，兩點寒光墜落下來，卻是那娃娃的眼珠。

猿人喉頭發出一聲低吼，沒有了羅行木的約束，牠終於可以暢所欲為，向羅獵展開一場酣暢淋漓的復仇，魁梧的身軀自七米高處一躍而下，長臂揚起，抱起的雙拳有若重錘般向羅獵頭頂砸去。

羅獵迅速後撤，與此同時，顏天心已經揚起手中連弩，瞄準猿人扣動扳機，一連串的弩箭激射而出，破空發出咻！咻！咻的尖銳嘯響。

猿人左閃右避，左腿終究還是中了一箭，不過這一箭雖穿透表皮，可是入肉不深。猿人一把將弩箭從血肉中拽出，爆發出一聲震徹殿宇的怒吼，因為受到顏天心的干擾，猿人的進攻路線受到影響，羅獵抓住這一時機已成功跳出猿人的攻擊範圍外。猿人雙足落地，右臂橫掃，向顏天心纖腰攻去。

羅獵此時向前跨出一大步，抽出腰間唐刀，怒吼一聲向猿人右臂斬去，寒芒閃爍，隨著長刀的高速斬落於虛空中形成了一道寒氣逼人的光面。

猿人雖然皮糙肉厚，可是看到眼前刀芒，左眼也不由自主收縮了一下，伸出的右臂慌忙縮了回去。

顏天心站定之後，第二排弩箭射出，猿人剛剛嘗過弩箭的厲害，不敢冒險迎擊，身軀逃向冰柱後方，利用冰柱的掩護躲過弩箭的射擊，一支支弩箭追逐著猿人的腳步，卻無一射中猿人的身體，錯失目標大都沒入冰柱之中。

羅獵和顏天心會合到一處，兩人背靠背站在一起，羅獵的呼吸聲明顯變得急促，這是因為他內功基礎薄弱，中氣不足的緣故。

「小心！」顏天心大聲提醒道。

卻見一尊人像被凌空擲出，照著兩人站立的地方呼嘯而來，兩人慌忙分開，那尊人像重重落在了地上，因為人像用冰雕成，落地之後因為劇烈的衝撞而四分五裂，好在冰宮內不乏隱蔽之處，羅獵和顏天心利用合抱粗的抱柱隱藏身形。被激怒的猿人抓起一尊尊冰雕人像，向兩人藏身處不斷投擲，冰像崩裂之聲不斷，冰宮地面上轉瞬之間已經散落著大大小小的冰塊，原本排列整齊的雕像群也被撞得橫七豎八，倒了一地。

羅獵做了個手勢，讓顏天心用弩箭進行掩護，吸引猿人的注意力，自己則悄然繞行到猿人身後，尋找反擊的時機。

那猿人被顏天心的攻擊所吸引，剛剛抓起一尊人像準備等這輪弩箭射罷然後投擲出去。

羅獵悄然摘下長弓，彎弓搭箭，瞄準了猿人的左耳，他此前和這頭猿人已經交手數次，猿人毛皮堅韌，刀槍不入，這一箭如果射在牠的表皮上，很難給牠造成太大的傷害，弓弦已經拉到極限，正準備鬆開弓弦射出這一箭時。一個龐大的白色身影從空中落下，一拳重擊在猿人的後心，將猿人打得橫飛了出去。

而羅獵剛巧射出的這一箭也失去了原有的目標，羽箭追風逐電般從虛空中掠過，徑直射入那團白晃晃的身影之中。鏃尖在那怪物的身體上用力撞擊了一下，卻無法突破牠堅韌的皮毛，沿著那怪物白色的長毛跌落在了地上。

那龐然大物緩緩轉過頭來，這是一頭體型巨大的白猿，通體生滿白色長毛，剛才那頭棕色猿人體型已經足夠魁梧，可是在這頭白猿的面前只是小巫見大巫。白猿的身高接近四米，頭顱碩大，肩寬背闊，青面獠牙，雙目金黃，有若兩盞暗夜中閃爍的明燈。

羅獵看到如此怪物也覺得心驚膽戰，剛才的一箭根本無法傷及白猿分毫，也就是說在這頭白猿面前，他根本沒有還手的機會。來到蒼白山之後，途中所遇的生物一個個不停刷新他的認知，羅獵從未想到在群山之下竟然隱藏著這樣新奇的生物，有些生物甚至只存在於傳說之中。

還好白猿並沒有因為這一箭而報復羅獵，或許是這一箭根本沒有給牠造成任何傷害，又或是牠的心中壓根沒有看起這個渺小的人類，巨大的右掌伸了出去，用拇指和四肢撚起地上那醜怪木偶的碎片，而後發出一聲悲吼，向前跨出一大步，撲向那頭已經倒地的猿人。

顏天心藏身在冰柱之後，被眼前的場景嚇得臉色蒼白，她不敢選擇在此時逃離，生怕會吸引白猿的注意力。

棕色人猿從地上爬了起來，雖然牠的體型比白猿小上一半，可是在白猿面前，並沒有表現出任何畏懼，面對氣勢洶洶猛撲而至的白猿，人猿陡然躍起，沿著身後這根冰柱向上方攀援而去。

白猿怒吼一聲，雙臂砸在那冰柱之上，蓬的一聲，冰柱在牠勢大力沉的攻擊之下頓時四分五裂，冰塊四處橫飛。上方冰柱緩緩向地面倒去，猿人卻在白猿攻擊冰柱的剎那騰躍而起，雙臂攀住另外一根冰柱然後迅速爬向頂端，牠在力量上雖然遠遠遜色於白猿，可是論到身體之靈活卻遠勝對方。

羅獵大吼道：「快逃！」他這一聲卻是對著顏天心所發。白猿發動攻擊的時候顏天心還藏身在冰柱的後方，顏天心驚得美眸圓睜，轉身就逃，方才逃離了幾步，身後冰柱碎裂迸射的冰塊就已後發先至，雨點般砸在她身上，顏天心強忍疼痛，向前魚躍衝刺，撲倒在冰面上，身體利用慣性在冰面上滑行，雖然看不到後方的情景，可是潛意識卻告訴她危機並沒有過去，出於本能，她的身體在滑行速度稍微減緩之後向右方連續翻滾。

一根巨大的斷裂冰柱緊貼著她的身體左側倒在了地面上，只差毫釐，如果顏天心的反應再晚上一秒，恐怕就會被冰柱砸中。

羅獵第一時間衝到了顏天心面前，將她從地上拉起，他的額角被散落的冰塊擊中，鮮血汩汩而出，羅獵指了指冰宮的大門，示意顏天心逃往外面，這白猿的破壞力實在驚人，如果牠在暴怒之下毀去支撐大殿的冰柱，恐怕整個大殿都會坍塌。

人猿爆發出一聲古怪的嚎叫，四道紅色的光影分從不同的方向撲向白猿，正是四頭血狼。

白猿右臂橫掃，將一頭靠近自己的血狼打得橫飛出去，那頭血狼在地上一個翻滾，彪悍地發起了第二次攻擊。兩頭血狼從後方衝上，騰空一躍，分別咬住白猿的肩頭，白猿身軀旋轉，左臂屈起，大手抓住一頭血狼，然後狠狠向地上摜去，那血狼雖然凶悍，可是在白猿驚人的神力之下，也被摔得骨骼盡碎，嗚咽一聲，口鼻之中湧出大量鮮血，眼看已經無法活命了。

趁著兩猿四狼在冰宮內激烈纏鬥，羅獵慌忙扶起顏天心，兩人向冰宮大門衝去，跑了幾步，卻見前方地面上光芒閃爍，羅獵低頭望去，那點光芒正是木偶娃娃的其中一隻眼睛，黑白分明，有若雞蛋大小的貓眼寶石。羅獵躬身將寶石撿起，握在手中，方才發現，這顆寶石竟然充滿彈性，並不像表面看上去那般堅硬，質地像極了真實的眼球。可是他馬上就意識到自己犯了一個錯誤，寶石和掌心接觸的部分突然產生了一股吸力。

白猿抓起一頭血狼的後腿，雙臂用力將血狼從中撕成兩半。注意力卻從人猿的身上轉移，碩大的頭顱猛然回轉，大踏步向羅獵追趕了上去。

顏天心驚呼道：「牠來了！」

羅獵猜到十有八九是因為寶石的緣故，慌忙揚手將寶石向人猿的方向丟去，可是讓他沒料到的是，一丟之下竟然沒能將寶石扔出，那顆貓眼寶石竟然舒展開來，成為杏仁狀，牛皮糖一樣黏附在了他的手掌上。

顏天心看到羅獵仍然將那顆寶石握在手中，還以為他只是虛張聲勢，並不捨得將寶石扔掉，大聲提醒羅獵道：「快，扔掉那寶石！」

羅獵心中暗暗叫苦，不是他不想扔，而是這顆寶石，或許根本就不應當稱之為寶石，這古怪的東西落入掌心之後就變得如同附骨之蛆，他根本沒辦法擺脫，掌心傳來燒灼般的疼痛，又似乎有千萬根鋼針同時刺入自己的掌心，來自這物體的吸力非但不見減弱，反而越來越強。

白猿本來也認為羅獵會將綠寶石扔回來，下意識地向一側躲避，可是羅獵根本沒有將寶石扔出，導致白猿被他虛晃了一下，白猿怒火填膺，認為眼前的年輕人故意在晃點自己，暴吼一聲向羅獵全速追趕上來。

當前的形勢下羅獵根本來不及向顏天心解釋，大吼道：「分頭走！」他非但沒有向前，反而調轉身形向白猿的方向衝去，狂奔幾步，身軀撲倒在地，利用冰面全速滑行，羅獵從白猿的雙足之間通過。

白猿步幅很大，單靠速度，他們肯定無法逃過白猿的追蹤，羅獵也明白現在白猿的注意力都在自己身上，唯有和顏天心分開，她逃生機會才會大一些。

白猿兩個箭步就已追到了顏天心身後，可是眼前卻突然失去了羅獵的蹤影，明明觸手可及的顏天心也被牠放棄，白猿轉過身來，看到已經滑行到自己身後的羅獵，更是怒不可遏，頭頂的白毛一根根豎立起來，爆發出一聲怒吼，抬腳將一頭意圖偷襲牠的血狼踢飛，然後抱起地上斷裂的冰柱，騰空躍起，巨大的冰柱宛如一支巨錘照著羅獵砸了過去。

羅獵此時身體剛剛翻轉過來，看到上方情景，目瞪口呆，不過他的身體仍然在第一時間做出了反應，雙足用力一蹬，後背在冰面上滑行出一丈左右的距離，正是這一丈的距離讓他避免了被砸成肉泥的下場。

冰柱重重砸在冰岩地面上，隨著這聲沉重的撞擊，整個冰宮都為之震動搖曳，羅獵的足底距離冰柱的邊緣只剩下一寸不到的距離，地面的強烈震動讓羅獵的身體顛簸騰空飛起，後心如同被人重重擊打了一拳，他的喉頭突然感到一熱，噗地噴出了一口鮮血。

顏天心在白猿用冰柱重擊地面的剎那躍起，成功躲過了這次劇震。

無論羅獵狀況如何危險，他畢竟成功吸引了白猿的注意力。顏天心卻沒有利用這千載難逢的良機逃走，她怒喝一聲，轉身衝向白猿，手中連弩瞄準白猿的後背，扣動扳機，弩箭一支支射向白猿。她所射出的弩箭根本無法穿透白猿堅韌的毛皮，自然談不上給白猿造成傷害。白猿甚至忽視了她的存在，一把抓住了被震得騰空而起尚未落地的羅獵。

羅獵的身軀如同被鐵箍箍住，白猿金色的雙目死死盯住這個膽大妄為的年輕人，巨大的鼻孔不停翕動，咧開大嘴，露出滿口白森森的獠牙。

此刻棕色人猿和倖存的血狼早已逃得不知去向，在這隻戰鬥力超級強大的白猿面前，牠們的戰鬥力根本不值一提，**生命對任何生物來說都是無比珍貴的，只要有一線可能，沒有誰會甘心赴死。**

羅獵看到了不顧一切撲向白猿的顏天心，他用盡肺部最後的氣力，慘然道：「逃……快逃……」

顏天心卻已喪失了理智，她大喊著撲向那頭白猿，弩箭已經射光，抽出腰間的彎刀，瘋狂砍剁在白猿粗壯的雙腿之上，尖叫道：「放開他……放開他……」她忘記自己仍身處險境，也忘記了自己的攻擊根本對白猿造不成任何傷害。

白猿望著羅獵，羅獵近距離看著白猿，這麼近的距離卻視野模糊，他無力地揚起自己的左手，那顆貓眼寶石竟然從底部和周邊伸出了無數細小的觸角，宛若吸盤般牢牢吸住了他的掌心，看上去羅獵的掌心中有若突然生出了一隻眼睛，這隻眼睛盯住白猿，黑色瞳仁緩緩轉動。

白猿用力吸了吸鼻子，眼中的殺氣卻在漸漸收斂，取而代之的卻是說不出的惶恐，牠突然鬆開了大手，羅獵從半空中摔落在地上。顏天心第一時間衝了過去將他從地上扶起。

白猿並沒有進一步發起攻擊的打算，牠緩緩向後撤退，龐大的身影漸漸消失在黑暗中。

羅獵感覺自己周身的骨骸都要碎裂，可是比起身體的創痛，更讓他感到恐怖的卻是掌心的這隻眼睛，羅獵盯住那隻眼睛，那隻眼睛也在望著他。

顏天心顫聲道：「這……這是什麼？」

羅獵搖了搖頭，他從箭囊中抽出了一隻羽箭，準備用鏃尖將這隻眼睛從掌心中撬出來，可是沒等鏃尖靠近，他就感到突然有無數支鋼針深深刺入了自己掌心的肌膚，那隻眼睛瞬間縮小了許多，正在試圖向他的掌內鑽去，羅獵雖膽大，此時也不禁嚇得滿頭冷汗，低聲道：「這東西正在鑽入我的身體裡。」

顏天心抽出了彎刀，她在瞬間做出了一個決定，為了保住羅獵的性命或許必須要做出壯士斷腕的選擇，唯有儘快斬斷羅獵的左手，方才能夠將他和這隻可怖的眼睛分離開來。

身後傳來緩慢而沉重的腳步聲，卻是那獨目猿人再度出現在冰宮之中。

羅獵內心沉了下去，禍不單行，看來這冰宮十有八九是自己落難之地，他低聲道：「你走吧，猿人找的是我。」

顏天心搖了搖頭，轉過身去，倔強地擋在羅獵的身前。

出現在他們身後的不僅是猿人，還有羅行木。羅行木身上沾染了不少鮮血，不過從他矯健的步伐來看，他所受的傷並不重。羅行木陰惻惻望著他們兩人，天網恢恢疏而不漏，羅獵明明答應了自己的條件，卻在那群守墓者圍攻自己的時候趁機逃走，在羅行木看來這就是背信棄義。他原本就是寧可我負天下人，絕不許天下人負我的性情，自然不會考慮羅獵是在何種條件下才答應跟自己合作的。

羅行木向羅獵點了點頭道：「我還以為你們已經逃了。」

羅獵笑道：「有隻眼睛盯著我，又能逃到哪裡去？」他揚起左手將掌心的那隻眼睛展現在羅行木面前。

羅行木看到那隻眼睛，一雙白眉皺了起來，他歎了口氣道：「天目千足蟲，你居然用手去抓天目千足蟲！」

羅獵其實已經猜測到掌心的這東西絕不是什麼寶石，應該是某種不知名的生物，自己因為一時好奇，徒手將之抓起，所以才導致牠吸附在自己的肌膚之上，從羅行木的口中方才得知這東西原來叫天目千足蟲，看牠的樣子倒是名副其實，果然如同眼睛一般。

羅行木望著羅獵右手中的羽箭已經猜到他想要幹什麼，冷笑道：「天目千足蟲一旦吸附到你的身體上，就如同跗骨之蛆，如果讓牠知道你想要將牠從身體上剔除，牠就會鑽入你的體內，順著你的血脈直達你的心臟。」

他的目光在顏天心手中彎刀上瞥了一眼道：「砍斷他的那隻手倒是一了百了的辦法，只不過這樣做雖可以阻止天目千足蟲進入他體內，卻無法將他血液中的毒素清除乾淨，最終他還是死路一條。」

羅獵轉過掌心，看了看那隻一動不動的天目千足蟲，輕聲道：「如此說來，還是跟牠相安無事的好。」從目前之所見，羅行木應當不是在危言聳聽。

羅行木桀桀笑了一聲，他的目光開始四處搜尋，果然在一片冰雕的廢墟中找到了另外一隻天目千足蟲，那隻蟲子仍然蜷曲成一個圓球，看上去和貓眼寶石無異。羅行木走了過去，從懷中取出一個鐵盒，展開之後，用匕首小心將那隻仍然蜷曲成為一個圓球的天目千足蟲撥入盒中，又迅速將鐵盒蓋上。

羅獵道：「你這麼喜歡，看來這小蟲子價值不菲，不如我將這隻也送給你吧。」他巴不得將掌心的這隻蟲子去除。

羅行木大笑起來，滿臉皺紋蕩漾而起，有若一朵盛開的碩大菊花，只是不見絲毫的美感，反而讓人打心底感覺到厭惡。他搖了搖頭道：「我倒是想幫你，可是又信不過你，焉知你不會背信棄義，恩將仇報？」

顏天心從羅行木的話音中聽出他興許有應對天目千足蟲的辦法，輕聲道：「你幫他拿走那隻蟲子，我們就全心全意幫你做事。」為了營救羅獵，她也不得不選擇向羅行木暫時低頭。

羅行木臉上的笑容倏然收斂，冷哼一聲道：「好一個全心全意！剛才你們只怕巴不得我被那群野鬼分屍！」陰冷的雙目打量了羅獵一眼，低聲道：「你答應過我什麼？又做了什麼？先騙我放過你的同伴，而後趁著我落難之時逃走，小子，果真打得一手的如意算盤！人和人之間難道就不能多點信任嗎？」羅行木因羅獵的背棄而憤怒。

羅獵不慌不忙道：「你若是這麼恨我，乾脆讓我自生自滅就是，你走你的陽關道，我走我的獨木橋，大家就此別過，相忘於江湖可好？」他雖然身處困境，可是他卻料定羅行木不會就此放過自己，因為自己是唯一通曉夏文的人，若無自己的幫助，羅行木很難解開九幽秘境之謎。

羅行木卻歎了口氣道：「你雖不義，我卻不能無情，畢竟我只有你這個侄兒，也罷，我就再給你一次機會。」

羅獵心對羅行木的為人已經有所瞭解，此人為了達到目的不擇手段，絕不會念及半分的骨肉親情，更何況他恨極了羅氏一門，如果不是有求於自己，只怕早已對自己下了毒手。

顏天心關切羅獵的安危，看到羅行木終於答應再給他們一次機會，慌忙道：「那你幫他將那隻天目千足蟲弄走。」

羅行木道：「不是我不肯幫他，而是因為還不到時候，這天目千足蟲雖然厲害，可是你不去招惹牠，牠自然也不會主動惹你，你們所見到的天目千足蟲只是幼蟲，還沒到破繭成蝶的時候，所以現在仍然處於休眠的狀態，短時間內你們不必擔心牠會鑽入體內。」

顏天心心中暗忖，羅行木究竟有沒有本事將這天目千足蟲從羅獵的身上去除，可是就算有一線希望也得冒險一試。

羅獵倒似沒將這件事放在心上，微笑道：「咱們繼續走吧，小叔，我若是不幫你辨好你的事，恐怕你是無論如何也不會幫我將天目千足蟲趕走的對不對？」

羅行木笑瞇瞇道：「你果然是個明白人。」

羅獵道：「難道這裡就是九幽秘境了？」

羅行木搖了搖頭道：「我也不知道。」

羅獵道：「剛才我在木偶娃娃的身後看到了四個字，跟你背後的幾乎一模一樣嘢！」

羅行木因他的這句話而勃然色變，他背後的四個字是擅入者死，這麼說那木偶娃娃背後也刻著同樣的四個字？

羅獵之所以這樣說，用意其實是在試探，看看羅行木此前究竟有沒有見過那木偶娃娃，如果羅行木見過，他應當知道木偶娃娃背後不是四個字而是兩個，寫的也不是什麼擅入者死，而是救我！

羅行木道：「很多時候，人還是少一些好奇為好。」

羅獵道：「可能咱們老羅家血脈中流淌的就是冒險和好奇的血，不然你我兩叔侄也不會先後來到這個地方。」

羅行木來到羅獵的身邊，近距離觀察了一下他的手掌，那隻天目千足蟲彷彿就生在他的掌心上一樣，嘖嘖稱奇道：「我只是聽說卻從未見過，原來果真和人眼一模一樣。」

顏天心以為他是在說風涼話，冷冷道：「你自己不是有一隻，拿出來仔仔細細研究就是。」羅獵卻從羅行木的這句話中聽出，他在此前必然對這裡的一切有過深入的研究，或許他早已掌握了九幽秘境的資料，此前的探險就擁有著明確的目的，或許他所謂的失憶全都是謊言。

羅行木或許是因為重新將局勢掌控在手中的緣故，心情大好，並沒有因為顏天心的這句話而動怒，笑眯眯道：「這天目千足蟲在寒冷的環境中會進入長時間的休眠狀態，遇到合適的溫度和環境方才會復甦，你用手去抓牠，牠感覺到你掌心的溫度，所以從休眠中甦醒，天目千足蟲甦醒之後需要營養來滋養身體，你的血液恰恰可以提供給牠足夠的養分。說起來，你的運氣還真是不錯呢。」

其實就算羅行木不說，羅獵也已經猜到發生了什麼事情，他歎了口氣道：

「不知牠什麼時候會把我的血吸光。」

羅行木道：「你這麼大個，這麼小的一隻蟲子又能吃多少？」反正天目千足蟲叮在羅獵身上，事不關己高高掛起，更何況羅獵一時半會也不會死。

羅獵道：「剛才我好像看到了一隻白猿。」

羅行木道：「那隻白猿是九幽秘境的守護者之一，牠的學名應當是雪犼，體態魁梧，力量奇大，刀槍不入，我們加起來都不會是牠的對手。」

羅獵道：「如此說來，咱們還是趁早離開的好。」

羅行木道：「世間萬物，相生相剋，那雪犼雖然厲害，可是牠也有弱點。」目光在羅獵的左掌上掃了一眼。

羅獵靈機一動，忽然想起雪犼將自己抓在手中卻突然放棄的一幕，驚聲道：「牠怕我？」

羅行木微笑點了點頭道：「不是怕你，而是怕你掌心的天目千足蟲。」

羅獵心中暗忖，那雪犼必然是意識到天目千足蟲復甦，所以才會望風而逃，看來生物都有靈性，如果天目千足蟲好端端地留在那玩偶體內，說不定會在冰宮之中一直休眠下去。

獨目猿人仍然在一側惡狠狠盯著羅獵，顯然還沒有忘記此前的奪目之恨，羅獵料定了這猿人不敢在羅行木面前造次，笑瞇瞇向獨目猿人道：「不好意思，弄瞎了你一隻眼睛，不如我將這隻眼睛賠給你？」他揚起左掌。

獨目猿人看到那隻天目千足蟲，竟然嚇得向後方逃去，躲在一根冰柱的後方，過了好一會兒方才探出頭來窺視。

羅獵頓時明白，害怕天目千足蟲的不僅僅是那頭雪犼，眼前的猿人也是一樣，望著左手掌心中的眼睛，那隻黑白分明的眼睛也在望著自己，陰沉沉的目光中似乎充滿了詛咒。

羅行木道：「開弓沒有回頭箭，事到如今，你唯有陪我一路走下去。」

羅獵點了點頭道：「看來我已經沒得選了。」他向顏天心笑了笑道：「九幽秘境乃是你們族中禁地，你還是不要違背祖訓，不然以後如何面對你的族人？」

顏天心焉能聽不出他是在勸自己儘早離去，趁機脫離困境，她沒有說話，左手下意識地握緊了刀柄。

羅行木道：「夫妻本是同林鳥，大難臨頭各自飛，現在離去倒不失為明智之舉。」他並沒有阻止顏天心離去的意思，畢竟他的主要目的是掌控羅獵，讓羅獵陪同自己進入九幽秘境，利用他掌握的夏文知識幫忙解決問題，至於顏天心是走是留對他並不重要。更何況顏天心若是離開，等於羅獵方的力量進一步削弱，對他絕不是壞事。

顏天心道：「正因為如此，我才要看著你們！」

羅獵本來還想勸她，可是看到顏天心毅然決然的目光，已經知道自己根本不可能改變她的決定，於是放棄了繼續勸說她的打算。

或許是為了表達自己的決心，顏天心率先朝著冰宮內部走去，羅獵害怕她有什麼閃失，慌忙跟了上去。

冰宮的北牆之上刻著一幅巨大的浮雕，圖上描繪的是兩軍交戰的情景，羅獵和顏天心來到浮雕前方駐足，一來是欣賞浮雕，二來他們已經看不到前行的道路。浮雕上征戰的雙方，人神魔獸，各顯其能，應當是上古戰爭的情景，羅獵從雙方的旗幟上辨別出交戰雙方的身分，一方應該是中華祖先之一的黃帝，另外一方是蚩尤，這幅浮雕所刻畫的應當是涿鹿之戰的場景。

羅行木陰沉的聲音在一旁響起：「這浮雕所刻的是涿鹿之戰，你應當知道這場戰役。」

羅獵點了點頭道：「聽說過，上古神話！」

羅行木道：「人們往往將自己沒有親眼目睹，又缺乏所謂證據的東西稱之為**神話傳說，因此而否定了太多曾經存在過的事實，可歷史終究是歷史，無論你承**

認與否，都改變不了歷史存在的事實！」

顏天心輕聲道：「你是說歷史上真的發生過逐鹿之戰？」

羅行木淡然笑道：「我證明不了，但是我相信！其實歷史無需證明，更無須後人去承認！」

羅獵靜靜沉思，羅行木的這番話細細品評起來其中蘊含著一個深刻的哲理，的確，歷史儘管淹沒於塵埃之中，或許後人已看不清歷史的本來面目，可是無論現代人能否證明這些歷史的存在，都改變不了已經發生的事實。如此說來，後人的考古和探險無非是為了滿足自己的好奇心，對於歷史的走向並無半點幫助，那麼後人的這些行為又有什麼意義？

顏天心道：「可是前面好像已經沒有了道路。」

羅行木道：「不識廬山真面目，只緣身在此山中，你看到的是巧奪天工的浮雕，看到的是讓人血脈賁張的大戰，而我看到的卻是一個個可供蹬踏的肩膀。」

一語驚醒夢中人，顏天心暗叫慚愧，她只看到表面，卻忽略了這浮雕中隱藏的通路，利用浮雕的特徵，可以順利攀援而上，直達這面牆壁的頂部，剛才那頭雪犼也是朝著這個方向而來，雪犼身軀龐大魁偉，想要隱藏並不容易，所以肯定有通道離開。

羅獵關切道：「你的肩膀！」

顏天心的右肩此前被弩箭射穿，雖然沒有傷及骨骼，可畢竟影響到了右臂的正常活動，眼前的這面浮雕高達數十丈，想要爬上去必須要手足並用，這對顏天心來說必然是一個極其嚴酷的考驗，或許她剛剛封口的傷口會因此而裂開。

顏天心道：「你休想勸我留下！」

羅獵笑了起來，露出滿口雪白而整齊的牙齒：「我只是想徵求你的意見，究竟是應當背你上去，還是抱你上去。」

顏天心歎了口氣道：「其實你應當關心一下自己，你手上的那隻眼睛會不會突然鑽進去，不過你心眼兒那麼多，應當不差多一隻眼睛。」她的語氣雖然帶著調侃的意味，可是內心中卻為羅獵深深擔憂不已，天目千足蟲就吸附在羅獵的左手掌心，羅獵攀岩的時候如果不小心觸動了這隻天目千足蟲，那麼牠說不定會鑽入他的體內。

羅行木望著眼前這兩個到了生死關頭仍然在為對方著想的年輕人，緩緩搖了搖頭道：「**生死有命，富貴在天，老天爺若是不想讓你死，你就得繼續在這世上受罪。**」他揮了揮手，猿人緩緩爬行到顏天心身邊，卻是要背著顏天心上去。

至於羅獵只能寄希望於羅行木幫忙了，他笑了笑道：「小叔，有勞了。」稱呼羅行木為小叔也是有意為之，希望能夠喚醒羅行木內心深處所剩不多的良知。

羅行木冷笑了一聲，從腰間解下一根長約五米的黑色繩索，繫在羅獵的左腕之上，另外一端則繫在自己的左腕上，他並沒有選擇猿人一樣將羅獵背起，而是利用這根繩索給羅獵幫助，這樣一來他只需適當給羅獵借力，既避免了兩人身體直接接觸，也避免羅獵的左掌用力。

羅獵暗歎羅行木狡詐，果然連半點機會都不給自己。

羅行木已經攀援著浮雕向上爬去，羅獵緊隨其後，雖然他的左手不敢接觸任何東西，可是每到需要用力的時候，羅行木都會恰到好處地給他牽拉，這就避免了他左手用力，以防觸動天目千足蟲。羅行木也不想羅獵死得太早，至少在他為自己翻譯那些夏文之前不要出事。

猿人背顏天心啟動雖然稍晚，可是攀援的速度卻遠超羅行木，轉瞬之間已經爬到了浮雕頂端，浮雕頂端和冰宮頂壁之間還有一段高達三丈的空隙，因為光線黯淡，再加上角度的緣故，站在浮雕下方看不到這段空隙，還以為浮雕和冰宮穹頂直接相連。

顏天心轉身回望，卻見羅行木和羅獵一前一後方才爬到浮雕中途，猿人的雙臂已經抓住了浮雕的上緣，用力一拉，準備騰躍而上的時候，頭頂風聲颯然，抬頭望去，卻見一柄大斧當頭劈落，正中牠的前額，事發倉促，猿人沒有來得及躲閃，這一斧對方蓄勢以待，凝聚了全身的力量，猿人頭骨雖然堅硬，可是仍然擋不住這一斧之利，頭骨被劈開，血光四濺，牠慘叫一聲，雙掌脫離了浮雕上緣，身軀後仰向下方倒去，顏天心趴在猿人身後，性命完全牽繫在猿人身上，猿人失手落下，她自然也逃脫不了從高處墜落的命運，嬌呼一聲，放開猿人的頸部，想要逃離已經來不及了。

千鈞一髮之時，一條臂膀從旁邊探伸出來，一把抓住了她的左臂，顏天心止住了下墜的勢頭，卻見那猿人哀嚎著揮動著上肢直墜而下，重重跌落在下方冰面之上，頭面部鮮血直流，只怕已凶多吉少了。

顏天心驚魂未定，定睛望去，剛才將她從死亡邊緣拉回來的那人竟然是她的爺爺顏闊海。顏天心嬌噓喘喘，雙足立在浮雕的凹窩處，好半天方才回過神來，顫聲道：「爺爺……」

顏闊海輪廓分明的面龐有若冰雕一般堅硬，混濁的雙目中不見任何波動，彷彿面前的孫女只是一個素不相識的陌生人，顏天心正想跟他說話。顏闊海卻已經從藏身的凹窩處攀援出去，雙目冷冷望著已經爬到中途的羅行木。

羅行木親眼目睹猿人在攀上頂端的剎那被大斧擊落，從這樣的高度落下本來就已經凶多吉少，更何況猿人的頭部還被斧刃重擊，羅行木望著這幫陰魂不散的守墓者，陰沉的雙目中迸射出凜冽殺機，右手一抖，黑色長鞭向顏闊海攔腰抽去，顏闊海從背後抽出大劍斬向長鞭，黑色長鞭宛若靈蛇一般纏繞在大劍之上，顏闊海和羅行木兩人都是一手抓住浮雕，右手同時用力，在距離地面十餘丈的懸壁之上展開了一場力量比拚。

第五章

長生訣

羅獵一雙劍眉擰在一起，他緩緩放下望遠鏡道：
「這上面已經警示過你們，不可觸碰棺槨，
上方所刻的是一篇道家養氣，延年益壽的長生訣，
你們可以無償拿走，還標明了藏寶地所在。」

顏天心身處浮雕的凹陷之中，暫時沒有危險，從她的位置看不清爺爺那邊的情景，抬頭望去，發現自己距離浮雕上緣只有不過一米左右的距離，剛才金甲武士突襲猿人的情景仍然歷歷在目，縱然可以輕易攀越這段距離，顏天心仍然不敢冒險嘗試。

比起顏天心，羅獵此時的處境卻極其不妙，羅行木和顏闊海兩位頂尖高手在懸壁之上拚盡全力，羅獵的左腕和羅行木的左腕相連，若是羅行木落敗，自己必然受其牽連，剛才猿人墜地就是明證，如果不是顏闊海關鍵時刻出手救了顏天心，那麼顏天心肯定深受其害，會落得和猿人一般下場。

在羅行木和顏闊海角力纏鬥的同時，六名烏甲武士出現在浮雕下方，幾人衝上去圍著滿身是血的猿人，刀槍齊出，大有將猿人碎屍萬段的架勢，那猿人原本就已經氣息奄奄，哪還禁得住他們這番砍殺，轉眼間已經血肉模糊。

六名烏甲武士斬殺猿人之後，沿著浮雕向上攀援而來。羅獵心中暗叫不妙，無論羅行木和顏闊海勝負如何，這六名武士的到來已經讓他的處境迫在眉睫，他雙腳踩在浮雕的肩膀上，身體緊貼浮雕的凹陷處，右手探出試圖解開左腕上的繩索。還沒等他的右手靠近繩索，羅行木已經識破了他的意圖，冷哼一聲，左手用力一抖，一股大力沿著繩索傳遞出去，羅獵被這股大力牽拉，竟然立足不住，慘叫一聲從立足處蕩了出去，羅獵本以為自己會就此墜落，身軀懸空蕩漾在半空，隨即左臂一緊，卻是被繩索緊緊拉住，另外一端牽繫在羅行木的左腕上，所以並沒有墜落下去。

羅行木力量奇大，右手和顏闊海比拚力量，還可以騰出手來控制羅獵。顏闊海怒吼一聲，手中大劍向後牽拉，羅行木身體向前傾斜了一下，旋即右臂向回拉扯，因為用力過度，他額頭的青筋一根根暴出，形容顯得越發恐怖，雙目以瞳孔為中心，黑色的脈絡向眼白處擴張蔓延。

顏闊海借著羅行木向後牽拉之際，左手放開浮雕，身軀凌空飛起，揚起手中大劍，借著羅行木的一牽之力，向他的心口刺去。

羅行木面目猙獰，左手向後重新抓住浮雕，右手棄去長鞭徑直向對方的劍鋒抓去，顏闊海心中暗喜，這廝如此托大，竟敢用肉掌直接迎擊自己的利劍，分明是找死。

羅獵原本就要撞上浮雕，可是又因為羅行木的動作，左臂再度受到牽拉，身體向後方倒飛了出去，他的身軀在空中旋轉蕩動，這次卻撲向了一名剛剛爬上來的烏甲武士，那烏甲武士雙手攀在浮雕之上，看到羅獵朝自己突然飛了過來，慌忙騰出一隻手去拿武器。這種時候不是你死就是我亡，羅獵豈能給他這個機會，雙腳抬起，借著蕩動的勢頭，狠狠踹了出去，烏甲武士被踹得脫離浮雕飛了出去，重重跌落在猿人的那堆血肉之上。

噗！大劍的劍身被羅行木徒手抓住，再也無法遞進分毫，顏闊海左手及時抓住浮雕的一角，雙目中流露出不可思議的神情，羅行木的右手死死握住劍身，鋒利的劍刃竟然沒有割破他的手掌，非但如此，他的力量在短時間大幅提升，在羅行木全力扭動之下，劍身彎曲如弓，鏘！大劍終因無法承受這強大的扭力，從劍鋒處折斷，羅行木手指屈起，將折斷的劍鋒彈射出去，一點寒星有若追風逐電般射向顏闊海的右眼，顏闊海不得不收回大劍，用寬厚的劍身擋住劍鋒，劍鋒撞擊在劍身之上迸射出數道火星。

羅行木卻趁著顏闊海防守的空隙，手足並用，以驚人的速度爬升到浮雕的上緣，這可苦了羅獵，羅獵被繩索拖拽著在浮雕之上跌跌撞撞，周身的骨骸幾乎都要散架。

羅行木頭顱露出浮雕上緣的剎那，早已潛伏在那裡的金甲武士故技重施，揚起大斧照著羅行木的頭頂劈了下去，羅行木早已料定對方會有此舉，在對方舉起大斧的剎那，身軀不退反進，鬼魅般騰空掠起，一把抓住斧柄順勢一拉，那金甲武士凝聚全身力量發動這次攻擊，力量聚集於雙臂的同時其下盤難免有所鬆動，再加上她出斧的剎那身軀前衝，被羅行木來了個順手牽羊，頓時立足不住，身軀跟著大斧一起向前衝出，從十多丈的浮雕頂部跌落下去。

金甲武士驚慌之中扔掉了大斧，仍止不住下墜趨勢。羅行木偷襲成功，迅速爬到浮雕上方，可是羅獵仍在下面，更倒楣的是，金甲武士從他的身邊跌落，苦無著手之處，看到羅獵猶如見到了救命稻草，探出雙臂牢牢將羅獵的大腿抱住。

羅獵被金甲武士的重量和下墜力所累，左臂突然一緊，肩胛劇痛，感覺自己的整條左臂幾乎就要撕裂。

羅行木手腕擰動，黑色繩索在他的手腕上又繞了一圈，他雙足牢牢釘在冰岩之上，左臂握住黑色繩索，繩索的另一端牽繫著兩個人的性命，羅行木當然不會在乎金甲武士的死活，可是他卻不得不考慮羅獵的存亡。

一個高大的身影出現在他的右側，顏闊海也已經攀上了冰岩，手握斷劍，雙目鎖定羅行木，一步步向他走了過去，五名烏甲武士也從另外一側攀上冰岩，他們並沒有選擇第一時間去營救金甲武士，而是先來到浮雕上方形成合圍陣列。

羅行木的雙眼已經被黑色脈絡籠罩，控制住羅獵的同時，他的行動也受到了影響，若是放棄羅獵，就意味著再無人可以為他破解夏文之謎，可是不放棄羅獵，他的性命就會受到威脅。

羅行木黑色的眼睛盯住顏闊海：「放下武器，不然我就摔死他們！」

顏闊海舉起了大劍，另外五名烏甲武士同時舉起了弩箭，他們的使命是阻止任何人進入秘境，為了這一使命縱然犧牲性命也毫不猶豫，更何況面臨犧牲的只是羅獵的生命，這些守墓者不會在乎。

「爺爺！」顏天心的聲音從顏闊海的身後傳來，她不顧右肩的創痛，頑強爬了上來，看到眼前的一幕慌忙出聲制止爺爺，她的這聲呼喊也暴露了顏闊海的本來身分。

顏闊海沒有理會她，繼續向前走了一步，顏天心咬了咬嘴唇，舉起弩箭瞄準了爺爺的後心：「讓他們放下武器！」

顏闊海的腳步停頓在那裡，他緩緩轉過身去，看到了弩箭冰冷的鏃尖，顏天心美眸中閃爍著晶瑩的淚光，如果不是逼不得已，她又怎會做出這樣的抉擇，用弩箭威脅曾經深愛自己的爺爺。

羅行木呵呵笑了起來，有趣，果然有趣，男女之間為了所謂的感情果然可以做任何事。

顏闊海看了孫女一眼，再度轉回頭去，他並沒有下令讓武士們放下弩箭，依然向羅行木邁進一步。

顏天心含淚道：「爺爺！」

顏闊海冷冷道：「我不是你爺爺，任何人膽敢踏入九幽秘境，格殺勿論！你也不會例外！」

顏天心的手臂在顫抖，爺爺這番看似絕情的話卻表明他已經認出了自己，所以他才會三番兩次地出手相救。她不該用弩箭瞄準爺爺，可是如果她不阻止爺爺出手，那麼首先死去的只能是羅獵。

羅獵感覺自己的手腕就快斷裂，左手因為繩索的束縛，血循受阻已經變成了紫黑色，掌心中那隻天目千足蟲這會兒功夫又漲大了許多，猶如一隻怒目而視的大眼，羅獵雖然看不到上方的情景，可是卻聽得到顏天心和爺爺的對話，心中除了感動卻又無能為力，他從未想過自己會淪落到如此兩難的境地，此刻什麼智謀什麼武功都派不上用場。想不到自己堂堂一個七尺男兒竟然會被一隻小蟲子所制，羅獵盯住那天目千足蟲，心中暗歎，如果這當真是一隻眼睛多好，至少我還有催眠你的機會。

天目千足蟲似乎感應到羅獵的內心所想，瞪得越發滾圓，和一隻眼睛看起來毫無分別。意想不到的事情突然發生了，那隻天目千足蟲在鼓漲成球形之後，從羅獵的掌心中脫落，貼著羅獵的身體滾落下去，竟然掉入下方金甲武士的眼眶之中。羅獵怎麼都不會想到有若跗骨之蛆的天目千足蟲居然這麼容易就從掌心脫落，那金甲武士感覺眼眶中鑽入異物，嚇得慌忙伸手去抓，情急之中竟然忘記了自己還身處險境，雙手放開了羅獵的大腿，慘叫著從高空中跌落下去。

羅行木感到手腕陡然一輕，繼而聽到慘叫聲，心中頓時明白發生了什麼，左腕一拉，羅獵宛如騰雲駕霧般從下方升騰而起，羅行木牽拉羅獵的同時身軀向五名烏甲武士衝去，他必須要兼顧羅獵的安危，畢竟留下這小子對自己還有用處，所以要將五名烏甲武士除去，避免他們趁著羅獵立足不穩之時，將他射殺。

還好五名烏甲武士的首要目標都是羅行木，他們揚起弩箭瞄準羅行木紛紛施射，羅行木頭顱甩動，銀色髮辮又如一條長鞭，弧形繞向身體前方，將射向自己的羽箭全都擊落。

羅獵被牽拉到冰岩之上，第一時間抽出唐刀將牽繫他和羅行木之間的繩索斬斷，他的整個左手都已經成為了紫黑色，掌心中有一個杏仁般的血洞，看起來煞是駭人，左手麻木毫無知覺。

「小心！」顏天心的提醒聲響起，羅獵聽到頭頂風聲颯然，慌忙揚起唐刀反手迎擊，卻是顏闊海不等羅獵站穩腳跟就一劍劈砍過來，羅獵單手擋住顏闊海的來劍，他的膂力原本就遠遠遜色於對方，再加上顏闊海的這次攻擊出其不意，打了羅獵一個措手不及，震得羅獵一屁股坐在了地上。

顏闊海雙臂用力，大劍下壓直奔羅獵的頸部切去，他果然信守準則，堅定不移，任何人膽敢進入九幽秘境都格殺勿論。

顏天心看到羅獵形勢危急，抽出彎刀向顏闊海衝了上去：「住手！」她這一刀直奔顏闊海的手臂砍去。

顏闊海一身甲冑防禦力極強，根本沒有將顏天心的這一刀放在眼裡，顏天心一刀砍在他的護肘之上，噹啷一聲，激起一片火星，顏闊海卻完好無恙，冷冷掃視了孫女兒一眼，抬腳踢中顏天心的小腹，這一腳將顏天心踹得飛了出去，不過好在是飛向內側，顏天心摔倒在三丈之外的冰岩上，這一擊分明還是腳下留情。

羅獵還在苦苦支撐，卻忽然感覺壓力一輕，原來是顏闊海在即將得手之時放過了他，挺劍向羅行木衝去。

羅行木宛如惡魔降世般衝向那五名烏甲武士的陣營，雙足凌空飛踢，將兩名烏甲武士踢飛，一拳擊中其中一人的面門，竟然將對方的顱骨打得整個坍塌了下去，腦後髮辮呼嘯甩出，纏住後方一名意圖襲擊自己的武士脖頸，毒蛇般纏繞收緊將那名烏甲武士扼死在身後。轉瞬之間五人已經被他除掉了四個，最後那名烏甲武士挺起長矛向羅行木胸口戳去，羅行木伸手抓住長矛順勢向懷中一帶，那名武士立足不穩向他衝了過來，羅行木揚起右手，五根指甲如今已經變得漆黑如墨，指尖銳利有若鷹爪，唰地插入那武士的腦門，武士頭頂的烏青色鋼盔在他的利爪面前如同豆腐一般，竟被他五指洞穿。羅行木在雙目黑化之後，他的戰鬥力也隨之成倍增加。

羅行木看都不看，手中長矛向後方倒轉，反手格擋住顏闊海從後方發動的攻擊，長矛通體為精鋼鑄造，抵擋住顏闊海手中的斷劍，劍矛交錯，兩股強大的力量交匯在一起，撞擊出火星四射。

羅行木借力向前方衝出三步，一把將那名武士的屍體掄起，甩沙包一樣向後方投擲過去。

顏闊海手中斷劍橫拍，將這名武士的屍身拍了出去，屍身向浮雕下方墜落，即便是親眼目睹同伴的死亡，冷酷的臉上不見絲毫的波動，長久暗無天日的穴居生涯讓這幫守墓者離群索居的同時也漸漸淡忘了人世間的感情，他們心中最重要的事情就是守住本族的禁區，守住屬於女真人的聖地，為了這一信念，任何犧牲都無所畏懼。

羅行木緩緩轉過身去，他的雙目已經完全變成了墨色。

顏闊海望著羅行木，臉上呈現出前所未有的凝重表情，低聲道：「你究竟是誰？」

羅行木挺起長矛，向前猛然跨出一步，長矛以不可一世的速度刺破虛空，有形的矛尖撕裂無形的空氣，矛尖在和空氣的高速摩擦中發出一聲尖銳的嘯響。

顏闊海暴吼一聲，手中斷去四分之一的大劍力劈而下，目標卻是細小到幾乎可以忽略不計的矛尖，劍脊寬厚，刃薄如紙，矛長丈二，其鋒若針，兩大高手都是拚盡全力，鋒刃相撞，兩人身軀都是一震。羅行木卻在此時突然棄去了長矛，身軀有若鬼魅般撲向顏闊海。

按常理而論，高手對決，主動棄去武器並不明智，可是羅行木速度實在太快，不等顏闊海發動第二次進攻，已來到顏闊海近前，五指向顏闊海面門插去。

這種貼身肉搏的狀況下，顏闊海手中的大劍反倒成為了累贅，他左手抓住羅行木的右腕，右手棄去大劍，一拳勾向羅行木的下頜。

羅行木左臂有若無骨，靈蛇般將顏闊海的來拳纏住，兩人相互抓住對方的手臂，下盤也沒有閑著，彼此雙腿齊出，連番撞擊，蓬蓬之聲不絕於耳。

別說是當局者，就連羅獵和顏天心這兩個旁觀者也聽得頭皮發麻，羅行木和顏闊海兩人彷彿喪失了痛覺，在冰岩上方的狹窄平台展開了一場貼身肉搏。

顏天心想要過去幫忙，卻被羅獵一把抓住，旁觀者清，羅獵早就看出羅行木和顏闊海兩人的武力遠遠勝過他們兩人，如果他們貿然靠近，說不定首先遭殃的會是他們。

顏闊海以額頭狠狠撞擊羅行木的面門，堅硬的顱骨撞擊在羅行木的面門上發出空空的聲音，如同撞在一根朽木之上，羅行木抓住機會，迅速扭動頭顱，銀色髮辮繞到顏闊海的腦後將他的頸部扼住。

髮辮迅速收緊，顏闊海低吼一聲，掙脫開羅行木的雙臂，抱住他的身軀一個標準的駱駝扳，將羅行木反背重重摔倒在冰岩上，雖然顏闊海在場面上佔據了主動，可是羅行木的髮辮卻仍然緊緊纏住了顏闊海的頸部，越收越緊。

顏闊海一手抓住髮辮，一手從腰間抽出了匕首，想要將之割斷，可是羅行木卻飛撲過來，雙手抓住他握住匕首的手腕，雙手對單手自然在力量上占優，眼看羅行木就要將匕首反轉，顏闊海暴吼一聲，放開髮辮，一拳捶打在匕首手柄尾端，驟然增強的力量讓匕首斜行刺入羅行木的左胸，羅行木悶哼一聲，再度抓住顏闊海的右手，避免匕首進一步深入自己的體內，右手的食指和中指猛然探入顏闊海的雙目之中。

顏闊海並沒有料到羅行木在被刺中之後仍然擁有如此強大的反擊能力，雙目劇痛，一雙眼珠已經被羅行木尖利的手指硬生生摳了出來。

顏天心看到爺爺如此慘狀，哪還能袖手旁觀，挺起彎刀不顧一切衝了上去。

羅行木雙腿蜷曲，有若兔搏獵鷹，猛然蹬踏在顏闊海的小腹之上，顏闊海魁偉的身軀被他蹬開，與此同時，羅行木纏繞在顏闊海頸部的髮辮再次收緊，顏闊海幾乎喪失了戰鬥力。

羅行木抱起顏闊海的身軀向顏天心衝去，顏天心還未來得及出刀，就已經被兩人纏鬥在一起的身軀撞倒。身體失去平衡滾落到冰岩邊緣，眼看就要墜落下去，一直都在留意顏天心動向的羅獵及時衝了上來，一把將她抱住，方才止住顏天心繼續滾落的勢頭。

羅行木將顏闊海的身軀重重撞擊在冰岩之上，抽出刺入左胸的匕首，對準顏闊海血如湧泉的左眼狠狠刺了下去。

身後響起顏天心撕心裂肺的哀嚎聲：「爺爺！」

顏闊海魁梧的身軀仍然站立在那裡，羅行木漆黑無情的雙目冷冷望著他，看著顏闊海緩緩跪倒在了地上，然後方才轉身離去。

顏天心哭喊著跑了過去，抱起滿身是血的爺爺。

滿臉是血的顏闊海嘴唇不斷顫抖著，他想說什麼，卻又說不出來，染血的左手顫抖著，從腰間掏出一卷羊皮，還沒有將羊皮遞到顏天心手中，就掉落下去，羊皮中包裹著剛剛從顏天心那裡搶來的貓眼寶石。寬大而粗糙的右手輕輕撫摸了一下顏天心的頭頂，雖然只是一個不經意的動作，卻已讓顏天心熱淚盈眶，她依然記得，在自己兒時，爺爺總是喜歡這樣撫摸自己的頭頂，他一定記起來了，他依然記得自己，顏天心抬起淚眼正想說話，卻見爺爺高傲不羈的頭顱緩緩垂落。

羅行木的右手捂住小腹，被顏闊海用匕首刺破的傷口仍在流血。羅獵站在悲痛欲絕的顏天心和羅行木之間，充滿警惕地望著他，他無法改變顏闊海的命運，但是他必須要竭盡全力保護顏天心。羅獵留意到羅行木的血色如墨，和正常人的鮮紅色完全不同，看來羅行木此前的冒險讓他的身體發生了驚人的變化，也唯有如此才能解釋他剛才表現出的驚世駭俗的戰鬥力。

顏天心抹去淚水，將那枚沾染著鮮血的貓眼寶石重新戴在頸上，然後從地上撿起了彎刀，緩緩站起身來，羅獵攔住了她的去路，背對羅行木向顏天心使了個眼色，他當然明白顏天心對羅行木刻骨銘心的仇恨，可是在目前的狀況下如果強行復仇，吃虧的只能是他們。

羅行木長舒了一口氣，聽起來更像是歎息：「我不殺他，他就會殺死我們，你以為他會因為你是他的孫女對你手下留情？」他雙目中的黑色脈絡漸漸褪去，雙眼恢復了平日的黑白分明，剛才還宛若瘋魔的羅行木此刻看起來似乎重新恢復了理智。

顏天心的嬌軀在微微戰慄著，內心沉浸在莫大的悲痛之中，一直以來她都以為在這世上再無親人，卻沒有料到深愛自己的爺爺仍然活在天脈山腹地的秘境之中，相見之時就是訣別之日，這種生離死別的痛苦將顏天心的內心撕裂得支零破碎。她向來都不是一個衝動之人，年紀輕輕就已經成為連雲寨主，能夠統領群雄，讓一幫粗獷豪強的漢子對她惟命是從，若非有超人一等的氣魄和胸襟又怎能做到？顏天心懂得權衡利弊，可是真正目睹親人被殺，她才明白自己仍然無法主宰內心的情緒。

羅獵輕聲道：「你若是敢加害於她，我必然不惜性命與你一戰！」他已經察覺到羅行木漸漸濃烈的殺機。

羅行木呵呵笑了起來，緩緩搖了搖頭道：「看在你的面子上，我不跟她一般見識。」

顏天心緊握彎刀，就快將刀柄攥出水來，抬起頭看到羅獵充滿關切的雙眼，內心中一陣酸楚難過，她並沒有責怪羅獵阻止自己，她明白他的苦衷，以羅行木霸道的武力，就算他們兩人拚盡全力也難以取勝，眼前的局勢下唯有選擇隱忍方能保全性命，留得青山在不怕沒柴燒。顏天心用力咬了咬嘴唇道：「你放心，我不會胡來！」

羅獵點了點頭。

顏天心還刀入鞘，來到爺爺的屍體旁邊，望著他血肉模糊的面孔，心如刀割，卻沒有流淚。握住爺爺粗糙冰冷的大手，俏臉貼在他的手背之上，心中默默道：「爺爺，你放心，有生之年我必然為你報此血海深仇！」

羅行木向羅獵掃了一眼道：「你的左手怎樣？」

羅獵向左手的掌心看了一眼，佯裝驚恐萬分的叫道：「壞了，那天目千足蟲鑽進去了！」他揚起左手，在他的掌心之中果然有一個血洞。

羅行木並未看到天目千足蟲脫落的情景，還以為果真鑽入了羅獵體內，心中暗叫不妙，如此說來羅獵只怕命不長久，如果他死了，還有誰為自己破解夏文？

羅行木道：「你不用擔心，只需為我引路，我自然會幫你將那蟲子引出來。」心中暗忖，只要幫他做完這件事，這廝的死活跟自己又有什麼關係？

羅獵心中暗罵，騙鬼啊！如果那蟲子當真鑽入了我的體內，你又有什麼辦法將牠拿出來？難不成要將我的肚子劃開？表面上卻顯得誠惶誠恐連連點頭，催促道：「咱們趕緊走吧！」他表現得越是緊張，羅行木對天目千足蟲鑽入他體內的事情就越是深信不疑。

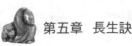

顏天心從身上割下一塊裘皮蓋上爺爺的面孔，眼前的狀況下也只能讓他這樣安眠了，目光落在地面上的羊皮卷上，卻發現羊皮卷上繪製著一幅古舊的地圖，內心怦然一動，趁著羅行木並沒有留意這邊的狀況，悄悄將羊皮卷收起。

羅行木雖然格殺了包括顏闊海在內的多名守墓者，可是他也在和顏闊海的搏鬥中受了傷，步履明顯不像此前那般矯健。

羅獵和顏天心跟在他的身後，羅獵道：「你此前來過這裡？」

羅行木搖了搖頭道：「好像來過，又好像沒來過，就像做夢一樣……」他的聲音有些迷惘。

顏天心以傳音入密向羅獵道：「他被黑煞附體，已經迷失了本性。」

羅獵已經不是第一次聽顏天心提到黑煞附體的事情，聯想起羅行木在雙目被黑色脈絡籠罩之後戰鬥力驟然增強的表現，推斷出羅行木的身體必有古怪。

羅獵道：「你如果沒有來過這裡，又怎麼會知道應該往哪兒走？」

羅行木停下腳步，聲音低沉道：「我耳朵裡好像有個聲音始終在指引我。」

羅獵和顏天心對望了一眼，兩人同時搖搖頭，他們並沒有聽到任何聲音。

前方光芒隱現，羅行木加快了步伐，羅獵和顏天心相互攙扶緊隨其後。前方出現了一個巨大的冰穴，冰穴邊緣呈六芒星的形狀，光芒就是從冰穴底部發出。

羅行木的聲音突然變得激動起來：「是這裡……我來過這裡……」

羅獵來到冰穴的邊緣，低頭望去，卻見冰穴深達十餘丈，這冰穴的底面應當和外面的冰宮平齊，冰穴的正中位置，有一具六稜體形狀的冰棺，豎立擺放在冰穴之中，冰棺凌空懸放，棺槨用六根鐵鍊纏繞，鐵鍊的另外一端分別交叉起始於六芒星的六個尖端。

顏天心雖然在天脈山上生活了二十多年，卻從來都不知道天脈山腹地存在著這樣一座冰宮，冰宮內又藏著一座六芒星的墓穴，這六稜體形狀的冰棺內想必才是冰宮真正的主人。以爺爺為首的那些守墓者甘心生活在暗無天日的地下世界，守護的也許正是此人。

羅獵道：「裡面是什麼人？」

羅行木抿了抿嘴唇，掏出一隻望遠鏡扔給了羅獵，指了指下方的冰棺。羅獵拿起望遠鏡調整焦距對準了棺槨的上方，卻見棺槨上刻著一篇銘文，那銘文是用夏文鐫刻而成，羅獵仔細看去，耳邊響起羅行木激動的聲音道：「你看清楚，將每個字，每句話都翻譯給我聽！」從他的聲音中已能判斷出他此時內心的迫切。

羅獵卻沒有急於看下去，而是伸手將顏天心拉到身邊，對羅行木他必須多一份戒備，羅行木為了得到其中的秘密，不排除利用顏天心威脅自己的可能。

羅行木知道羅獵的心意，冷冷道：「你難道想讓天目千足蟲在你體內待一輩子？」他不知天目千足蟲已脫離羅獵身體的事，還用這件事對羅獵進行要脅。

羅獵道：「讓我翻譯上面的字不難，可是你必須要告訴我，這棺槨裡面躺著的究竟是誰？」

羅行木怒道：「你跟你有什麼關係？你只需老老實實按照我說的去做！休要跟我玩什麼花樣！」雙目之中黑色的脈絡再度開始瘋狂滋長起來。

羅獵寸步不讓道：「你若是不說，我們兩人就從這裡跳下去，大家一拍兩散，我們活不了，你也什麼都得不到！」

羅行木看到羅獵敢跟自己討價還價不由得勃然大怒，可畢竟有求於他，也不能表現得太過強硬，強忍怒火道：「我怎麼知道？當年我們來到這裡，還未來得及靠近冰棺，就遭到襲擊，我若是知道墓主人的身分，又何必找你過來？」

他雖然說得有些道理，可是羅獵總覺得羅行木言辭閃爍，必然還有隱瞞自己的地方，當年羅行木和麻博軒一行人因何來到這裡探險？他們的目的究竟是在尋找什麼？直到現在羅行木都未曾向自己吐露實情。

羅獵道：「看不清楚，要走近一些才能看清上面寫的是什麼！」

羅行木驚聲道：「不可……」他的聲音中充滿了惶恐。

羅獵道：「有何不可？難道你們當年曾經下去過？」從羅行木的表現他已經猜到了七八分。

羅行木猶豫了一下方才道：「麻博軒說過，那上面刻著的全都是夏文，上面說這冰棺內有詛咒，決不可靠近……」

羅獵盯住羅行木道：「你們當年一定沒聽麻教授的話對不對？」

羅行木竟然躲避羅獵的目光，顯然被羅獵說中。顏天心悄悄牽了牽羅獵的衣袖，低聲道：「這裡讓我感覺很不舒服，你千萬不要下去……」她也不知為何，從心底產生了一種無法描摹的恐懼。

羅獵向她笑了笑，舉起望遠鏡向冰棺望去，輕聲道：「長生訣！」

聽到羅獵讀出這三個字，羅行木的眼睛陡然變得明亮起來，甚至連呼吸都變得急促起來，他靜靜期待著羅獵的下文，可是羅獵讀完這三個字之後就陷入長久的沉默之中，羅行木終忍不住催促道：「接著念，接著往下念！」

羅獵一雙劍眉擰在一起，他緩緩放下望遠鏡道：「這上面已經警示過你們，不可觸碰棺槨，上方所刻的是一篇道家養氣，延年益壽的長生訣，你們可以無償拿走，還標明了藏寶地所在。」

羅行木顯得有些不安，他不停揉搓著自己的雙手，急不可待道：「快讀，快讀給我聽！」

羅獵道：「你們本來有機會全身而退的對不對？」

羅行木用力點了點頭，大聲道：「是！我們本來有機會全身而退，全都怪那個麻博軒，他非要尋找什麼禹神碑，還說禹神碑很可能就藏在冰穴下方，如果不是因為他，我怎麼會變成這個樣子？」他揚起自己的雙手，雙手乾枯手指烏黑，宛如鳥爪一般，他的情緒明顯變得激動起來。

羅獵道：「當年你們是如何突破那些守墓人的防線？」

羅行木道：「當年有方克文帶路，他乃是摸金一門的正宗傳人，自有辦法引開那幫守墓武士……只可惜……」羅行木歎了一口氣，言語之間不勝惋惜，讓人感覺到如果方克文還活在這個世上，一切會順利許多，羅行木今次捲土重來再入冰宮也不會花費那麼大的周折，付出這麼大的代價。

顏天心對羅行木的話卻是一句都不相信，她冷冷道：「你還擁有驅馭野獸的本領啊！」

羅獵也跟她想到了一處，羅行木肯定沒說實話，他可以指揮人猿，駕馭血狼，甚至可以命令成千上萬的老鼠鎖定目標發動進攻，這些匪夷所思的事情很難用常理來解釋。

羅行木苦笑道：「我在這山腹之中整整困了半年方才逃離，馭獸之術得自祖傳！那人猿和血狼都蒙我救過性命，牠們回報於我又有何稀奇？」

羅獵心中暗忖，你羅行木的馭獸之術得自祖傳，我跟你是一個祖宗，怎麼我從沒有聽爺爺說過這件事？不等他發問，羅行木已經解釋道：「我外公傳給我的本事自然和羅家無關！」

羅獵道：「既然這冰棺內藏有詛咒，我們還是到此為止吧，我可不想落到你這樣的下場。」

羅行木道：「也罷，你將那冰棺上的長生訣翻譯給我，我保證放你們兩人一條生路。」

羅獵道：「世上哪有什麼長生之術，我看只不過是騙局罷了。」

羅行木道：「就算是騙局我也認了，羅獵，你快念給我聽！」

羅獵心中暗忖，羅行木急於得到這長生訣，或許這長生訣對他的病情有益，興許真的能夠讓他時光倒回，返老還童，此人內心險惡，若是讓他得逞，這世上豈不是又多了一個禍害？心中正在猶豫的時候，顏天心以傳音入密向他道：「千萬不可譯給他聽！」

羅行木從兩人交遞的眼神中看出了一些端倪，冷冷道：「你們若敢害我，我定要爾等死無葬身之地！」

蓬！一個巨大的白色身影出現在冰穴的對側，正是此前被天目千足蟲嚇退的雪犼，那隻去而復返的雪犼和他們隔岸相望，雙目被怒火燒得通紅。

羅行木皺了皺眉頭，沒想到雪犼居然還敢跟來，低聲向羅獵道：「不用害怕，你體內有天目千足蟲，牠不敢過來！」

羅獵點了點頭，內心卻有些發虛，揚起左手，將掌心的血洞向雪犼晃了晃，虛張聲勢希望能夠將雪犼嚇退。

那雪犼雙目盯住羅獵的掌心，碩大的頭顱隨著羅獵左手的擺動來回搖晃了一下，然後鼻孔張得老大，噴出兩股白汽。一雙巨臂輪番落在冰岩之上，羅行木還以為雪犼被羅獵再度嚇住，剛鬆了一口氣，卻聽到雪犼張開滿是獠牙的大嘴爆發出一聲狂吼！

羅行木這才覺得情況好像有些不對，雪犼這樣的表現並不是害怕，根本就是暴怒的前奏。

羅獵心知肚明，雪犼對天目千足蟲肯定有著極其敏銳的感應，如今那天目千足蟲已經脫離了自己的身體，雖然能夠騙過羅行木，卻無法騙過這隻雪犼，羅行木的鐵盒內雖然藏著一隻天目千足蟲，可是那隻並未甦醒，雪犼應當不會忌憚，他悄悄向顏天心遞了個眼色，貼近身體的右手悄悄指了指冰棺的方位。他仔細觀察過周圍的地形，尋找最可能的逃生路線，以雪犼的步幅，在平地之上他們不可能逃過雪犼的追殺，所以羅獵將落腳點鎖定在那懸掛的冰棺之上。

羅行木雖然提醒他們冰棺內有詛咒，可是羅獵從來都不信鬼神之說，這廝雖在美利堅修過神學，還頂著一個牧師的名號，可是骨子裡卻是一個無神論者。

那雪犼暴吼之後騰空一躍，竟然凌空越過直徑十米左右的六芒星冰坑，直奔羅獵和顏天心撲來，由此可見這隻雪犼非常記仇，仍然記得羅獵此前利用天目千足蟲嚇他的事情。

羅獵早已有了準備，大叫道：「跳！」在雪犼出現的時候，顏天心和他同時跳起，從冰穴的邊緣騰躍到冰棺頂部的六邊形平面之上，兩人落下之時，冰棺劇烈的搖晃起來，羅獵腳下一滑，立足不穩，從冰棺上掉落下去。

顏天心及時抓住冰棺的一角，身體平貼在冰棺上方，顧不上觀察周圍的處境，首先想到的是羅獵的安危，驚呼道：「羅獵！」

羅獵的聲音從下方響起：「我沒事！」原來在他滑下冰棺的時候，雙手及時抓住縛在冰棺上的鐵鍊，這才避免直墜而下落入冰穴底部。冰棺因為兩人下落時候的衝擊力而不停晃動。

羅獵牢牢抓住鐵鍊，定睛望去，卻見冰棺之中一個十多歲的女孩兒似笑非笑地望著自己，那女孩兒長髮飄揚，膚色慘白如紙，眉眼之間稚氣未脫，嘴唇之上塗著鮮紅如血的胭脂口紅，身穿紅色長裙，長裙單薄，盤坐在哪裡，呈五心向天的打坐姿勢，一雙欺霜賽雪的手臂和小腿裸露在外，透過她嫩薄的肌膚，青色的血脈依稀可見。

羅獵雖然早就料到冰棺內有人，可是乍看到這女孩兒之時，仍然打心底感到吃驚，棺中女孩面容栩栩如生，她的一雙眼睛似乎充滿神采，如果不是她被禁錮於冰棺之中，羅獵甚至會認為她仍然活著。凝固在這女孩臉上的笑容極其古怪，和她的年齡極不相稱，這笑容莫測高深，甚至有些陰狠歹毒。

羅獵和顏天心跳下冰棺的同時，雪犼凌越過六芒星形狀的冰穴，錯失目標之後，手臂逆時針旋轉，直奔羅行木橫掃而去。

羅行木雖然武功高強，可是他也不敢正面迎擊雪犼，瞬間已經做出了決定，飛身一躍跳下冰穴，手臂抓住連接冰棺和冰穴之間的鐵鍊，身體懸空停留，鐵鍊因為他的下墜力上下起伏，牽一髮而動全身，導致冰棺劇烈晃動起來，顏天心因為冰棺傾斜身體再度下滑，從冰棺上方的六邊形平面上滑落，抓住捆紮在冰棺側方的鐵鍊方才停止住下滑的趨勢。

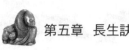

羅獵從一旁探出手攬住顏天心的纖腰，給她一些支撐，顏天心的右肩此前畢竟被弩箭射中，無法運用自如。

顏天心穩住身形，俏臉貼在冰棺之上，正看到冰棺中那紅衣女孩幾乎和自己臉貼臉對望著，突如其來的發現讓顏天心驚恐萬分，失聲發出尖叫。

冰棺此時劇烈晃動起來，卻是羅行木雙手輪番攀援著鐵鍊向冰棺靠近。

那頭雪犼先後錯失了目標，懊惱到了極點，雙臂輪番砸在自己寬闊的胸膛之上，藉以發洩內心的憤怒。然後圍繞六芒星形狀的冰穴瘋狂轉著圈子，可是卻不敢進入冰穴，冰穴對牠而言應當是一個不可涉足的禁區。

顏天心好不容易才強迫自己轉過臉去，看到一旁羅獵關切的面孔，這才感到內心稍稍安定，棺中的女孩似乎有種說不出的邪惡魔力，她的內心中彷彿有一根羽毛在撩撥，耳邊又彷彿有個聲音在呼喚她轉過頭去。

羅獵也看出顏天心的表情不對，以為她只是被這棺中的女孩嚇住，輕聲安慰道：「**其實這世上活人比死人更加可怕！**」說話的時候不由得看了看正在靠近的羅行木，羅行木就快來到冰棺旁邊。

暴怒的雪犼此時已經失去了理智，牠發瘋一樣重擊在周圍冰岩之上，一個個磨盤大小的冰塊被牠擊落，抓起冰塊大步奔到六芒星冰穴的邊緣。靈長類生物的智慧要遠超普通動物，已經懂得利用工具來解決問題。

羅獵三人面色嚴峻，選擇躍上冰棺只是暫時躲過了雪犼的進擊，可是這樣的選擇卻讓他們成為了甕中之鱉，想要脫身難於登天。

咚！雪犼投出一塊冰岩，貼著羅行木的身體飛了出去去，只差半尺就命中目標，羅行木也嚇得額頭冒汗，他的運氣不會始終這樣好，低頭望去，卻見距離冰穴底部還有近七丈左右的深度，最麻煩的是，冰穴底部佈滿大大小小的冰筍，如果他們就這樣跳下去，即便是不被摔死，也要被標槍一樣挺立的冰筍給扎死。

雪犼宛如瘋魔，不停將冰岩投入冰穴之中，牠應當是對冰棺充滿忌憚，所投擲出的冰岩沒有一塊直接擊落在冰棺之上，不過有幾塊砸在連接冰棺和冰穴的鐵鍊之上，六根鐵鍊有半數被牠砸斷，冰棺劇烈搖晃著，終於脫離了鐵鍊的束縛向下方墜落而去。

冰棺從七丈高度落下，撞擊在冰穴的下方，那一根根豎立的冰筍被冰棺摧枯拉朽般摧毀，羅獵本以為冰棺撞擊地面會產生強烈的震動，甚至會將他們三人的身體拋飛出去，可是意想不到的事情發生了，冰穴底部在冰棺的衝撞下完全裂開，露出一個巨大的洞口，冰層的底部居然中空，他們繼續隨著冰棺墜落下去。

這次墜落的時間比起剛才還要長一些，冰棺落入了一個溫暖的水潭中，羅獵和顏天心入水之後就迅速擺脫冰棺，向不遠處的岸邊游去，羅獵先行爬上岸去，伸手將顏天心拖了上來，抬頭望著上方裂開的冰洞，不由得想起此前在天鵬王墓室中的遭遇，兩次的遭遇居然有些相似，此時他方才意識到那冰棺也是豎著懸放，不知這樣的擺位是不是與風水有關。

水潭中露出了一顆雪白的人頭，卻是白髮蒼蒼的羅行木，他也沒有死，羅行木向岸邊的羅獵和顏天心看了一眼，卻並沒有急於上岸，轉身看了看身後的水面，那具冰棺因浮力而緩緩露出了水面，羅行木又驚又喜，游到冰棺旁邊，牽住冰棺上的鐵鍊，將冰棺緩緩拖向岸邊。

上方傳來雪猻憤怒的嚎叫聲，不過牠居然停止了投擲，如果現在牠繼續將冰岩扔下，恐怕羅行木無法從容拖著冰棺來到岸邊。

看到羅獵和顏天心兩人坐在岸邊無動於衷，羅行木不由得憤怒道：「小子，袖手旁觀嗎？」

羅獵歎了口氣道：「您老何必讓死者不安？」

羅行木冷哼一聲，看出羅獵對自己已經沒有了最初的忌憚，心中以為是天目千足蟲鑽入羅獵體內的緣故，看來這小子認為必死無疑已經沒了顧忌，這對自己可不是什麼好事，如果他心灰意冷，豈不是不肯為自己解釋冰棺上面的文字？姑且不去管他，先將冰棺拖到岸上再說。

顏天心無力靠在羅獵的肩頭，整個人累得就快散架，有生以來她還從未有過如此辛苦的歷程，調整了一會兒之後，方才意識到這冰穴之下居然並不黑暗，舉目望去，發現在他們的右前方有紅光透出。

羅獵的目光正盯著光源的方向，他早已留意到這一現象，這裡非但有光而且溫度比起上方也高了許多，羅獵吸了吸鼻子，空氣中有股刺鼻的硫磺味道，聯想起蒼白山一帶多火山分佈的地理特徵，看來天脈山就是一座活火山。

顏天心憂心忡忡道：「那隻蟲子……」死裡逃生之後，她首先想到的就是鑽入羅獵體內的天目千足蟲。

羅獵笑道：「沒什麼好怕。」目前還不到將實情告訴顏天心的時候，倒不是他存心隱瞞，若是被羅行木看穿就大大不妙了。

羅行木將冰棺拖到岸上，也累得氣喘吁吁，他首先檢查了一下冰棺上方的字跡，確信字跡依然清晰，這才放下心來，他向羅獵招了招手道：「小子，你幫我破解冰棺上的長生訣，我幫你將那隻蟲子取出來。」其實他根本沒有取出天目千足蟲的辦法，只是故意欺騙羅獵，利用他求生的心理達到自己的目的。

羅獵懶洋洋打了個哈欠道：「**人早晚都要死，現在想想也沒什麼好怕。**」

第六章

棺中的紅衣女孩

岩漿湧入潭水中，激發白霧的同時潭水暴漲，
冰棺處在洞穴的底部，三分之一部分被溫水淹沒，
羅行木擔心冰棺融化後頂蓋的字跡會變得模糊不清，
於是連續兩次重擊在冰棺之上，冰棺被他砸得開裂。
棺中的紅衣女孩保持盤坐的姿態，臉上的笑容極其詭異。

羅行木陰惻惻道：「你當真不怕死？」

羅獵搖了搖頭。

羅行木陰沉的目光落在顏天心的臉上：「難道她也不怕？那好，我就成全你們！」他解下冰棺上方殘留的鐵鍊，緩緩向羅獵和顏天心走了過來，鐵鍊在地面烏黑的石塊上拖行，發出刺耳的摩擦聲，他決意用顏天心的性命作為要脅，威逼羅獵就範。

咻！羽箭破空的聲音響起，一道疾電般的光芒直射羅行木的後心。羅行木耳聽六路眼觀八方，聽到這聲尖嘯，身體已經鬼魅般動作起來，側向滑行一大步，躲過這從後方突襲而至的暗箭，旋即手中鐵鍊一抖，長達七米的鐵鍊猶如一條黑色蟒蛇，重擊在偷襲者藏身的岩石之上，鐵鍊擊中岩石，岩石爆裂開來。一道灰色的身影從岩石後方閃身而出。

那人蓬頭垢面，長髮披肩，一張面孔佈滿燒灼的紫紅色瘢痕，形容宛如從地獄爬出的惡魔，從岩石跳躍出來之後，他連續又向羅行木射出兩箭。

羅行木的反應神速，剛才在毫無準備下都能躲開對方偷襲的一箭，現在已經有了戒備，又豈能被對方得逞，身軀左閃右避，躲過來箭之後向那人全速追去。

偷襲者右腳跛行，一瘸一拐向右前方逃去，儘管如此，並不影響他逃離的速度，周遭火山岩林立，路況複雜，他逃跑的速度不減，由此判斷他對這裡的地貌非常熟悉。

羅行木怒道：「哪裡走？」一大踏步追了上去。

那偷襲者一邊逃跑一邊嘶啞著喉頭道：「砸碎那冰棺！」

羅行木聞言不由得一怔，他歷盡辛苦付出慘重代價方才找到這裡，冰棺對他的重要性不言而喻，若是冰棺被毀，那麼他這些年的辛苦和付出豈不是付諸東流。現在冰棺旁邊只有羅獵和顏天心，他對這兩人是缺乏信任的。

羅獵從羅行木的反應已經看出他果真被偷襲者的那番話干擾到，擔心自己和顏天心出手毀壞冰棺，以旁觀者的角度來看，那偷襲者應當是故意這樣說，引起羅行木猶豫不決，從而製造更好的逃離時機。

不過羅行木只是稍稍猶豫了一下，隨後繼續追趕那偷襲者，這片刻的猶豫期間偷襲者已經逃到了前方的火山石高處，羅行木揚起鐵鍊，在頭頂揮出一道長弧，他對軟兵器的運用已經達到了爐火純青的地步，長達七米的鐵鍊單單重量都要在二百斤以上，羅行木舉重若輕，指哪打哪，長弧在空中變幻成一圈圈的螺旋，以羅行木的右手為起點，力量循著螺旋一圈圈傳遞了出去，最終彙集於一點轟擊在偷襲者腳下的火山石之上，蓬一聲巨響，那火山石炸裂開來，火紅色的岩漿從火山石的後方奔騰飛濺而出，那偷襲者在鐵鍊擊中火山石的剎那飛縱而起，抓住前方藤蔓，借力一蕩，已經從岩漿流淌的缺口凌空越過。

岩漿宛如瀑布一般從羅行木擊出的缺口飛流直下，很快就彙集成了一道火紅色的河流，硫磺氣息越發刺鼻。

羅行木此時方才意識到那偷襲者是故意將自己引到這裡，利用對地理狀況的熟悉來對付自己，岩漿不斷向下方流淌擴展，羅行木雖然有能力躲過這條岩漿河，可是他卻沒有能力帶走那具冰棺。

羅獵也在第一時間明白了偷襲者真正的用意，羅行木在眼前的局勢下已經陷入了兩難的境地，如果繼續追擊偷襲者就無法顧及冰棺，可是如果去搶救冰棺就不得不放棄追殺那名偷襲者。

羅行木迅速做出了決斷，他手中的鐵鍊半截已經落入岩漿之中，鐵鍊末端被滾燙的岩漿染得通紅，猛一揚手，鐵鍊脫手飛了出去，帶著岩漿宛如一條浴火騰飛的火龍直奔偷襲者纏繞而去。

偷襲者早有防備，低頭躲過這條通紅鐵鍊，鐵鍊錯失目標，落入熔岩之中。岩漿流速雖然緩慢但勢頭卻無可阻擋，有些已經進入了水潭，潭水和岩漿相逢，瞬間汽化，激發出大量的白色蒸汽。

羅獵和顏天心兩人已經向高處逃去，羅行木心繫冰棺，一時間顧不得他們兩人的動向，盯著冰棺一時間不知應當如何處置，冰棺沉重，以他一人之力絕不可能將冰棺帶走，不久以後熔岩就會蔓延到這裡，冰棺落入熔岩之中必然會融化，連裡面的屍體都保不住，更不用說冰棺外面的字跡。

若是將冰棺推入水潭之中，潭水在吸收熔岩的熱量之後，溫度不斷上升，最後也免不了融化的結局，羅行木急得如同熱鍋上的螞蟻，轉身望去，卻見羅獵和顏天心相互扶持著朝高處行進，他們當然不會坐以待斃，熔岩很快就填滿低窪處，留在那裡很快就會被困住。

羅行木恨得咬牙切齒，雙目盯住冰棺頂蓋的長生訣，恨不能將之全部記下，可惜他僅僅認得寥寥幾個字，羅行木心中暗罵，羅獵啊羅獵，你這背信棄義的小子，若是讓我抓到你，老夫必將你扒皮抽筋碎屍萬段方解心頭之恨。其實羅獵並沒有招惹他，羅行木之所以落到眼前這個境地全都拜偷襲者所賜。

那名偷襲者此時又在上方打開了一個缺口，燃燒的熔岩從缺口處流出，熔岩加快了向下方匯流的速度，他是要將羅行木活活困死在下方，這樣做顯然也沒有顧忌羅獵和顏天心的死活。

羅行木望著那冰棺，突然靈機一動，心中暗忖，我雖然不能將整具棺槨帶走，可是我能夠將刻有長生訣的部分帶走，只要我將棺槨砸開即可。有了破壞棺槨的想法，羅行木馬上付諸實施，抱起地上的火山岩照著冰棺的中部重擊下去。

火山岩撞擊冰棺的巨響引來了他人的注意，羅獵看到羅行木竟然破壞冰棺，雖然明白羅行木這樣做的用意，可是仍然覺得他這樣的行徑實在太過卑劣，一個稍有良知的人無論如何都不應該破壞他人的棺槨，更何況棺槨中躺著的還是一個未成年即夭折的小女孩兒。

岩漿大量湧入潭水之中，激發大量白霧的同時潭水暴漲，冰棺原本就處在洞穴的底部，很快就有三分之一部分被溫水淹沒，羅行木擔心冰棺融化後頂蓋的字跡會變得模糊不清，於是加大了力量，連續兩次重擊在冰棺之上，冰棺被他砸得開裂。棺中的紅衣女孩仍然保持著盤坐的姿態，臉上的笑容極其詭異。

水流已經淹沒到羅行木的大腿，棺蓋雖然被他砸得開裂，可是仍然沒有徹底裂開，羅行木心中越來越感到焦急。他凝聚全力準備再砸落下去的時候，一隻藍色的蝴蝶從上方冰洞之中翩翩落下，落在冰棺之上，蝴蝶巴掌般大小，藍白相間，螢光閃閃，兩扇翅膀張開，背部的花紋宛如一張人臉。

羅行木看到那蝴蝶，手中的岩石一時間並沒有落下去，猶豫了一下，終於還是咬了咬牙，雙手捧起岩石狠狠砸了下去，這一擊成功將冰棺棺體砸裂，那藍色蝴蝶受驚飛起，在空中翩翩飛舞，羅行木將碎裂的冰塊撥開，溫水已經湧入棺內，那紅衣女孩的屍體隨著水面漂起。

羅行木才不管屍體如何，揚手將屍體推到了一邊，撈起冰棺的頂蓋部分，借著熔岩的光芒望去，卻見冰棺頂蓋上方的字跡仍然歷歷在目，並沒有融化消失，心中暗自慶幸。他夾起刻有長生訣的冰棺頂蓋，迅速向上方攀爬，準備脫離這水火交融的洞穴底部。

此時周遭都因水汽彌散而成白茫茫一片，潭水已淹沒了羅行木的胸膛，羅行木雙手將冰棺頂蓋高舉過頂，透過水汽依稀辨別出前路方向，朝著高處挺進。

此時那隻藍色蝴蝶又朝他飛來，羅行木揚起冰棺驅走蝴蝶，他爬到高處，將冰棺頂蓋放在一旁，看到那紅衣女孩的屍體直挺挺漂浮在水上，那隻藍色蝴蝶緩緩停落在她胸前，雙翅一張一合，翅膀上人臉的花紋如同在不停呼吸一樣。

突然羅行木感到胸口劇痛，宛若有千百根鋼針扎入了身體一般，他伸手從中摸出盛放天目千足蟲的鐵盒，卻發現鐵盒底部已然洞穿，羅行木心中大駭，慌忙解開衣襟，袒露胸膛，卻見他的心口位置有一隻黑白分明的眼睛貼附在那裡，竟然是穿透鐵盒逃逸出去的天目千足蟲。羅行木腦海中頓時一片空白，一時間萬念俱灰，他本以為這天目千足蟲會在鐵盒內休眠，卻想不到牠居然有突破鐵盒的本領，稍一琢磨就明白了其中的道理。必然是自己的身體浸泡在溫水之中，鐵盒導熱，內部環境溫度的提升喚醒了那隻處在休眠中的天目千足蟲，於是牠咬爛了鐵盒，鑽入了自己的體內。

羅行木望著那隻天目千足蟲，又看了看那塊刻有長生訣的冰棺殘片，想不到自己歷盡辛苦最終竟是落得這個結果，一時間萬念俱灰，腦海中一片空白。

紅衣女孩的屍體順著水流越飄越遠，藍色蝴蝶仍然停落在她的胸前，背後那張形如人臉的花紋似乎在不停恥笑著羅行木。

羅獵和顏天心兩人趁著羅行木毀壞冰棺的時候已經來到了高處，到處都是熔岩和潭水交匯蒸發形成的白汽，視線受到很大影響，兩人前方就是一個寬達八米的缺口，上方岩漿通過這裡源源不斷地流淌到洞穴底部的水潭，此時洞內的氣溫已經很高，有若進入了一間巨大的桑拿室。缺口因為岩漿的堆積仍然在不斷加大，羅獵和顏天心並無把握跨越這段距離，正準備另覓他徑的時候，對面一個嘶啞的聲音傳來：「接住！」

羅獵定睛望去，卻見對方站著一個朦朧的身影，一根長索破開白汽向這邊扔了過來，羅獵伸手接住，幫助他們的應該是剛才偷襲羅行木的那個疤臉人。

羅獵擔心這根藤條同時承受不住兩人的重量，讓顏天心抓住藤條先蕩了過去，顏天心蕩秋千一樣利用藤條越過八米寬度的岩漿，身體掠過岩漿上方之時，猶如置身於一口巨大的蒸鍋之上，來到對面，那疤臉人一把將她抓住，幫她站穩，然後又將藤條拋了過去。

羅獵雙手抓住藤蔓，先向後退了幾步，然後助跑騰躍，一氣呵成，在他雙腳脫離地面的剎那，聽到顏天心發出一聲嬌呼：「小心！」卻是羅行木從後方衝了上去，想要抓住羅獵，可是終究晚了一步，他衝得太急，慣性讓他險些跌入岩漿之中，不過在最後關頭還是控制住了身體，羅行木左臂間還抱著那塊冰棺殘片，雙目因為脈絡叢生徹底成為了墨色。

羅獵雙腳落到了實地，轉身望去，卻見那條岩漿形成的瀑布這會兒功夫寬度已經達到了十米，如果沒有疤臉人的幫助，他和顏天心是不可能通過的。

疤臉人發出一聲怪笑，他拉回藤蔓，用刀鋒挑起火紅的岩漿湊近藤蔓尾端，藤蔓燃燒起來，迅速向上方蔓延，疤臉人望著對方的羅行木，笑得越發暢快。

羅行木雙手抱著那刻有長生訣的冰塊，臉色已經變得烏青，他怒吼道：「你是什麼人？為何要如此害我？」

疤臉人豎起右手的食指，然後在嘴唇前輕輕噓了一聲。

羅行木雙目因為惶恐而睜到了最大，他用力搖了搖頭道：「不可能！你已經死了……你明明已經死了！」這手勢對他來說再熟悉不過，在過去，這是他的老友和同學方克文最習慣的動作，可是方克文明明已經死在上次的探險中，為何會在這裡出現？難道他一直都生活在這遠離人群的地洞之中？

疤臉人雖然沒有道明他的身分，可是羅獵從羅行木的反應上也猜到他的名字，這疤臉人應當就是方克文，當年和羅行木、麻博軒共同探險的主要成員之一，原來他仍然活在世上。究竟是什麼原因讓當年的同伴反目成仇？甚至不惜一切代價想要剷除對方？看來距離答案揭曉已經不遠。

疤面人嘶啞的聲音宛如刀鋒刮擦在生銹鐵板之上刺耳難聽，他冷哼一聲道：「你自然巴不得我死……狗賊，我在這地下等了你五年，知道你終有一日會回來，天可憐見……終於讓我等到你這混帳……」他的身軀因為憤怒和激動而瑟瑟發抖。

羅行木手中抱著長生訣：「你以為是我害你這樣？當年是你和麻博軒執意要尋找禹神碑，我已經勸你們走了。」這疤面人正是方克文。

方克文怒視羅行木道：「你們棄我於不顧，拋下我一個人在這地洞之中，我叫天天不應叫地地不靈，你知不知道，這五年中我經歷了什麼？」

羅行木緩緩搖了搖頭道：「當年的事情，我不記得了，我什麼都不記得了！」他一把將衣襟拉開，露出胸膛之上那隻黑白分明的眼珠。

顏天心看到羅行木胸膛之上多了一隻天目千足蟲，不由得失聲驚呼。羅獵第一時間想到那隻被羅行木藏於鐵盒中的天目千足蟲，想來是那蟲子並不老實，悄悄爬了出來釘在羅行木身上，正所謂天理循環報應不爽，羅行木總算也嘗到被毒物附身的滋味，可轉念一想，這廝若是必死無疑，還不知要做出怎樣瘋狂的事。

方克文看到眼前情景非但沒有半點同情，反而從心底產生一種快意，哈哈大笑起來。看來老天爺果然沒有放過羅行木這個惡人。

羅行木怒吼道：「你以為這些年只有你才痛苦？只有你才被人拋棄？你知不知道眼睜睜看著自己迅速衰老的樣子？你知不知道失去大部分記憶的痛苦？你知不知道每夜都深受噩夢困擾的滋味？你不懂？你怪我？我又去怪誰？」他忽然一揚手將那塊刻有長生訣的冰棺殘片扔了出去，殘片平平旋轉飛出，正落在岩漿的中心，在羅行木扔出殘片的同時，身體也隨之飛起，以他的跳躍能力本來無法一步跨越寬達九米的岩漿缺口，所以中途身軀就墜落下去，羅行木足尖剛好在冰棺殘片上一點，然後身軀再度飛起，刻有長生訣的冰棺殘片在熾熱的岩漿中迅速融化，被羅行木踩過之後頓時沒入岩漿中不見，羅行木卻利用殘片尚未融化的剎那再度騰飛，跨越缺口成功來到對岸。

羅獵看到羅行木扔出殘片的剎那已明白羅行木已經放下了心中生的欲望，胸口被天目千足蟲附體，就算羅行木得到了長生訣也難以起死回生，羅行木明白這個道理，所以長生訣對他已經沒有了任何用處。

方克文也明白這個道理，所以不等羅行木落地，就揚起弩箭接連向他施射。羅行木雙手在虛空中連續抓了數把，將方克文射向自己的羽箭盡數抓住，落下之時，將羽箭投向對岸三人，顯然他心中的敵人不僅僅是方克文一個。

羅獵三人慌忙避讓，躲過羅行木的攻擊。

羅獵抽出唐刀嚴陣以待。

方克文毫無懼色地望著羅行木道：「你還記不記得當年來過這裡？」

羅行木十指屈起宛如鷹爪，溝壑縱橫的面孔早已扭曲變形。他並沒有馬上發起進攻，嘴唇囁嚅了一下，低聲道：「當年的許多事情我都不記得了……」

方克文道：「你不記得，我卻記得清清楚楚！」

羅行木忽然衝了上去，他啟動速度之快讓人毫無反應，方克文右腿已跛，行動本就緩慢，沒等他逃離，頸部就已被羅行木抓住，羅行木大吼道：「告訴我？告訴我！」

方克文呵呵笑了起來，笑得如此開心如此暢快。羅行木此時方才感到自己的頸後有些異樣，卻是那隻藍色的人面蝴蝶不知何時停在了他的頸部。

方克文道：「天目千足蟲，作蛹千年，方才化蝶，想不到我方克文今生有緣得見，真是萬幸，萬幸啊！」

羅行木卻不感到絲毫的幸運，因為一隻天目千足蟲正吸附在他的心口，另外一隻蛻化的人面蝴蝶停在自己的頸部。他咬牙切齒望著方克文道：「我隨時可以像捏死一隻螞蟻一樣將你殺掉！」

方克文淡然笑道：「我這個樣子生不如死，誰殺了我都是我的恩人，而你這麼怕死，卻難免一死。」

羅行木因他的話內心一顫，望著方克文無所畏懼的醜怪面孔，忽然雙手一鬆將他放開。那隻人面蝴蝶仍然靜靜停在他的頸部，癢癢的，羅行木強行抑制住將牠一把拍死的欲望，歎了口氣道：「就算是死，我也想死個明白。」

方克文道：「既然難免一死，又何必非要弄個明白呢？」

羅獵和顏天心悄悄向後方退去，眼前的一幕實在太過詭異，或許保持距離才是明智的決定。

方克文道：「你還記不記得，當年我們進入這座地洞之後彈盡糧絕。」

羅行木點了點頭。

方克文道：「咱們被餓得氣息奄奄，就在瀕臨絕境的時候，你是不是想和麻博軒聯手加害於我？」

羅行木苦笑道：「我忘記了！」

方克文道：「本來你想殺我，可就在那時咱們發現了冰宮，你看到了冰宮前方的冰俑。」

羅行木皺著眉頭，苦思冥想，過了一會兒，他似乎想起了什麼，點了點頭道：「好像……好像……記起來了……」

方克文追問道：「你記得什麼？說來聽聽？」

羅行木向後退了一步，搖了搖頭道：「我又好像不記得……」

方克文哈哈大笑道：「你怎麼會不記得？你當初是如何捱過那場饑荒，你和麻博軒兩人吃了什麼？」

羅行木用力將頭顱搖晃起來，彷彿拚命想要擺脫什麼東西，那隻藍色人面蝴蝶任他如何搖動，始終吸附在他的頸上，眼前的情景看起來非常詭異。

顏天心從兩人的對話中已經猜到了什麼，內心中一陣陣發毛，伸手握住羅獵的大手，羅獵將她冰冷的柔荑緊緊握在掌心。

方克文向羅行木走了一步：「你記得！你應當看到了冰宮前面的白骨，白骨仍在，可是血肉去了何處？」

顏天心幾乎不忍再聽下去，方克文分明在說，羅行木當年和麻博軒在彈盡糧絕的時候打起了殉葬死屍的主意，如此說來這兩人實在是泯滅人性有悖人倫。

羅獵心中卻想到了另外一方面，幸虧麻雀不在這裡，如果麻雀聽說當年的事情，恐怕要遭受重大打擊。

羅行木大吼道：「不要再說了！」

方克文道：「我自然要說，如果不是那些屍體，我早已死了，你們兩人謀劃事情的時候，我就有覺察。」

羅行木道：「可是我們畢竟沒有害你！」

方克文道：「你現在總算明白因何你們會變成這個樣子了？」

羅行木道：「後來又發生了什麼？」他顯然已經承認了方克文所說的事實。

方克文道：「你還記不記得，你們假惺惺地分那些東西給我吃？」

羅行木想了想，方才道：「是老師的主意！」

方克文道：「我做人永遠都有自己的底線，就因為我不肯跟你們同流合污，所以你們擔心若是我活著走出去，很可能會將你們做過的醜事抖落出去，於是你們就決定殺我滅口！」

羅行木雙手捂住頭顱，表情顯得異常痛苦，一些支零破碎的畫面在他腦海中不停閃現，方克文的這番話將原本一個個破碎的畫面連接起來，拼湊成完整的一幕幕劇情，羅行木感覺自己的大腦就快承受不住這迅速復甦的資訊，顱內彷佛迅速膨脹，他的頭骨就快炸裂開來。羅行木的胸膛劇烈起伏著，那隻猶如眼睛一般的天目千足蟲瞪得滾圓，讓人擔心牠隨時都會爆裂。

羅行木喘著粗氣道：「你沒吃？」

方克文點了點頭。

羅行木道：「我一直都以為你吃了。」說完他又搖了搖頭道：「所以你才跟我不同，所以你沒變成我這個人不人鬼不鬼的樣子……」

方克文道：「我瞞得過你卻瞞不過麻博軒，咱們走到冰棺這裡，麻博軒認得上面的字，他故意不說，還說什麼這下面藏有重寶。」

羅行木輕聲道：「我好像記起來了，當時你主動要求下去看。」

方克文情緒突然激動起來，他怒吼道：「錯！是你們聯手設計我，少數服從多數，我只能是進入冰窟的那一個，我下去之後你們就將繩索丟了下去，將我一個人扔在冰窖之中，讓我自生自滅。」想起往事，積年怨恨湧上心頭，只感到牙關發癢，恨不能將滿口鋼牙咬碎。

羅行木搖搖頭道：「我……不記得了……」可是他的表情卻露出些許愧色。

方克文道：「你既然走了，為何又要回來？」

羅行木道：「我只記得麻博軒說過，我們的怪病只有長生訣能夠治好……」說到這裡，他不禁回頭去看了看身後，那塊刻有長生訣的冰棺殘片已經被他投入熔岩中，如今早已融化不見。羅行木內心的希望徹底泯滅，他拋下長生訣的剎那已經抱定必死之心，以長生訣作為墊腳石方能越過熔岩的缺口，抱定必殺方克文之心。

久未說話的羅獵忽然道：「其實那長生訣只是一片普普通通的祭文，根本就不是什麼道家修煉的口訣。」剛才他已經通讀過長生訣的內容，能夠斷定和內家修煉無關，只是一篇普普通通寄託哀思的祭文罷了。

羅行木感到胸口一陣劇痛，低頭望去，卻見那隻天目千足蟲已經從他的胸膛消失不見，胸口處只剩下一個血洞，劇痛讓羅行木難以忍受，他慘叫一聲竟然用鳥爪般的右手探入血洞之中。

頸後的那隻藍色人面蝴蝶陡然間雙翅豎起，一根針芒刺入羅行木的錐孔內。

羅行木身軀劇震，他爆發出一聲怪異的狂笑，宛如瘋魔般再度撲向方克文，雙手牢牢抓住他的脖子：「我要你死，你們全都要死！」

方克文被羅行木扼住頸部，兩人廝打在一起，拳打腳踢，撕扯互咬，全然沒有任何高手的風範。

羅獵和顏天心雖然和他們兩人之間的恩怨無關，可是想到剛才方克文畢竟救過他們的性命，顏天心輕輕牽了牽羅獵的衣袖，羅獵已經明白了她的意思，舉刀向纏鬥中的兩人走了過去，不等羅獵來到他們身邊，方克文已經成功掙脫了羅行木，羅獵將他從地上扶了起來。

羅行木四仰八叉地躺倒在地上，四肢不斷抽搐，原本吸附在他頸後的那隻藍色人面蝴蝶已經翩然飛起，在上方縈繞，如此美麗的生物卻隱藏著致命殺機。

羅行木一雙漆黑的眼睛此刻恢復了黑白分明，他癡癡呆呆地望著那隻翻飛的蝴蝶，夢囈般說道：「我……看到你了……我看到你了……」

顏天心也來到羅獵身邊，輕聲道：「走吧！」三人正準備離開之時，卻聽羅行木又道：「你們有沒有看到……那個紅裙子的小女孩兒……」

羅獵雖然膽大，可是也因羅行木的這番話而毛骨悚然，腦海中頓時浮現出冰棺內那帶著詭異笑容的紅衣女屍，舉目四顧，除了他們四人外，再也沒看到任何人的身影，這才暗自鬆了一口氣，心中暗忖，看來羅行木應該是中毒之後出現的譫妄症狀，十有八九出現了幻視幻聽。

顏天心不由得有些害怕，小聲催促道：「咱們還是儘快離開這裡。」

羅行木道：「我知道，是你……是你在我的背後刻字……」

顏天心忍不住抬頭望去，卻見燃燒的熔岩中，一個穿著紅衣膚色蒼白的女孩兒，赤著腳一步步走了出來，她披頭散髮，頭髮上還濕淋淋滴著水珠，一雙雪白的小腿裸露在紅裙之外，肌膚蒼白如紙，沒有一絲一毫的血色，因為面孔被長髮蒙住，看不清她的模樣，可是顏天心卻能夠斷定她就是冰棺中的女孩。顏天心從未見過如此可怖的景象，卻見那紅衣女孩一步步走到羅行木的面前，然後伸出右手，食指長長的指甲閃耀著寒光，刀鋒般的指甲緩緩探入了羅行木胸口的血洞，然後將他的胸膛撕裂開來。

顏天心死死抓住了羅獵的手臂，過度的惶恐讓她的指甲深深刺入了羅獵的皮肉，羅獵轉身望去，卻見顏天心一張俏臉變得面無血色，雙眸流露出無盡惶恐的光芒，心中暗奇，就算羅行木臨時掙扎的情景有些恐怖，可也不至於讓顏天心恐懼如斯。

顏天心顫聲道：「那小女孩……她走過來了……」

羅獵這才知道顏天心十有八九是看到了幻象，幻象的產生往往源自於神經錯亂，可是顏天心向來是心智極其強大之人，應當不會輕易受到那麼大的困擾，他伸手遮住顏天心的雙目，低聲道：「天心！」

顏天心卻發出一聲尖叫，羅獵雖然遮住了她的雙眼，她仍然看到那小女孩撕開了羅行木的胸膛，那小女孩被她的尖叫驚醒，抬起頭來，血淋淋的右手抓著一顆仍然在跳動的心臟，她的肌膚在血色的映襯下顯得越發蒼白，左手緩緩撩起長髮，露出半邊稚嫩的小臉，輕啟櫻唇，鮮紅色的舌尖舔弄著那滴血的心臟，突然她轉過頭來，目光陰沉的可怕，死死盯住顏天心，輕薄的唇角露出一絲和年齡絕不相稱的陰森笑容。

顏天心看到那女孩正一步步逼近自己，整個人處於莫大的惶恐之中，她拚命掙扎，意圖掙脫羅獵的手臂。

羅獵當機立斷，一掌擊落在顏天心頸後，將她暫時打暈，這也是目前讓顏天心擺脫幻視困擾的最好方法。

此時羅行木的胸膛之上藍光大盛，那隻藍色人面蝴蝶飛到他的胸膛上方，圍繞那藍光不斷盤旋，很快就看到另外一隻蝴蝶從羅行木胸前的血洞中爬了出來，孱弱的身軀在那裡不停悸動。

羅獵知道這隻蝴蝶正是此前的天目千足蟲所變，由此判斷出剛才一隻圍繞羅行木飛舞的就是此前吸附在自己掌心中的那個。羅行木的身體已經停止了顫抖，躺在火山岩上一動不動，生命已經悄然脫離了他的軀體。

方克文冷冷掃了羅行木的屍身一眼，目光中沒有仇恨，也沒有同情，剩下的只是漠然，這五年來，他無時無刻不想親手殺死羅行木，可是當一切真的成為現實，他卻意識到自己遠沒有得報大仇的快慰和滿足，羅行木的生或死都改變不了他註定悲劇的人生。

方克文一瘸一拐向遠方走去。

羅獵並沒有馬上隨行，而是先來到羅行木屍體旁邊，從他的身上找到了原本屬於自己的七寶避風塔符，收好之後，不由得又看了羅行木一眼，卻見羅行木張大了嘴巴，雙目瞪得滾圓，仍然死不瞑目。羅獵暗自歎了口氣，雖然他不齒羅行木的為人，可畢竟兩人有叔侄之實，伸出手去，將羅行木的雙目掩上，這才快步跟上方克文的步伐。

兩人默默尾隨在方克文的身後，在他們看來，方克文是能夠離開這座地下世界的唯一可能。走了幾步，羅獵禁不住轉身回望，卻見那兩隻藍色人面蝴蝶仍然在熔岩旁雙飛起舞，相互纏綿，久久徘徊，如果不是親眼所見，無論如何都不會相信，如此美麗的蝴蝶是天目千足蟲所變。羅獵的目光追逐著那兩隻蝴蝶，眼神不知不覺變得恍惚，彷彿看到兩張詭異的笑臉在空中飄蕩。

羅獵在第一時間警醒過來，他在催眠術上研究頗深，知道自己剛才的意識已經發生了錯亂，如果繼續沉迷下去，只怕精神會完全失去控制，迷亂中守住本心，強迫自己從眼前的虛幻中清醒過來，重新回到現實之中，已經驚出了一身冷汗，正看到方克文雙目炯炯盯住自己，擠出一個笑容。

方克文頗感詫異，緩緩點了點頭道：「那人面蝴蝶擅長蠱惑人心，我可不敢看，你年紀輕輕居然能夠擺脫牠的迷惑，實屬難得。」

羅獵心中暗叫好險，如果自己被那人面蝴蝶迷惑，還不知要做出怎樣可怕的事情來，這地底世界充滿著可怕生物，自己需要格外小心。

方克文轉身繼續向前方走去，他低聲道：「你們是什麼人？怎麼會跟羅行木一起來到這裡？」

羅獵不敢將實情相告，只說他和顏天心都是連雲寨的人，因為發現羅行木鬼祟祟進入古墓，懷疑他前來盜墓，所以一路追蹤到了此地。

方克文似乎並沒有懷疑羅獵的那番話，走了幾步卻又問道：「你剛才說長生訣只是一篇祭文，你怎麼知道不是道家修煉口訣？」他雖然單獨生存在地下五年，可是無時無刻不在鍛煉著自己說話的能力，也無時無刻不在活動著腦筋，所以語言能力雖有退步，可是並沒有喪失最基本的交談能力。

方克文原本就是麻博軒最得意的學生，而且出生於大富之家，家學淵源，無論學識還是智慧都出類拔萃，羅獵剛才無意中多說的一句話卻已經讓他發現了蛛絲馬跡。

羅獵心中暗叫慚愧，言多必失，果然被方克文抓住了把柄。他笑了笑道：「我只是信口那麼一說，想借此打擊羅行木，讓他的精神徹底垮掉。」

方克文突然停下了腳步，他們的前方就是滔滔烈焰，此地的溫度已經很高，羅獵猶如從苦寒的三九天直接進入了炎熱的三伏天，身上的裘皮也已經成為了負擔，如今已經是揮汗如雨。

方克文道：「既然不願說實話，你不必再跟著我，大家各奔東西就是！」

羅獵道：「前輩為何懷疑我？」

此時顏天心在短暫的暈厥後甦醒過來，輕聲道：「羅獵……」

羅獵心中暗叫不妙，以方克文的精明想必會從自己的名字聯想到什麼。果不其然，方克文醜陋的面孔緩緩轉向羅獵，低聲道：「你也姓羅！」

羅獵平靜望著方克文道：「這世上同姓的人本來就很多，難道前輩以為我和羅行木有什麼關係嗎？」停頓了一下又道：「如果不是前輩救了我們，只怕我們已經死在了羅行木的手中，既然前輩懷疑我的動機，那麼只好和前輩就此別過。」他之所以這樣說不僅是表達對方克文的謝意，也是在強調自己和羅行木敵對的立場，**敵人的敵人往往就是你的朋友**，想必這個簡單的道理方克文應該懂。

方克文滿是狐疑的目光望著羅獵，他沉聲道：「羅行木之所以回來，是因為他要尋求解藥，我仍然記得，當年麻博軒說過，那冰棺上所刻的長生訣是讓人返老還童長生不老的道家練氣口訣，他們為了生存放棄了做人的底線，做出了有悖人倫的事情，所以才會得到報應。」他雙目灼灼盯住羅獵道：「你不肯說實話，我又怎能幫你？看來你這輩子註定要像我一樣留在這裡了。」

羅獵盯住方克文的雙目，試圖尋找催眠他的可能，不過羅獵很快就放棄了這個想法，一個人能夠在被同伴拋棄的狀況下，孤零零一個人生活在地底整整五年，拋開他的求生意志不談，這個人的意志力何其強大。

顏天心輕輕拍了拍羅獵的胸膛，提醒他自己已經甦醒，羅獵笑了笑，將顏天心放下。

顏天心感到一陣口乾舌燥，舉目望去發現周圍到處都是沸騰的岩漿，身為連雲寨主，她對這座山的瞭解實在太膚淺了。她向方克文抱拳行禮道：「前輩，在下顏天心，乃是連雲寨寨主，如有冒犯之處還望多多海涵。」

方克文緩緩點了點頭道：「顏天心，連雲寨主，顏拓山是你的父親！」

顏天心聽他提及父親的名字心中不由得一怔，難道方克文認識自己的父親？

方克文道：「我曾經欠他一個人情，當年如果沒有他的幫助，我們也不可能順利進入這九幽秘境。」

顏天心萬萬沒想到父親居然和這些盜墓賊有關，從方克文的這番話不難聽出，父親非但沒有阻止，反而幫助他們進入了這裡，她忽然想起了父親的死，用力咬了咬櫻唇，垂下頭去。

方克文並沒有繼續這個話題，歎了口氣道：「既來之則安之，我不想騙你們，出不去了。」

羅獵道：「為何出不去？」按照他的想法，只要他們能夠進來，就一定能夠走出去，最多循著原路返回，雖然凶險可畢竟還存在一線希望。

方克文似乎猜到了他的想法，一邊繼續向前走，一邊道：「你能夠想到的辦法我都想過，也都嘗試過，就算能夠從這裡逃出去，你們也會很快死去。」

羅獵以為方克文是在危言聳聽，顏天心卻聽得極為認真：「為什麼？」

方克文道：「**這個地洞內所有的一切都被詛咒了！**」

羅獵並不相信詛咒之說，充滿質疑地望著方克文。

方克文早就看出這是個極其精明的小子，醜怪的臉上露出一絲笑意：「或許我應該換一種說法，從你們走入這裡開始，你們呼入的空氣就和外界不同，在不知不覺中毒素就會侵入你們的身體，麻痹你的神經，你們現在實際上已經處於慢性中毒的狀態，或許你們現在還沒有表現出來，可是用不了太久的時間，你們就會出現神情恍惚，意識模糊，乃至精神錯亂，不但是你們的精神，甚至連你們的外貌也會一點點發生變化，最後變得連自己都不認得自己！」他表面上是在告誡羅獵兩人，可實際上卻是在表述自己的親身經歷。

羅獵暗自調息並沒有發現任何的不適，顏天心其實也是一樣，兩人對方克文的話都深表懷疑，認為他只不過是在危言聳聽。羅獵道：「如此說來，我們已經命不長久了。」

方克文知道他不相信自己的話，沉聲道：「如果你們一直留在這裡，應該還可以繼續活下去。」

顏天心暗忖，方克文應該是想讓他們在這地底世界陪著他，如果讓自己孤零零生活在這空寂無人，岩漿沸騰的地洞之中，自己寧願去死，可轉臉看到羅獵，心中又想到，若是有羅獵陪在自己身邊，這地方也不是那麼的可怕。

方克文又歎了口氣道：「現在說這些已經沒有任何的意義，你們有沒有看到這裡四處流淌的岩漿？」

羅獵和顏天心同時點了點頭，內心中同時生出一種不祥的感覺。

方克文道：「這天脈山原本就是一座活火山，過去我們立足的地方曾經是一片冰岩，可是一年之前，沉睡已久的火山再度活躍起來，岩漿不斷湧動，流淌成河，就變成了你們現在看到的樣子，用不了太久時間，岩漿就會侵吞整個地洞，一旦火山全面爆發，整個天脈山就會淪為煉獄。」

顏天心倒吸了一口冷氣，她首先想到的是山寨的弟兄，可是無論她怎樣擔心，現在都無能為力，唯有儘快逃出去，才能將狀況儘快通知給山寨的弟兄們。

羅獵道：「前輩在這地底獨自生活了五年，您究竟是怎樣維生的？」

顏天心望著面容醜陋的方克文，不由得想起剛才他和羅行木的那番對話，方克文該不是為了生存最終做出了和羅行木、麻博軒一樣的選擇？想到這裡不禁有些噁心反胃。

方克文道：「你是不是覺得我會像麻博軒他們一樣？」他停下腳步盯住羅獵道：「我雖然變成了這個樣子，可是我從未有一刻忘記做人的尊嚴和底線，如果為了苟活而放棄我的人格，毋寧去死！」他的這番話斬釘截鐵擲地有聲，讓羅獵內心為之一震，開始重新審視面前的方克文。一個人外表的美醜並不能和他內心的善惡畫上等號，否則這世上也不會產生人面獸心的詞語。而方克文在他和顏天心生死關頭施以援手也表明，即便是在地底孤獨生存了五年，他仍然沒有喪失做人的良知，這和當年僥倖逃離的羅行木成了鮮明的對比。

在羅獵和顏天心的眼中，方克文醜陋的面孔已經沒有當初那樣猙獰可怕，甚至覺得他的形象變得高大起來。

方克文將手探入一旁岩石的縫隙，從中挖出一大塊紫色的蘚類植物，當著羅獵和顏天心的面，將那東西塞入口中，大口大口的咀嚼起來，他的吃相不敢恭維，隨著咀嚼的動作，表情越顯猙獰，從牙縫和嘴唇中不斷溢出紫紅色的漿液，很難想像眼前的這個人是當年名滿京城的世家子。

據羅獵所知，方克文今年至多也不過四十歲，想起他正值事業巔峰意氣風發之時就淪落至此，外人都以為他在五年前的冒險中死去，而方克文卻在這不見天日的地下頑強掙扎著活著，羅獵暗暗佩服他的毅力，換成自己，只怕也支撐不這麼久的時間。

方克文道：「過去這裡沒有那麼炎熱，周圍的岩石上到處都生滿紫色的苔蘚，還有各色的菌類植物，最近一年隨著岩漿的湧出，氣溫也在不斷提升，首先死去的是那些菌類植物，然後暴露在外的苔蘚也開始大片死去，現在只能在岩石的縫隙中才能找到這些東西，我想距離它們滅絕也為時不遠了。」

羅獵自然明白方克文的這番話意味著什麼，這五年來方克文都是依靠苔蘚和菌類作為食物而存活下來，一旦這些食物全都滅絕，也就是死亡降臨之日，其實從周圍的溫度來看，估計已經在三十五度以上，而且隨著地底熔岩不停湧出，氣溫仍然在不斷提升，或許不等苔蘚滅絕，這裡的高溫已經先將人殺死。

顏天心道：「這裡難道沒有其他的生物？剛才我們在冰窟上方還看到了一隻巨型白猿。」

方克文道：「你們是不是見到了許多聞所未聞見所未見的新奇物種？」

羅獵和顏天心同時點了點頭。

方克文道：「這地穴地磁極其強大，對周圍的環境造成了很大的影響，或許正是因為這個緣故，方才產生了種種無法解釋的現象。」

羅獵對此早有發現，他們在禹神廟遭遇雷擊，漫天散射的閃電在接近地面的時候發生扭曲轉折，集中於一點，當時羅獵就認為是地磁吸引的緣故。至於指南針宛如陀螺一般旋轉，又或是執著指向同一個方向，也為這一猜測增添了佐證，現在方克文也這樣說，應該不會有錯。

第七章

禹神碑

方克文守著這塊禹神碑已經整整五年，
眼睜睜看著禹神碑一點點升起，
從過去位於火山口內到現在已經高懸於頭頂五十餘米，
然而方克文對禹神碑上所刻的文字卻是一竅不通，
當年的探險團隊之中，能夠掌握一些夏文的只有麻博軒。

他們所生存的這個世界，磁力強盛之地往往就是藏精聚氣之所，從風水學的角度來看，這些地方若非大吉就是大凶。從羅獵目前之所見，後者的可能性更大一些。**不過這世上往往禍福共存，凶吉相依，陰陽互通，否極泰來，往往以為走入絕境之時卻突然會呈現生機。**羅獵和常人最大的不同就在於他強大的內心，在面對逆境時不屈不撓的勇氣，即便是現在，他仍然相信存在希望，堅信自己仍然可以走出這個不見天日的地穴。

可是他的希望究竟在何處？連羅獵自己也說不清楚，對這裡最熟悉的應當是方克文，方克文對他們並沒有表現出任何惡意，可是如果方克文能夠離開，何以會在這不見天日的地洞中待上整整五年？

顏天心道：「這裡難道真的沒有其他的出路？」

方克文有些同情地看了她一眼，從這兩個年輕人的身上，他彷彿看到了五年前的自己，他也一度充滿了希望，一次一次嘗試，一次次失敗，直到最後完全喪失了信心，困住他的或許不僅僅是自己的雙腳，還有他已為灰燼的內心。

方克文低聲道：「我帶你們看一樣東西！」他一瘸一拐向前方走去，前方的熔岩呈現出飛瀑流泉的奇觀，如此瑰麗奇幻的景象當你身臨其境的時候，卻產生了一種人間煉獄的恐懼。

方克文對這裡的一切極其熟悉，沿著一條蜿蜒的熔岩小溪逆流而上，約莫前行一里左右，轉過一塊巨大的火山岩，一股灼熱的氣浪撲面而來，這股熱浪逼迫得呼吸為之一窒。

羅獵定睛望去，卻見他們的前方出現了一個巨大的深坑，深坑的直徑在五十米左右，從邊緣到中心深度不斷增加，在深坑的中心有一面熔岩湖，直徑約二十米左右，熔岩湖內岩漿翻騰，宛如一口滾沸的大鍋，溫度最高的部分呈現金黃色，岩漿奔騰跳躍，熱浪襲人，刺鼻的硫磺氣息衝入鼻腔，還未走近熔岩湖，就感到熱血上湧，頭暈腦脹。

顏天心下意識地捂住鼻子，眼睛也因為受不了這強烈的刺激而閉了起來。

羅獵皺了皺眉頭，眼前的這面熔岩湖難道就是火山口？他抱著疑問向方克文看去，卻見方克文醜怪的面孔沒有任何變化，畢竟他早已適應了這裡的環境，方克文意味深長地看了他一眼，然後緩緩抬起頭來。

羅獵和顏天心循著方克文的目光向上望去，當兩人看清眼前的一切時，都被這不可思議的景象深深震撼到了。在熔岩湖正上方約二十米的地方，一塊巨大的黑色石碑懸浮在半空中，那石碑高約十米，寬約三米，石碑底部並無基座，從底部參差不齊的缺口來看，這石碑應當是和基座分離。

如果不是親眼所見，顏天心絕不會相信一塊重達百噸的巨大石碑竟然可以懸浮於空中，重力竟然對它不起任何作用。

羅獵用力眨了眨眼，確信並非是自己的錯覺，那石碑之上字跡金光閃閃，羅獵雖然只看清了下面的一部分，就已經推斷出這尊石碑應當是傳說中的禹神碑。

羅獵強行抑制住內心的激動，低聲道：「這座石碑為何漂浮在虛空之中？」

方克文漠然道：「這不是普通的石碑，很可能是一塊來自外太空的隕石！」

羅獵道：「是因為磁場的作用，所以它才會懸浮在那裡？」他已經從此前發生的種種狀況中推測到了石碑懸浮的原因，心中卻對方克文的話充滿質疑，如果這塊石碑來自於天外，上方的文字又作何解釋？難道方克文是在說人類文明的起源發源於外太空？

方克文不置可否地笑了笑，從腰間抽出一支匕首向熔岩湖的上方扔去，匕首飛向熔岩湖，卻沒有因重力落下去，前衝力用盡之後，先是靜止片刻，然後向上方冉冉升起，宛若一根輕盈的羽毛。熔岩湖上似乎已經成為一個失重的空間。

羅獵道：「果然是磁場的緣故，是不是一切金屬都是如此？」

方克文道：「這塊碑本來位於火山口內。」他指了指熔岩湖，五年以前熔岩的液面遠低於他們所在的地面，約莫在下方百米左右，在他被困地穴的前四年間周圍環境並沒有太多明顯的變化，可是最近一年因為岩漿液面的不斷提升，地洞的氣溫也在不斷升高，眼前的熔岩湖過去曾經是火山口的所在，不幸中的萬幸是這座火山並沒有在短時間內突然爆發，而是一天天一點點增長著熔岩液面，即便如此，這地下洞穴仍然漸漸被熔岩侵蝕。

羅獵幾人到來之前，方克文一度認為自己將如同溫水煮青蛙一般被慢慢扼殺於地洞之中，天可憐見，讓他在臨死之前居然得報大仇，想起已經死去的羅行木，他忽然又聯想到麻博軒，不知麻博軒是否還活在世上。只是在親眼目睹羅行木慘死之後，心中對麻博軒的仇恨在不知不覺中沖淡了許多。

或許這就是自己的命運，方克文的內心深深地悲傷且絕望著，他甚至不知道自己何時變成了一個宿命論者，他本以為內心的仇恨日積月累，將他如氣球般膨脹到了極致，哪怕有丁點兒的刺激都會讓他爆炸開來，可事實卻並非如他想像的那樣，羅行木的死卻讓他如同泄了氣的皮球般心灰意冷，什麼血海深仇，什麼刻骨仇恨全都煙消雲散，他甚至開始在想，即便殺死了所有的仇人又能如何？他還能夠回到過去嗎？他還能夠改變自己業已悲慘的命運嗎？答案顯然是明確的，既然如此又何必在這所剩不多的時間裡用仇恨來懲罰自己？

羅獵入神地望著禹神碑上的金色銘文，銘文在岩漿光芒的映射下金光浮掠，大禹碑銘的內容和爺爺教給自己的完全不同，爺爺當年教給自己的是一篇為大禹治水歌功頌德的文章，而眼前的禹神碑所銘刻的竟然是一篇練氣養生的內經。雖然內容不同，可是所有的字都是用夏文鐫刻而成，羅獵幼時的積累終於派上了用場。他越來越意識到爺爺絕不是一個普通人，老爺子從自己幼年起就開始有目的地佈置一切，如同一個極其高明的棋手，縱覽全域，處處設伏，不動聲色，深謀遠慮。

方克文深邃的雙目始終在關注著羅獵的表情，從羅獵時而舒展時而皺起的眉頭，他隱約猜測到眼前的年輕人應該是在閱讀禹神碑上的文字，他知道這禹神碑是用夏文刻成，當年他和師兄羅行木、老師麻博軒一起進入蒼白山探寶，目的就是為了尋找這塊堪稱為國之重寶的禹神碑。最終他被隊友遺棄於六芒星冰坑之中，天可憐方克文輾轉來到這地穴之中，卻又陰差陽錯，竟然被他發現了懸浮於火山口的禹神碑。

方克文守著這塊禹神碑已經整整五年，眼睜睜看著禹神碑一點點升起，從過去位於火山口內到現在已經高懸於頭頂五十餘米，然而方克文對禹神碑上所刻的文字卻是一竅不通，當年的探險團隊之中，能夠掌握一些夏文的只有麻博軒。

麻博軒曾經是方克文最為敬仰的師長，此人加入這場冒險的初衷並非是為了個人利益，他是個書呆子，嚴謹治學一絲不苟，以弘揚中華文明為己任，想要通過尋找禹神碑來向世界證明中華光輝燦爛的歷史，方克文當初正是被老師高尚的品格感召方才提供資金，並親自加入了那支探險小隊，然而這個選擇卻成為了方克文今生最大的遺憾，在生死存亡面前，人性的卑劣暴露無遺，不但是羅行木，甚至連自己一直尊敬的老師也撕掉了偽善的面具。

羅獵依然在入神地觀察著禹神碑上的文字，雖然禹神碑很大，可是因為角度的緣故，他仍然無法窺得全豹，情不自禁開始移動腳步，顏天心看到他向熔岩湖越走越近，擔心他會失足落下去，忍不住提醒他道：「小心腳下！」

方克文冷哼一聲，雖然心中懷疑，但是他仍然無法相信，一個年輕人怎麼可能懂得深奧晦澀的夏文，難不成他只是在裝模作樣故弄玄虛？

羅獵移動腳步，變幻角度，看了一會兒，又取出了望遠鏡細細觀察。方克文越看越覺得不對頭，在這種困境下，羅獵好像沒有裝模作樣的必要。

羅獵看了好一會兒，終於道：「方先生，這就是禹神碑嗎？」

方克文內心一怔，羅獵居然準確叫出了禹神碑的名字，足以證明他是有備而來，這小子十有八九對自己撒了謊，他並非是被羅行木脅迫而來，此番前來的目的就是禹神碑。

方克文沉聲道：「你怎麼知道？」

羅獵道：「不瞞方先生，我之所以被羅行木脅迫而來，是因為我懂得夏文！」停頓一下又補充道：「我應當是這世上唯一能夠讀懂這碑上文字的人。」

方克文並不關心這世上有多少人能夠讀懂禹神碑，眼前的年輕人竟然能夠讀懂禹神碑對他來說不啻是一個天大的驚喜，可是短暫的喜悅過後馬上又變得心灰意冷，即便羅獵能夠讀懂碑上的內容那又如何？難道能夠改變他們最終墜入火海的命運嗎？方克文不以為然地嗯了一聲。

羅獵指著禹神碑側方道：「這裡有一行小字，說當初運送禹神碑的經過。」

方克文道：「那又如何？」

羅獵道：「最早運送禹神碑的人並不是通過咱們進入的這條道路送進來的，而是從半山腰斜行打通了一條隧道，順著那條隧道將禹神碑滑到了這裡。」

顏天心不禁好奇道：「什麼時候的事情？」

羅獵道：「應該在西元一一二七年左右的事情。」

方克文道：「豈不是靖康年間？」他是麻博軒的高徒，在歷史方面研究頗深，在地底幽居的五年，閑來無事自己總是回憶背誦中華的歷史年表，藉以派遣枯燥孤獨的時光，所以羅獵一說他馬上就反應了過來。

羅獵道：「正是。」

方克文心中暗忖，靖康年間正是金軍攻破宋都汴梁，俘虜徽欽二帝，北宋滅亡的重大變革時代，蒼白山地區那時還在金人的控制範圍內，記得二帝被俘之後送到了五國城關押，五國城的遺址就在如今的依蘭縣，只是這塊禹神碑和二帝被俘的事情又有什麼關係？

羅獵道：「根據上面補充的碑文所寫，這塊禹神碑是當時宋朝臣民換取二帝的條件之一，最初這塊禹神碑應當位於南岳衡山七十二峰之岣嶁峰，所以又被稱為岣嶁碑，相傳雲遊四海的呂洞賓途經岣嶁峰的時候看到禹神碑，上面的文字晦澀難懂，於是興致大發，開始揣摩這上方究竟寫的是什麼，從早到晚，日出日落，呂仙人不知不覺在碑刻前鑽研了七七四十九天，絞盡腦汁揣摩出來七十六個字，正準備考證最後一個字的時候，突然感覺到腳下冰冷，如同被水浸泡，低頭一看自己竟然站在了水中，回身一望，洪水齊天，呂洞賓大驚失色，這一驚之下竟然將此前想透的七十六個字忘得乾乾淨淨。而此時洪水也因他將這七十六個字全部遺忘瞬間消退。呂洞賓方才明白剛才之所以洪水漫天，皆因自己無意中道破天機，於是他放棄了繼續破譯大禹碑銘的打算，也通告周圍百姓，不得破譯這禹神碑上任意一個字，否則會因道破天機而激怒上天。」

方克文此前也聽說過這個傳說，只是不及羅獵說得繪聲繪色，而羅獵之所以得知這個故事卻是從爺爺那裡，想起爺爺從小就教給自己夏文，卻從未告訴自己這是什麼文字，或許就是因為天機不可洩露的緣故。

顏天心聽得津津有味，小聲道：「可是我看這碑上不止七十七個字呢！」

羅獵笑道：「真正的禹神碑又有幾人見過？岳麓山上的那座禹神碑我曾親眼見過，上面刻著古篆書，可並非是夏文，據傳那座碑是南宋嘉定年間複刻。」

顏天心道：「這塊碑真的是禹神碑？」

羅獵向方克文望去，方克文沒好氣道：「你看我做什麼？我又不懂夏文。」

羅獵道：「我看得懂，不過我對這下面的地形並不熟悉，方先生可否願意幫忙？或許咱們能夠找到當年運送石碑的那條隧道。」

方克文道：「只怕早已封死了！」

羅獵道：「不找找看又怎能知道。」他在很多時候都擁有著不到黃河不死心的執著勁頭。

方克文又道：「就算找到那隧道，你們也逃不出去。」到了這種時候他也不再隱瞞，此前他並沒有撒謊，這地底到處都彌散著毒氣，人進入其中會在不知不覺中吸入毒氣而中毒，走不太遠就會窒息，反倒是回到這個環境中又能恢復自如呼吸，他這些年雖苟活於世，可是樣子也變得不人不鬼，還好他依舊保持理智。

聽方克文說完這些事，顏天心越發堅定了逃離這裡的打算，她就算是死也不想變成方克文這個樣子，沒有一個女人不愛惜自己的容貌。

羅獵對方克文的話原本就深表懷疑，就算方克文所說的是實話，但是每個人的狀況不同，這就猶如有些人對花粉過敏，有些人對酒精過敏，而自己到目前為止並沒有感到任何異常，顏天心也沒什麼事情，方克文身上發生的狀況未必會發生在他們的身上。更何況這座火山隨時都可能會爆發，如果等到火山全面爆發，他們就再也沒有逃離的機會。

羅獵道：「難道你沒有家人和朋友？你有沒有考慮過他們的感受？」

誰能沒有家人和朋友，方克文不但有家人，而且他家族龐大，在這次探險之前，他曾經是家族中最大的希望，方家被稱為津門首富，從五大道的大使參贊到塘沽的列國商人，但凡到津門的地頭上誰人不得先向方家示好，方家四世同堂，爺爺方士銘老當益壯，父親方康成沉穩練達，而自己在這場探險之前也已經有了後人，桃紅懷孕三月，自己曾經答應過她，等這趟回去，就帶她回方家，任老爺子們打也罷，罵也罷，大不了將自己逐出家門，無論如何也得給她肚子裡的孩子一個名份，他方克文遊戲風塵十多年，難得動情一次，雖然桃紅的出身不好，可她畢竟只是個賣藝不賣身的清倌人。

想到這裡方克文的內心中不由得一陣隱痛，五年了，當年的海誓山盟仍然歷歷在目，可是自己卻變成了這番模樣，就算能夠活著出去，桃紅是否還認得自己？家人是否還能夠接受自己？不知桃紅是否誕下了他的孩兒，也不知她是不是一直信守諾言等下去，又或是早已改嫁他人……

羅獵從方克文閃爍的目光中已經看出他的內心有所鬆動，輕聲道：「就算你放棄，你的親人也未必肯放棄，你難道忍心讓他們生不見人，死不見屍，就這樣無休止的尋找下去？」

方克文搖了搖頭道：「我這樣子生不如死！」

「真正關心你的人沒有人會在乎你的樣子，他們只關心你是不是活著！」

方克文心中一動，他不得不承認，在羅獵幾人出現之後，他早已塵封絕望的內心再度萌生了希望，原來他從來都沒有放棄過離開的希望，腦海中出現了如果他就這樣死去，他將死不瞑目。

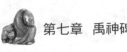

羅獵道：「禹神碑側邊的小字講述了他們一路搬運禹神碑的經過，將地貌特徵都描述得極其詳盡，方先生要不要我翻譯給你聽？」

方克文盯著沸騰的岩漿湖，臉色陰晴不定，內心也如同岩漿一般劇烈翻騰交戰著，沉默良久，他方才低聲道：「說來聽聽。」

羅獵心中暗喜，方克文從開始的無動於衷漠然置之，終於開始有所轉變，證明他心中並未斷絕逃生的希望，只要心中抱有生機，他們就有逃離此地的希望。

羅獵利用望遠鏡觀察禹神碑，將那行當年工匠留下的小字翻譯給方克文聽，看來夏文從未從真正意義上失傳過，至少當年刻下這段文字的工匠就熟練掌握了這遠古的文字，他的爺爺羅公權也是夏文的傳承者，羅獵不由得想起羅行木生前關於爺爺的描述，至今羅獵都沒有接受爺爺是個盜墓者，老爺子的風骨和氣節他是深有瞭解的，雖然羅獵表面上玩世不恭遊戲風塵，可是在他的骨子裡仍然是一個善惡分明的人，這一點上他深受爺爺的影響。只不過比起不苟言笑的爺爺，他更能適應這個紛繁複雜的亂世。

方克文對眼前的年輕人抱有深深的好奇，當年他們的這次探險行動因羅行木而起，羅行木出示給麻博軒的古文字引起了這位學問大家的極大興趣，拋開麻博軒之後暴露出的險惡人性不論，他在中華文化及古文字上的造詣在整個學術界首屈一指，以麻博軒之能也不過破譯這區區三十幾個字，這小子不過二十多歲，竟然連想都不想就可以翻譯禹神碑上深奧難懂的文字，莫非這廝從娘胎裡就研究古文字不成？

方克文抑制住內心的好奇，畢竟現在不是刨根問底的時候，聽羅獵詳細講解，不放過其中任何一個細節，因為任何細節都關乎他們能否從這裡逃出生天。

羅獵將那篇文字反覆讀了三遍，方克文終於點點頭，一言不發，轉身就走。

羅獵和顏天心也不敢多問，默默跟在他身後，沿著熔岩湖來到了西北方位，方克文停下腳步，指了指前方道：「文中所說的虎頭石應該是這裡。」

羅獵順著他所指望去，卻見熔岩湖內有一塊火山岩，大半都已沒入岩漿之中，如果不是方克文指出，絕對不會看出這塊石頭和虎頭有什麼類似的地方。

仔細一看，這石頭的頂部各有一個突出的稜角，像極了老虎的兩隻耳朵，羅獵從右耳所指的方向望向對面的岩壁，按照文中描述，隧道應該在對側岩壁上方，可是當他看清那岩壁的狀況頓時心冷了半截，那面岩壁之上正有岩漿緩緩流下，落差高達十五餘米，其上根本沒有落腳之處，形成了一道不可逾越的火牆，別說攀爬，就是靠近也不可能。

方克文呵呵冷笑了一聲，其實心中也失望到了極點，剛剛被羅獵激起的些許求生欲瞬間消失得無影無蹤。

顏天心咬了咬櫻唇，這條路顯然是走不通的，那石刻是宋人留下，距今已有八百多年，這八百年間周圍地貌發生了無數變化，他們根據古人的指引尋找道路無異於刻舟求劍，顏天心小聲道：「不如咱們走回頭路。」她的想法是既然他們能夠走進來，就應當能夠從原路走出去。

方克文道：「回不去了，我已經燒掉了藤蔓，咱們無法回頭！」

顏天心的目光黯淡了下去，興許這就是他們最終的命運。

羅獵抽出腰間的唐刀扔了出去，在其他兩人看來，羅獵應當是借此發洩心中的沮喪，可是羅獵的表情卻沒有絲毫的頹喪，他的目光盯住那冉冉升起的唐刀，熔岩湖的上方彷彿存在著一種神奇的魔力，可以將任何金屬的物體輕易托起。如果他也能像這柄唐刀一樣，那麼他的身體是不是就可以懸浮於虛空之中，羅獵目光追逐著唐刀，唐刀在達到平衡之後停泊在空中，圍繞那座禹神碑以肉眼幾乎無法察覺的速度緩慢轉動，這樣的高度已經超越了對面岩漿形成的流瀑，流瀑之上，是層層疊疊的火山岩層，只要他們能夠越過岩漿，抵達岩層之上，就可以循著岩層繼續前進。從唐刀到火山岩最近的距離還不到五米，羅獵產生了一個大膽的想法。

他轉向方克文道：「你這裡有沒有大塊的金屬，盔甲也行？」

方克文頓時明白了羅獵的意思，這小子必然是從唐刀漂浮於虛空中得到了啟示，想要利用金屬在磁力中漂浮的原理擺脫困境。他低聲道：「你的想法只怕不可行，你怎麼知道一定能夠漂浮到同樣的高度，又怎麼知道你能夠保持在邊緣，而不會改變方向飄到熔岩湖的中心？」如果發生那樣的狀況，恐怕高溫瞬間就會把他們烤熟。

羅獵道：「可以做一個基本的運算，測算出我們需要的大概金屬重量，剩下的只能靠運氣了！」

方克文道：「如果碑上的那段文字沒有謬誤，瀑布上方三十米左右的地方會有一個隧道的入口。」

羅獵道：「只要越過這道火牆，我們就能沿著火山岩爬上去。」

顏天心道：「前提是，我們能夠找到可用的工具。」

兩人同時將目光投向方克文，畢竟他才是最熟悉這裡的人。

方克文道：「沒有盔甲！」

羅獵的內心一沉，他構想的基礎在於能夠找到工具，如果沒有工具，他的構想再美好也註定無法實現，看來只能另想它法。

方克文卻又道：「不過我有一葉銅舟！」

羅獵和顏天心同時轉過臉去。

方克文道：「跟我來！」

羅獵怎麼都不會想到方克文果真藏有一艘銅舟，這艘銅舟長約一丈，寬約兩尺，獨木舟的形狀，兩頭彎彎翹起，銅舟身上刻滿古樸的花紋，羅獵拍了拍銅舟，落掌處錚錚有聲，從舟身的質感判斷出是青銅鑄成無疑。羅獵驚喜道：「天無絕人之路，他們當年竟然藏了一艘銅舟在這裡。」

方克文漠然道：「這艘銅舟是我一步步拖過來的。」

羅獵聞言大奇。

方克文歎了口氣，將銅舟的經歷說了一遍，卻是當年他和麻博軒、羅行木一起探險的時候，來到六芒星冰坑旁邊，三人商討之後，決定抽籤選擇下去之人，麻博軒和羅行木聯手擺了他一道，方克文也不是尋常人，當時就多了一個心眼，提議先將一旁的銅舟投入冰坑，一探虛實，銅舟從高處墜落砸在冰坑底部，撞斷了不少的冰筍，一來確定下方冰層足夠厚，二來可以清除那一個個宛如矛頭的冰筍。可是方克文進入冰坑後不久，就被兩人割斷了繩子。方克文從半空中落下腿被摔斷，他求天天不應叫地地不靈，本以為要困死在冰坑之中，卻想不到這銅舟落下的時候已經將下方的冰層砸裂，在麻博軒和羅行木離去之後不久，方克文和銅舟一起從冰坑裂開的孔洞中掉了下去。

原本這艘銅舟對方克文已經失去了意義，可是他在傷好之後，想起自己之所以能夠死裡逃生全都是因為這艘銅舟的緣故，反正在這地洞中生活也無聊得很，於是他住在哪裡就將銅舟拖到哪裡，將這艘銅舟當成了自己的護身符，從某種意義上來說也是一種精神寄託。人世間很多事都有因果，方克文這些年的無意之舉卻想不到居然為自己今日的逃生留下了一件難能可貴的工具。

羅獵抱起銅舟的一角感到非常吃力，根據他的估計，這艘銅舟的重量至少要在半噸以上，如此重量真不知道方克文是怎麼拖過來的？即便當時方克文身體健壯，從冰窟下方拖動到這裡沒那麼容易，更何況地面怪石嶙峋，坑窪不平，轉而又想到方克文此前的描述，過去地底的溫度並沒有現在這般炎熱，或許過去地表佈滿冰層，在光滑的冰面上拖動銅舟應該不難。

顏天心道：「這艘銅舟當真能夠承載起咱們三人的重量？」

羅獵在心中默默估算了一下，緩緩點了點頭道：「應該可以，其他的事情要靠運氣了。」剛才方克文就已經提出，就算他們能夠利用磁力浮起到唐刀的位置，距離對面的火山岩仍然有五米左右的距離，很難說他們每個人都能跳那麼遠，而且這只是最理想的狀況，根據過往的經驗，人在從船上跳到岸上的時候通常會有反作用力，導致船體向後漂移，同樣的情況也會發生在他們的身上。也就是說第一個跳出去距離最近，隨後的兩人會隨著銅舟越飄越遠。

羅獵正在思索之際，方克文道：「其實衣服用不上了，可以用來結成繩索，只要用繩索套住對面的火山岩，就如同纜繩一樣，可以阻止銅舟漂遠。」

羅獵笑了起來，這麼簡單的事情自己居然沒有想到，三個臭皮匠賽過諸葛亮果然是有道理的，關鍵時刻還需集結眾人的智慧。

計畫一旦完善，實施起來就快了許多，三人分工明確，羅獵和麻博軒負責將這艘銅舟搬運到岩漿湖旁，顏天心則承擔了用衣服結繩的工作，她將衣服集合起來用刀切成長條，然後重新結成繩子，必須要將許多股布條絞結在一起，這樣才夠結實，花了大半天的功夫，顏天心方才結成了一條長約八米的繩索，雖然羅獵和麻博軒已經捐出了大部分衣服，可布料仍然不夠，顏天心只好打起了自己的主意，截掉了兩條衣袖，和兩條褲腿兒，方才將繩索延長到了九米。對他們來說繩索多一分長度，他們也就多出了一分保障，至於她和羅獵從外面冰雕上取下的貂裘，重新捲好背在身上，以備脫困之後禦寒使用。

移動一艘重量在五百斤以上的銅舟可不是一件容易的事，羅獵和方克文走走停停，距離熔岩湖還有十米的地方，兩人都已筋疲力盡，並肩坐在銅舟上休息。

羅獵道：「越是接近越是危險，這銅舟該不會突然飛上去吧？」

方克文搖了搖頭道：「只有進入深坑的範圍，金屬物體才會漂浮起來，所以你……不用擔心……」他大口大口喘著粗氣，氣溫如此炎熱又消耗了那麼大的體力，身體已經處在透支的狀態。他起身走向周邊的岩縫，尋找到一些紫色的苔蘚，大口大口咀嚼起來，以此來補充能量和水分。

羅獵雖然又渴又餓，可是看到方克文遍佈臉上的紫色瘢痕，仍然抑制住去吃的衝動，或許方克文之所以變成這個樣子就是因為他吃了這些苔蘚的緣故。

顏天心結好繩索走了過來，羅獵望著顏天心裸露在外的一雙雪白修長的美腿，內心不禁一熱。顏天心敏銳地覺察到了他的目光所向，俏臉微微一熱，來到羅獵身邊坐下，輕聲道：「這裡熱得跟夏天一樣！」

羅獵笑了起來：「走出去就是冰天雪地！」

「走得出去嗎？」顏天心望著不遠處沸騰的岩漿湖，目光顯得有些迷惘。

「一定能！」

顏天心因羅獵的這句話目光再度回到他的身上，只要看到羅獵的表情，你就會明白他的這番話絕不是在自欺欺人，更不是在鼓勵別人的信心，即便是在眼前的逆境下，他仍然充滿著強大的自信，沒有一絲一毫的氣餒，顏天心發現自己很容易被他的情緒所感染，或許不僅僅是自己，連獨居地下五年早已放棄生的希望的方克文，不也一樣被羅獵喚醒了生機？羅獵的個人魅力正在於此。

顏天心露出一個會心的笑容：「外面一定很冷！」

羅獵道：「有我在，凍不死！」

顏天心品味到他話中暗藏的曖昧，鼓起了桃腮，想說話卻突然不知應該說什麼，過了一會兒方才道：「你出去之後做什麼？」

羅獵道：「陪你去連雲寨，解救你的那幫部下！」

一語驚醒夢中人，顏天心內心中暗叫慚愧，如果不是羅獵提起，自己幾乎已經忘記了外面的世界，面臨生死存亡的不僅僅是他們，還有連雲寨的那些部下，火山一旦噴發，山寨上的人必然受到殃及，自己身為連雲寨主豈可忘記應當承擔的責任？就算不為自己，為了山寨的那些父老鄉親自己就應當拚搏下去。

在三人的共同努力下銅舟終於被移動到了深坑的邊緣，他們用繩索將彼此相連，另外一端纏繞在銅舟的一端。共同將銅舟推向深坑，率先進入神坑範圍的銅舟一端緩緩翹起，羅獵大吼道：「拚了！」三人同時發力，將銅舟向前方一推，他們的身體幾乎就要衝入熔岩湖內，灼熱的氣浪炙烤得他們幾乎就要暈過去，銅舟此時開始冉冉升起。

每個人都緊緊抓住銅舟的船舷，雙腿盡可能地向上方蜷曲，羅獵感覺自己如同被放在燒烤架上的烤羊，裸露在外的肌膚感到燒灼般的疼痛，還好他們距離熔岩湖的液面邊緣還有十五米的距離，否則他們此時已經變成了烤肉。還好銅舟上升的速度遠超他的想像，很快就已經漂浮到空中，銅舟始終筆直上升，並沒有發生飄向熔岩湖心的最壞情況，雖然羅獵他們已經做好了最壞的準備。

因為熱氣上升的緣故，上方的溫度並不比下方好受多少，等到銅舟首尾兩端平衡之後，顏天心第一個爬入了銅舟內，然後將方克文拉了上來。

羅獵最後爬了進去，俯瞰下方，他們已經隨著銅舟漂升到深坑上方十五米左右的距離。從現在的高度可以看清整面熔岩湖的全貌，熔岩湖鑲嵌在黑色深坑的中心，猶如一隻火紅巨大的眼球，這顆眼球燃燒著狂暴的火焰，怒視著上方想要逃脫它羈絆的三人。

方克文舉目望去，看到對面岩漿流瀑的高處幾乎和他們現在的位置平齊，只要再爬升五米左右，他們或許就可以實施下一個步驟。三人一起動手，將捆縛在他們身上的繩索解下，一頭仍然捆在銅舟之上，方克文將另外一頭熟練地結成了一個繩套，準備利用這繩套套住對側一塊突兀的柱形火山岩。

方克文準備親力親為的時候，羅獵伸出手去，主動請纓來完成這關鍵的一步。在遠距離攻擊方面羅獵擁有著過人實力，在目前的距離下套中目標，他有絕對的把握。銅舟飄到熔岩湖上方二十米左右的高度速度漸漸減緩下來，羅獵揚起手中的繩圈，在頭頂轉了兩圈然後像套馬一樣果斷投擲出去，繩圈準確無誤地套中了五米開外的那根岩柱。

方克文和顏天心同時鬆了口氣，方克文道：「牽拉繩索，將銅舟靠過去！」

羅獵點了點頭，輕輕牽拉繩索，銅舟因繩索距離縮短開始向對側岩壁靠近，然而當銅舟的前端開始超出下方熔岩湖深坑的邊緣，銅舟開始發生了傾斜，在他們的周圍應該存在著一個隱形的邊界，一旦超出這個界限，磁力就會急劇減退。重力和磁力的平衡就會被打破，如果他們再往前多移動一些距離，銅舟就會因失衡而從高空中墜落，從二十米的高度落下其結果可想而知。

顏天心搖了搖頭，想要縮短繩索將銅舟靠岸的想法根本不切實際。

羅獵道：「天心，你先過去！」

顏天心道：「還是方先生先過去！」

方克文陰陽怪氣道：「怎麼？嫌我老嗎？女士先請，這點禮節我還沒忘！」他顯然並不是一個自私的人，在生死關頭首先想到的並不是自己，仍然保持著謙謙君子風度。

羅獵向顏天心聳了聳肩，方克文雖然面貌醜陋，可是他的心地要比羅行木善良許多，雖然接觸不久，可是也能夠判斷出此人有原則有節操。顏天心向羅獵看了一眼，於是不再堅持，輕聲道：「我在對面等你們！」她小心來到船頭，羅獵和方克文兩人則向船尾部退後，儘量保持著銅舟的平衡。顏天心離開銅舟的剎那，銅舟因為上方重量的減輕而有一個明顯的抬升，繩索的另外一端在火山岩上用力拉扯了一下，顏天心的雙手抓住繩索，身軀凌空懸掛在繩索上，船頭因她的重量拉扯而明顯下傾。羅獵和方克文兩人慌忙向後靠，竭力保持銅舟的平衡。

顏天心雙臂交替抓住繩索向對側岩層靠近，她的每次移動都會引起銅舟角度的改變，身後羅獵提醒她道：「儘量不要朝下看！」

一切還算順利，顏天心成功攀爬到了對側的火山岩上。

銅舟因減少了一個人再度抬升，繩索不再保持水平，變成了傾斜向上，和水平面的夾角大概在三十度左右，由此能夠推斷出，如果再減少一人，銅舟會繼續上升，能否繼續保持平衡還很難說。

方克文靜靜望著羅獵，他們兩人誰先走誰逃生的機會更大一些，留下的那個肯定面臨著更大的凶險。人心都是險惡的，在面臨生死抉擇的時候，往往都會暴露出其真實的本性，他堅信羅獵也不會例外。

羅獵微笑望著方克文，彷彿他們的下方不是烈焰滔天的熔岩湖，語氣平靜道：「方先生畢竟比我要老一些，您先請！」

方克文內心真正被震撼到了，他從未見過一個年輕人可以保持如此沉穩的心態，生死關頭主動將生機拱手相送，這讓方克文對人性重新建立起些許的信任。

方克文抿了抿嘴唇，雙手握緊了船舷，低聲道：「還是你先走吧，我畢竟已經老了！」雖然他重新燃起了強烈的求生欲，可是這欲望在和良心的搏鬥中仍然是後者占了上風。

羅獵笑道：「知道自己老了還不服氣？別忘了你還是個跛子！」換成平時羅獵一定不會說這種揭人短處的話，換成平時方克文如果聽到別人這樣嘲諷自己的殘疾一定會惱羞成怒，甚至會衝上去跟他拚命，可是任何話都要分場合，在眼前的狀況下羅獵說出這樣的話非但沒有刺激到方克文，反而讓方克文塵封孤寂的內心萌生出一絲說不清道不明的溫暖和感動，他抿了抿嘴唇，然後向羅獵重重點了點頭，指著羅獵道：「小子，你給我記住剛才說過的話，等過了這一關我再找你算帳！」

顏天心關切地注視著銅舟，儘管她希望首先走過來的是羅獵，可是以她對羅獵的瞭解，遇到危險的時候，羅獵必然選擇斷後，這並非是為了逞英雄，而是他自身的品格使然，這世上有捨身赴死勇氣的人很多，可是在生死關頭敢於擔當的人卻很少，羅獵的勇氣和自信讓他做出了這樣的選擇。

在羅獵看來，自己最後一個離開要比方克文逃生的可能性更大，每個人的性命都是同等重要的，但是在這個地方，他們之中最重要的那個人卻是方克文，自己已經將刻在禹神碑上的那段話翻譯給方克文聽，方克文對這裡的環境極其熟悉，若是方克文發生不測，那麼即便是他和顏天心兩人全都從銅舟上成功逃生，他們也不知道下一步應該往哪裡去。

方克文顫巍巍來到了銅舟前部，抓住繩索，然後又轉身看了看，羅獵已經向後移動到船尾，盡可能維繫這條銅舟的平衡，方克文鼓足勇氣，抓住繩索身體脫離了銅舟，在他脫離銅舟的剎那，銅舟再度向上升起，方克文的身體懸掛在空中蕩動了一下，身後傳來羅獵的聲音：「不要停，儘快爬過去！」

方克文雙手交替攀援，每向對面靠近了一些，銅舟就又向上升起了一些，顏天心已經看不到銅舟內羅獵的身影，繩索和水準的夾角成為了四十五度，她死死抓住繩索，宛如一個生怕氫氣球從手中逃跑的小女孩兒。

笨重的銅舟在無形磁場的範圍內竟然輕如鴻毛，上升的勢頭不減，等到方克文抵達對側的岩壁，繩索和水平面的夾角已經接近六十度。

羅獵小心移動自己的身體，繩索在重力和磁力的雙重作用下繃得筆直，方克文和顏天心兩人聯手抓住繩索的另一端，顏天心大聲道：「羅獵，你快過來！」

羅獵點了點頭，又向船頭移動了一些，因為重心的轉移，船尾向上飄起，整個青銅舟明顯發生了傾斜，繩索的中段因為承受不住巨大的牽拉力竟然有部分開始迸裂解體。

方克文大吼道：「快！」

羅獵抓住繩索，眼看著繩索的中段以驚人的速度開始解體，他仍然沒有任何的動作，顏天心因為緊張，眼淚都已經流了下來，她此時卻不再敢發聲，生怕影響到羅獵的判斷。

第八章

大膽的設想

人距離想要達到的目標往往就差一步，
可是多半人卻在邁出這最後一步之前就已經喪失了信心，
如果按照禹神碑上的哪行小字，走到這裡已經到了盡頭，
在體力和精力上都已經達到極限的方克文絕對會選擇放棄。
而羅獵不然，他居然做出了一個如此大膽的設想，
做出了一個禁不起推敲的估算。

繩索終於無法承受住強大的牽扯力，從中繃斷，青銅舟脫離繩索束縛的剎那，羅獵騰空躍起，雙腿在空中前後擺動了兩下，然後身體弧線降落，雙手穩穩抓住了斷裂繩索的殘端，他的身體隨後重重撞擊在凸凹不平的火山岩上，劇烈的疼痛險些讓他暈了過去，可是腦海中繃緊的那根弦提醒自己決不能在此時暈過去，決不能放手，他死死抓住繩索，下方熱浪一陣陣襲來，雙腳就像踩在火上一樣，羅獵想要向上攀爬，可是身體卻沒有多餘的力量。

很快他感覺自己的身體在上升，本以為是自己的錯覺，不過耳邊又響起方克文嘶啞乾澀的聲音：「小子，挺住！」

方克文和顏天心兩人合力將繩索向上一點點拉了上來，羅獵的一隻手終於抓住了他們立足處火山岩的邊緣，顏天心緊緊抓住他的手臂，生怕他會從自己的手中溜走。

在兩人的幫助下，遍體鱗傷的羅獵終於爬回到他們的身邊，顏天心望著赤裸著上身遍佈淤青和劃痕的羅獵，破涕為笑。

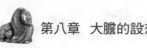

方克文醜怪的臉上也露出一絲難得的笑意，他的笑容也並不算難看。

三人同時抬起頭來，那艘銅舟已經浮起到和禹神碑的上緣平齊，距離他們現在的位置約有十米，而且銅舟正在以緩慢的速度向禹神碑靠近。靠近禹神碑也就意味著靠近了熔岩湖中心，別的不說單是高溫足可以扼殺上方的任何生命體。

羅獵心有餘悸地舒了口氣，檢查了一下手足四肢，確信自己的身體沒有發生骨折。

方克文道：「從這裡攀援上去，咱們可以到達鷹嘴岩。」

鷹嘴岩是根據禹神碑上方的那片文章命名，方克文雖然不知道這些名稱，可是他卻知道那些名稱所指的應該是什麼地方，羅獵和方克文，正如理論和實踐的結合，在兩人共同努力下，沿著前人留下的啟示探索著那條在北宋末年用來運送禹神碑的古代隧道。

「這裡應該就是了！」方克文停下腳步，從鷹嘴岩一路走來，他們耗去了近兩個小時，可高度只爬升了不到五米，這是一塊表面粗糙的岩石，從岩石的質地和肌理就能夠判斷出這塊石頭不是這裡常見的火山岩，和周圍的石質完全不同，正因為如此才顯得頗為突兀。

三人舉目四望，卻沒有找到隧道入口的痕跡，方克文望著羅獵，雖然沒說話，可意思已經表達得很明顯，費盡辛苦來到這裡，你不是說有隧道嗎？小子你可千萬別蒙我。

顏天心對羅獵的支持始終如一，即便是沒有找到隧道，她也不會有絲毫的責備和埋怨，從黑虎山藏兵洞一路同生共死走到現在，如果沒有羅獵的堅持，或許她早已倒下，過去她一向自詡堅韌頑強，可在羅獵面前她也不得不甘拜下風。

羅獵這個時候居然沒有急於尋找隧道，輕聲道：「休息一下，大家好好休息一下。」說完就率先找了個平整的地方靠著岩壁坐下。

方克文沒說話，找了一角默默坐了。羅獵此時又拿起他的望遠鏡觀察遠方漂浮在虛空中的禹神碑，他們現在所處的高度已經超出了禹神碑的頂部，這一路走來，羅獵每到休息的時候都會觀察禹神碑，從各個角度將這座上古傳說中的碑銘看了個遍，現在就算閉上眼睛腦海中也能夠回憶起禹神碑上的文字，有些字句的意思晦澀難懂，不過羅獵仍然憑藉自己超強的記憶力將禹神碑完全背誦下來。

雖然暫時沒有找到隧道，可是羅獵並不氣餒，當初工匠在禹神碑上留下大段文字應當不會是胡編亂造，這個世界上沒有人會無聊到那種地步。或許他們找錯了地方，或許當年的那條隧道在完成運送禹神碑的使命之後又被填塞，羅獵現在並不想花費太多的精力去想，他太累了，一個人在過度疲倦的時候往往會做出錯誤的判斷，他需要休息。

方克文閉目靜養了一會兒，再度睜開雙目，看到顏天心就坐在自己的身邊，容顏憔悴，嘴唇乾涸，在地洞乾燥的環境下，人體的水分在迅速流失，這樣下去用不了太久的時間他們都會發生脫水的症狀，相對來說方克文比起他們兩人耐受能力還要更強一些，畢竟他在這樣的環境中艱難生存了五年，已經有所適應。

羅獵仍然拿著望遠鏡，不過他現在觀察著下方熔岩湖的狀況，熔岩湖內的岩漿比起剛才沸騰得越發明顯了，這讓羅獵產生了一種熔岩湖隨時都可能噴發的緊迫感，留給他們的時間的確不多了。

方克文終於忍不住道：「你看了這麼久，有什麼發現？」

羅獵指了指禹神碑道：「當年留下啟示的工匠應該沒來得及將想說的話刻完，所以咱們的路途只走了一半。」

方克文眉頭皺起，那豈不是說他們此前的努力要半途而廢。這小子竟然之前沒有告知自己，應當是有意欺瞞，可轉念一想，如果羅獵將一切如實相告，或許自己沒有信心陪著他進行這趟希望渺茫的冒險。

羅獵道：「我剛剛估算了一下禹神碑的大概總量，根據熔岩湖中心的距離大概推算了一下當年禹神碑被推下的高度。」

方克文點了點頭，在知道禹神碑品質和落下橫向距離的前提下，應該可以倒推出它當年被推下時的高度，不過這個推斷僅僅存在於理論的基礎上，其中存在著太大的變數，首先你並不知道禹神碑是不是被人從隧道中直接推下，而且你並不知道禹神碑以何種角度落下，更何況誰也不知道禹神碑的材質，又如何能夠判斷出它準確的品質，所以細細推敲，羅獵的估算根本不可能成立。

羅獵道：「你們有沒有發現咱們現在所在的這塊岩石更像是一個滑道？」

方克文道：「如此粗糙的岩石表面只怕將冰放上去都不會滑動。」

羅獵道：「在八百年間這裡的氣溫肯定不像現在這樣，如果這塊岩石的表面覆滿冰層，那麼這塊禹神碑就可以輕易滑動了。」

經羅獵一說，方克文和顏天心方才留意到他們所在的這塊岩石寬闊平整，和水平面約有十五度的夾角，更重要的是，這塊岩石的表面足以承載那塊禹神碑。

羅獵道：「我們可以設想一下，他們將禹神碑從隧道運入這地穴，可是地穴極深，憑藉人力不可能將禹神碑運送到預想位置，所以他們就用繩索吊著禹神碑，將它落在這塊覆蓋冰層的岩石上，從這個角度將禹神碑推了出去，在八百年前熔岩湖還只是一個火山口，他們最終的目的就是用這塊禹神碑塞入火山口。」

方克文這才明白羅獵所估算出禹神碑的高度恰恰是他們現在所處的位置。

顏天心道：「如此說來，隧道就在附近？」

羅獵指了指上方：「應該不遠！百尺竿頭更進一步。」

人距離想要達到的目標往往就差一步，可是多半人卻在邁出這最後一步之前就已經喪失了信心，如果按照禹神碑上的哪行小字，走到這裡已經到了盡頭，在體力和精力上都已經達到極限的方克文絕對會選擇放棄。而羅獵不然，他居然做出了一個如此大膽的設想，做出了一個禁不起推敲的估算。

其實羅獵明白自己所說的一切缺乏嚴謹的科學依據，但是他必須要給自己的堅持一個理由，即便這個理由是荒謬的，可是只要能夠鼓起所有人的勇氣，給大家繼續走下去的信心就已經足夠。

羅獵口中的一步，又讓所有人在炎熱和疲憊中煎熬了整整五個小時，而且這五個小時的攀援中他們再也找不到中途歇息的地方，顏天心細嫩的雙手全都磨出了血泡，低頭望去，距離他們此前休息的平台已經有了近十五米的高度，她不想放棄，可是她的身體已經承載不住難以忍受的疲憊。

羅獵從她顫抖的雙臂已經看出了顏天心行將放棄的徵兆，他想要握住顏天心的手，可是又不敢，因為他單手無法支撐自身的體重，生怕那樣的動作會讓自己墜落崖底粉身碎骨，低聲道：「就差一步了！堅持住！」

顏天心咬了咬櫻唇，她堅持不住了，小聲道：「羅獵，你是個騙子！」

羅獵道：「別忘了，你這身皮囊是我的，你沒資格放棄！」

方克文醜陋的面孔貼著粗糙的火山岩，孤身一人在不見天日的地洞中生存了五年，卻從未有現在這般難熬過，他竟然想到了放棄，內心中產生了不如就此死去也不想活得如此艱辛，他向來認為自己的毅力韌過秋日的老竹，可是在羅獵這執著的年輕人面前他也甘拜下風。喘了口粗氣，感覺喉頭和鼻腔都要噴出火來，嘶啞著喉頭道：「她說得沒錯，你就是個騙子，根本沒有隧道對不對？」

羅獵此時居然還笑得出來：「騙你們對我有什麼好處？」方克文道：「你如果不說上方有一條隧道，我們絕不會跟著你一路爬上來，根本就是望梅止渴。」

顏天心感覺自己就快支持不住了，內心處於放棄的邊緣，無力道：「就算前方有一棵梅樹也好……」

羅獵道：「你們知不知道我為什麼能夠堅持到現在？」

兩人都沒有回答，卻在心底同時想到了一個答案，這廝的毅力無人能及。

羅獵笑了一聲道：「因為我怕死！」

出人意料的答案，可細細一品卻是如此合情合理，如果不是怕死又豈能堅持到現在？正因為怕死所以才要想方設法的活下去，即便再苦再難都要堅持下去。

羅獵道：「人首先不能對不起自己，我還沒活夠，至少不能現在就死！」他奮起全身的力氣，雙腳向上方攀升了一點，身體拱起就像個大號的蝦米，然後挺起身軀，手臂向上探伸出去，抓住了岩石的邊緣，然後利用手臂的支撐，一點點爬了上去，當他的視線超出了岩石的邊緣，一個黑黝黝的洞口出現在他的面前，不知是不是錯覺，他感到迎面有一股清涼的風吹來，然後羅獵感到鼻子突然一酸，竟然有種要落淚的衝動。**這世上的感動有很多種，其中一種就是本以為你必死無疑了，可你居然還活著，活著本身就是最大的感動**。

雖然方克文和顏天心都認為羅獵在這件事上存在著或多或少的欺騙，可他們聽說隧道就在探手可及之處的時候，仍然心甘情願地被騙了，方克文想的是，如果你小子再敢騙我，我就拖著你一起跳下去。顏天心想的是，最後一次了，雖然想被羅獵永遠這樣騙下去，可是她的體力已經堅持不下去了。

事實上如果不是羅獵死拉硬拽，顏天心根本無力爬過這一步的距離。

羅獵的話真正成為現實的時候，所有人卻都失去了說話的力氣，顏天心爬上來之後就癱倒在地上，淚水不受控制地流了出來，不是委屈也不是激動，而是莫名其妙的失控。

方克文沒哭也沒笑，坐在洞口就像個木頭人一樣，這一番折騰讓他對生命這兩個字有了重新的認識，他忽然懂得了羅獵所說的怕死是什麼意思，忽然覺得怕死也不是什麼壞事，其實自己也怕死，不然也不會在地下待了五年都不捨得結束自己的生命。有了剛才的經歷，他徹底放棄了輕生的念頭，為了這次逃生，他付出的實在是太多，如此得之不易的生命他怎能輕易放棄。

羅獵仍然是三人中最先站起來的那個，雖然找到了隧道，可是他還無法確定能否通過這條隧道走到外面，走了幾步就感到清涼了許多，的確有風迎面吹來，剛才並不是他的錯覺。

三人在短暫調整之後，繼續向前方走去，沿著這條傾斜向上的隧道，一直前行，沒走多遠，腳下就見到有水流過。

方克文心中暗忖，這條隧道顯然一直都存在，如果禹神碑上的那段文字無誤，至少存在八百年了，過去的漫長歲月中應該是被冰雪掩蓋，可是隨著火山的復甦，地洞內熔岩湖形成，溫度不斷提升，高溫氣體上行，融化了隧道內的冰雪，所以這條隧道也就重新顯現出來。同時他心中也不禁有些擔心，萬一這條隧道內的冰雪並未完全融化，他們豈不是仍然走不出去。

幸好方克文擔心的事情並未發生，接下來的行程極其順利，除了迅速降低的氣溫，他們再也沒有遇到任何阻礙。羅獵和顏天心各有一件貂裘，方克文也準備了一件破破爛爛的羊皮襖，未雨綢繆，如果沒有這些衣服禦寒，就算他們能夠逃出地穴，來到風雪交加的外界也會被凍死。

前方的隧道因為冰層的覆蓋逐漸收窄，他們無法繼續直立前行，開始是躬身行走，到了最後只能在未能完全融化的光滑冰層上匍匐前進，前方終於看到有光芒透出，他們歷盡千難萬險之後終於迎來了光明，幾人不由自主同時加快了爬行的速度，而此時他們的身下突然產生了劇烈的震動，他們同時想到了一件事，該不會如此湊巧，火山要在此時噴發了？

方克文大聲道：「快跑！」他毫不吝惜地用上了跑字，然後身先士卒，手足並用，向光亮的地方瘋狂爬了起來。羅獵和顏天心也隨後爬行，顧不上周身的疼痛，更顧不上難忍的疲憊，這是一場和死亡的競速賽。

熔岩湖內的岩漿沸騰得越發厲害，東南方向一股玄冰融化的溪流緩緩注入到熔岩湖內旋即就被炎熱的岩漿汽化，隨著溪水的不斷注入，地穴內的氣體迅速增加，火紅的熔岩湖上方蒸騰起白茫茫的霧氣，懸浮在熔岩湖上方的禹神碑劇烈抖動起來，在一陣劇烈的抖動後重新歸於寧靜，岩漿沸騰的勢頭也衰弱了下去，一切彷彿又回到從前之時，突然之間從熔岩湖的中心噴湧出一道高達數十米的岩漿，這岩漿直沖上方，宛如洪水猛獸一般將禹神碑籠罩其中，岩漿和水汽相互作用，一聲驚天動地的巨響從地心炸響，火紅的岩漿有若脫韁的野馬一飛沖天，奔瀉狂湧。

羅獵三人還沒有來到隧道口處，就被身後的無形氣浪拍擊出去，他們的身體騰雲駕霧般繼而連三地從隧道內衝了出去，飛出好長一段距離方才墜落在厚厚的積雪上，然後沿著傾斜的山坡一路滾落。

隨後看到一條火紅色的長龍從他們剛剛逃離的隧道衝了出去，一直衝入空中蔓延數十米，然後因重力的作用向下垂落，經山風吹散成為漫天花雨。

方克文最先止住滾動的勢頭，剛剛從雪地中爬起來，還沒等他回過神來，一塊燃燒的石塊就砸落在他身體的左側，雪花伴隨著岩漿四濺，方克文因身體被灼痛而發出一聲悶哼，他不敢停留繼續向山坡下跑去，看到前方兩個大大的雪球仍然在向下方滾去，那兩個雪球正是羅獵和顏天心。

兩人一直滾到山坡下的平緩地帶方才止住下行的趨勢，抖落了一身積雪從雪地上爬起來，方克文隨後也跑到了他們身邊，他們現在所處的位置已經脫離了岩漿噴湧的範圍。

從隧道口噴出的岩漿迅速減弱了勢頭，火紅色的岩漿落在積雪之上，迅速黯淡下來，在雪地上留下一長條黑色的痕跡，黑色痕跡的正中岩漿仍未冷卻，還顯現著鮮紅的顏色，遠遠看上去猶如雪野上新添了一條觸目驚心的流血傷疤。

方克文暗暗後怕，如果他們再晚一刻出來，恐怕現在已經被熔岩活埋，隧道出口處很快就不再繼續噴湧岩漿，這是因為外層的岩漿迅速冷卻，將後繼噴湧而出的岩漿封堵在了火山口內部。

顏天心慶幸地鬆了口氣，小聲道：「看來噴發的勢頭暫時止住了。」

羅獵的目光卻望著峰頂的位置，看到峰頂隱隱飄蕩的青煙，天空中鉛灰色的雲層壓得很低，正在逆時針緩慢轉動著，不停向中心聚集。剛才隧道噴出的岩漿應該只是這座火山大爆發之前的先兆，或許用不了太久的時間，一場驚天動地的大爆發就會到來。

方克文也意識到了這一點，沉聲道：「這場爆發已成必然，只希望能夠晚一些，咱們好逃得遠一些。」

顏天心卻搖了搖頭道：「你們先走，我必須先回連雲寨。」連雲寨還生活著一千多名她的族人，這場劫難到來之際，身為寨主的顏天心豈能一走了之？

羅獵早就意料到顏天心會做出這樣的選擇，輕聲道：「我陪你去！」

方克文皺了皺眉頭，五年孤獨不見天日的地底生涯，今日方才重見天日，他本以為可以就此離開，卻想不到這兩個年輕人竟然做出了明知山有虎偏向虎山行的抉擇。方克文早已心如死灰，如果不是在地底遇到了這兩個年輕人，或許他已經接受了自己悲催的命運，他甚至沒有想過自己還有逃出生天的機會。當他呼吸到這清冷的空氣，看到這白得耀眼的雪夜，迎面吹來刺骨的寒風，方才真切感受到自己的生命重新回到了早已麻木的軀體內。

當生命的意識被喚醒之後，昔日的記憶和激情竟然一點點開始找回，雖然回來的不多，可畢竟存在，方克文一度是個玩世不恭的紈絝，可他也有自己堅守的品格和道義，方克文道：「一起去！」

羅獵因他的話而回過頭來，無意中看了他的跛腿一眼，方克文滿是紫色瘢痕的面孔籠罩上一層煞氣，怒道：「你再敢胡說，信不信我打斷你的腿！」

羅獵笑道：「我只是奇怪，此前方先生不是說進入地穴就會中毒，如果離開就會毒發身亡嗎？」

方克文為之語塞，他此前的確這樣說過，如果不是羅獵提醒，他險些就忘了這件事，羅獵和顏天心都好端端的，甚至包括他自己都沒有任何中毒跡象，更不要說什麼毒發身亡，方克文懶得解釋，因為就算是他說，別人也不會相信。

顏天心不想方克文難堪，小聲道：「這裡距離連雲寨不遠，咱們還是儘快過去吧。」

羅獵走過方克文身邊的時候友善地拍了拍他的肩膀，在他看來方克文所謂的中毒，只不過是一種心理暗示，方克文當年或許嘗試離開過，始終未能如願的原因一是因為環境不允許，二是因為他在內心深處懼怕離開，所以才無法像自己這般不屈不撓的努力堅持下去。

風卷雲動，空中陰雲聚集的速度明顯開始加快，在雲層漩渦的中心，一道道細小的紫色閃電不停跳躍，猶如群蛇亂舞。

天色雖然黯淡，可是並沒有影響到顏天心對道路的判斷，他們從北麓進入，但是現在逃出隧道之後，卻已經落在天脈山南面的蓄春泉附近，蓄春泉是天脈山五大溫泉之一，顏天心曾經不止一次來這裡休閒度假。

還沒等他們走近蓄春泉，就看到泉水方向冒升出的大量白煙，煙霧繚繞中，一眼熱騰騰的溫泉噴湧而出，最高處距離地表約有五十米，過去從未有過這樣的現象，看來天脈山這座火山的甦醒，讓山體的內部結構正在迅速發生變化，包括蓄春泉在內的溫泉壓力也發生了改變。

蓄春泉旁邊的五棟石屋只剩下一個老頭兒值守，通常只有召開山寨全員大會時候才會發生這種狀況。

那老頭兒看到寨主親臨慌忙前來行禮，顏天心問過他之後，果然如此，今晨連雲寨的二當家付國勝就將所有人召集到寨子裡共商大事，至今都未回還。顏天心仔細詢問，可惜那老頭兒糊裡糊塗，再加上本身在山寨的地位卑微，核心的內部狀況自然無從知曉，從他嘴裡也問不到特別的狀況。於是她讓那老頭兒準備了替換的衣服，配備了常用的武器。

三人循著山路上行，一路之上倒也順利，不到兩個小時，山寨的大門就已然在望了，為了謹慎起見，顏天心並沒有選擇直接前往山寨，而是先去了山寨附近的雪松林內，利用那裡的高地觀察山寨外部的狀況。

羅獵舉起望遠鏡望去，卻見山寨大旗降到了旗杆的一半處，大門之上懸掛黑紗，內心不由得一怔，他將望遠鏡遞給顏天心。

顏天心看到此情此景，咬了咬櫻唇道：「看來他們認為我已經死了！」

羅獵點點頭道：「十有八九是如此，只不知為何你的死訊傳得如此之快？」

顏天心第一時間想起了在凌天堡背叛自己的玉滿樓，在沒有確定自己的死訊之前，她的部下不可能這樣做，應該是別有用心之人，先行回到了連雲寨向所有人宣佈了自己的死訊，擾亂人心，引起山寨內部的混亂。

羅獵低聲道：「怎麼辦？」現在這種狀況下，如果從正門進入肯定會讓內部的謀逆者有所準備，甚至會先行下手除掉他們。

顏天心道：「咱們先去卓先生那裡。」

顏天心口中的卓先生乃是連雲寨的郎中卓一手，此人是獸醫出身，蒙古族，如假包換的蒙古大夫，可是他醫術精湛，在連雲寨內頗有威信，平時卓一手沒有傷患醫治的時候就住在松林西南的木屋內，這裡瀕臨黃泥泉，周圍植被豐富，藥草叢生。除了三九嚴冬，卓一手大部分時間都會去深山採藥，顏天心去找他之前，也無法確定卓一手在不在家，心中打定了主意，如果卓一手也不在家，他們只能硬闖連雲寨了。

來到卓一手所住的木屋，屋內空無一人，顏天心推開房門，看到房間內火盆仍然沒有完全熄滅，由此推斷出卓一手應當離去不久。

負責在門外守望觀察狀況的方克文正在四處觀察的時候，身後響起槍栓拉動的聲音，一個蒼老的聲音道：「放下武器，慢慢轉過身來！」

方克文舉起了雙手，暗歎自己過於大意，連對方來到身後都沒有覺察到。

此時顏天心的聲音從房內傳來：「老木頭，你的眼睛果真是越來越不好用了。」從冰宮地穴逃生之後，顏天心的嗓子就變得有些沙啞，儘管如此對方還是第一時間就辨別出她的身分。

門前雪松粗大的樹幹後，一個魁梧的身影閃出，他頭戴棉帽，身穿黑色羔羊皮大襖，外披一件白色的斗篷，這斗篷輕薄並不能起到禦寒的作用，可是在銀裝素裹的雪野之中能夠很好地起到隱蔽作用，方克文剛才也曾經仔細觀察過這棵雪松周圍，就沒有發現對方的蹤跡。

顏天心口中的老木頭就是蒙古大夫卓一手。

見到顏天心現身，卓一手赤紅色的四方面龐上浮現出會心的笑容，卓一手在連雲寨的地位非常特殊，和其他女真後裔不同，卓一手是連雲寨內唯一的一名蒙古人，從歷史上來說，女真人乃是被蒙古人滅族，彼此之間應當是世仇，可卓一手卻選擇和這些異族人生活在一起，而且還相處得頗為融洽，他還有一個身分是老寨主顏闊海的義子，前寨主顏拓山的義兄，顏天心從從小就將他當成自己的親大伯一樣看待。

卓一手警惕地望著顏天心身邊的兩個素未謀面的陌生人，手中的槍仍然沒有放下，他首先要證實顏天心並非是受了兩人的脅迫。

顏天心做了個手勢，示意卓一手不必緊張，略有嗔怪道：「他們都是我的朋友！你不必多心。」

卓一手花白的眉毛擰結在一起，他對顏天心的情況非常清楚，根據他的瞭解顏天心好像沒有這樣的朋友。

顏天心向周圍看了看，警惕地說道：「進屋再說！」

卓一手點了點頭，幾人一同進了木屋，顏天心長話短說，將這幾天發生的事情簡單說了一遍，卓一手聽完不由得義憤填膺，咬牙切齒道：「玉滿樓那個混帳竟然編造謊言，故意傳出你的死訊。」

顏天心低聲道：「他來了？」

卓一手搖了搖頭道：「沒有回來，只說是被狼牙寨的人給抓了，徐老根逃回來報的信。」

羅獵聽到徐老根的名字，新仇舊恨湧上心頭，當初他們進入蒼白山，請了徐老根當嚮導，可是徐老根居然勾結同黨意圖殺人劫財，此人心腸極其歹毒，若非羅獵機警，在黃口子林埸就已經遭了他們的毒手。在凌天堡遇到徐老根的時候，羅獵也是吃了一驚，當時刻意迴避和這廝正面相逢，倒也有驚無險地錯過。

顏天心道：「徐老根是老人了，他應該信得過。」當時在凌天堡情況非常混亂，顏天心認為徐老根很可能是被人利用，並不知道真實的狀況。

羅獵聽到這話頓時忍不住了，此前他不說一是形勢來不及，二是不想顏天心認為自己搬弄是非，可現在他總不能眼睜睜看著顏天心被人蒙蔽，於是將徐老根此前的作為說了一遍。

顏天心聽他說完，頓時默然不語，前往凌天堡之前，她對自己的眼光向來很有信心，可是經歷這一連串的背叛之後，顏天心方才意識到自己此前的判斷並不正確，如果羅獵所說屬實，那麼徐老根十有八九也和玉滿樓是一路，想到自己曾經信任的這些手下居然在關鍵時刻背叛，和她識人不善有關，神情變得黯然。

卓一手道：「玉滿樓一個人應該不敢做出如此大膽之事，我看他的背後肯定還有人支持，寨主放心，我一定幫你將這件事查個水落石出，誰做了對不起您的事情，我必然將他碎屍萬段！」

顏天心卻搖了搖頭道：「來不及了！」

卓一手有些不明白她的意思，充滿詫異地望著顏天心。

顏天心這才將天脈山這座火山已經甦醒，隨時都可能爆發的事情說了。卓一手聽她說完也不由得緊張了起來：「難怪，這兩天黃泥泉的水溫升高了許多，許多地縫中都透出熱氣。」從顏天心的描述中，他意識到這次的爆發應當是千年一遇，或許會毀掉整個連雲寨。

此時方克文突然搖晃了一下，暈倒在了地上，因為幾人都沒有留意他，所以誰都沒來得及攙扶，羅獵來到他身邊，將他從地上扶起，卻見方克文牙關緊閉，一張醜怪的面孔已經變成了紫黑色。

卓一手來到近前，托起方克文的下頜，掰開他的嘴巴，看到方克文的舌頭幾乎接近黑色，又扒開方克文的眼皮檢查了一下眼瞼的顏色，低聲道：「中毒！」

羅獵幫忙將方克文抱到床上，卓一手動手為他醫治，羅獵和顏天心看到方克文如今的模樣，方才知道他在地穴中的那些話並沒有撒謊，可是如果方克文的那番話屬實，他們兩人豈不是也吸入了不少的毒氣？

卓一手詢問方克文是不是誤食了什麼東西？羅獵想起方克文賴以為生的紫色苔蘚，詳細為卓一手描繪了一遍。

卓一手點了點頭道：「你說的應當是紫秀蘿，那東西生長在水火交融之地，我在蒼白山這麼久也只見過一次。」知道了方克文因何中毒，自然就有了解救之法，羅獵和顏天心也因此而鬆了口氣，幸虧兩人沒吃那東西，否則只怕也要和方克文一樣中毒了，顏天心最為害怕的是變成方克文現在這個樣子，多半女人對容貌比性命更加看重，顏天心也不能免俗。

過度的疲憊已經讓他們忘記了饑餓，提起紫秀蘿，方才感到腹中饑餓難忍，還好卓一手這裡有剛剛蒸好的野菜窩窩，趁著他為方克文醫治之時，兩人匆匆填飽了肚子。

方克文經卓一手施救之後不久就醒了過來，只是手足痠軟，渾身上下都沒了力氣，卻是被卓一手割破手腕，放出了不少的毒血，卓一手的醫術也和通常的認識不同，他認為方克文因為長期服用紫秀蘿之類的有毒食物，所以毒素已經進入血液，想要清除體內的毒素必須通過放出毒血，再生新血，輔以解毒藥物的治療，如此周而復始循序漸進，方才能夠徹底治癒方克文體內的遺毒。可是這樣的治療方法也有弊端，方克文因失血而手足痠軟，勁力全無，現在連走路都變得困難了，在這樣的狀況下繼續趕路並不現實。

幾人商量之後，決定將方克文暫時留在這裡，其餘三人即刻前往連雲寨通知所有人撤離。

卓一手帶著兩人來到寨門前方的時候，雖然只是下午三點左右，天色卻已經接近全黑，頭頂的雲層壓得很低，彷彿觸手可及，讓人從心底感到一種深重的壓抑，風不像剛才那般劇烈，氣溫也似乎提升了一些，空中的雲層濃鬱如墨，螺旋形凝固在那裡。

顏天心將自己包裹得嚴嚴實實，用圍巾遮住口鼻，她和羅獵跟在卓一手的身後，卓一手提著馬燈走在最前方，來到山寨門前，他右臂舉起馬燈在空中轉了兩圈，然後將馬燈照亮自己的面龐，讓寨門崗哨看清自己的樣子，朗聲道：「開門！我等前來拜祭寨主！」

在認出卓一手的樣貌之後，右側的小門緩緩開啟，前來迎接的土匪全都在右臂上紮了一條黑紗，以此哀悼寨主新喪。

昔日的雄風堂如今也被佈置成為靈堂，讓顏天心哭笑不得的是，這群部下不知從何處找來了一張自己的畫像，擺放在雄風堂的正中。羅獵卻從畫像上看出了一些奧妙，這畫像是標準的炭筆素描，畫得非常傳神，和照片幾乎沒有差別，單從畫像上來看，畫手必然深諳西洋美術，進入二十世紀，雖然西洋繪畫技法漸漸傳入中國，可畢竟波及的範圍算不上廣，更何況在這遠離繁華都市的深山老林之中，羅獵首先想到的就是禹神廟前方的美杜莎雕塑，兩者都是來源於西方的藝術，顏天心也曾經提起過，當年那位法國石匠的後代又來到天脈山避難，她的西方教育大抵是源於此，由此判斷這幅素描人像十有八九也是出自於那位法國石匠後人之手。

卓一手在連雲寨中的特殊地位讓他們順利進入了靈堂，並未受到任何的盤問和質疑。因為靈堂內集聚著數百人，所有人的注意力都專注於顏天心遇害的事情上，所以並沒有人去特別留意喬裝打扮的顏天心。

卓一手緩步走向一位中等身材的男子，他是連雲寨的二當家付國勝，有智多星之稱，也是連雲寨的元老，早在老寨主顏闊海的時候就已經得到重用，同時他也是顏天心最堅定的支持者之一。

顏天心和羅獵在不顯眼的角落站著，目前她還不想引起太多的關注。

卓一手向付國勝點了點頭，算是打了個招呼，低聲道：「二掌櫃，大當家的死訊是否確定？」

付國勝指了指一旁滿臉悲傷的徐老根道：「徐老根親眼所見，不會有錯。」

徐老根點點頭，拿捏出悲不自勝的表情道：「凌天堡假借蕭天行做壽將蒼白山各大當家騙了過去，然後伺機一網打盡，大當家於壽宴上遇害，不幸身亡。」

其實他剛才已宣佈了這個消息，如今重複說來，仍引來一陣痛哭唏噓之聲。

顏天心聽到這句話，心中已經斷定徐老根必然是假傳消息。看到眾人的反應，心中又感到陣陣安慰，看來別有用心背叛山寨的畢竟是少數人。

卓一手也沒有急於點破，盯住徐老根道：「你親眼所見？」

徐老根重重點了點頭，以此來表示這消息的確定無疑。

卓一手道：「有二十多個弟兄隨同大當家過去，為何只有你一個人平安無恙地逃了回來？」

徐老根道：「卓先生是懷疑我？」他也是隻老狐狸，心態沉穩，臨危不亂。

卓一手單刀直入道：「徐老根你給我老實交代，你到底是如何勾結狼牙寨，陷害寨主和兄弟們的？」

徐老根為之一怔，他也是見過風浪的人物，雖然面對卓一手的質問，可是並沒有亂了方寸，而一臉委屈道：「卓先生此話從何說起？我對寨主忠心耿耿，為山寨兢兢業業，對兄弟們肝膽相照，冒著死亡危險，出生入死，歷盡辛苦回來報信，卻想不到你竟然懷疑我？」

卓一手只是冷笑。

顏天心的聲音從角落中響起：「至少你說的並不是實話！」

顏天心緩步走出，揭開蒙住半邊面孔的圍巾，真實面容暴露於眾人之前。

徐老根看到顏天心突然現身，這才明白卓一手剛才為何會質疑於他，內心惶恐到了極點，想不到顏天心竟然能夠從淩天堡逃出生天，這該如何是好？他應變也是奇快，馬上撲通跪了下去，激動道：「大當家，真的是您？我還以為您遭遇了不測，太好了，實在太好了！」

顏天心冷冷道：「你不是親眼見到我已經死了嗎？」

徐老根搖了搖頭道：「想來我是看錯了……」話沒說完，已經被卓一手從背後一腳踹倒在地，卓一手掏出毛瑟槍怒道：「吃裡扒外的東西，我崩了你！」

徐老根慘叫道：「冤枉啊，我冤枉啊！」

顏天心讓人將徐老根先押下去，當務之急是將火山即將噴發的消息通報眾人，指揮大家撤離，至於徐老根的事情只能押後再審。

眾人看到顏天心平安無恙地回到連雲寨自然掃卻愁雲，一個個笑顏逐開，紛紛過來相見，顏天心卻因為時間緊迫，無法和眾人一一寒暄，她來到靈堂正中，站在自己的那張遺像前，朗聲將天脈山即將噴發之事公諸於眾。

眾人聽到這個消息，心情頓時又跌入了低谷。

顏天心馬上傳令轉移，火山爆發的事情刻不容緩，對他們所有人來說時間就是生命。

眾人紛紛前往收拾的時候，顏天心將連雲寨的幾位頭領召集在一起開了個簡短的會議，主要的議題就是確定轉移的地點。

羅獵身為外人，並不適合參與其中，獨自一人來到外面，抬頭看了看越發陰暗濃重的雲層，心中不禁為麻雀幾人擔心起來，麻雀的身邊雖然有陸威霖和阿諾保護，可是他們能否從錯綜複雜的地洞中走出來還未必可知，眼前的狀況下，重新進入地洞中找尋他們也不現實，只希望他們吉人自有天相。

羅獵想得正入神之時，有一個毛茸茸的物體跑到了他身邊，蹭著他的右腿，低頭望去，卻是瞎子的寵物狗安大頭，安大頭看到羅獵異常親熱，伸著鮮紅的舌頭親昵地蹭著他的褲腳，羅獵笑了起來，躬身抱起了安大頭。看到遠處一個敦實的少年朝自己走了過來，正是他們在楊家屯救下的鐵娃，原來鐵娃陪同那些老人前往白山的途中被人追上，卻是顏天心路過楊家屯時發現了那些土匪的屍體，於是帶人追蹤查看情況，瞭解發生的事情之後，讓人護送鐵娃和那些老人來了天脈山，畢竟在這樣惡劣的天氣裡徒步前往白山所冒風險太大。

鐵娃說完別後經歷，羅獵方才明白他是如何到了這裡，舉目看了看山頭，黑煙越來越盛，和天空中的黑雲連成了一體，刺鼻的硫磺味道已充斥在天地之間，羅獵預料到距離這場火山大爆發已經為時不遠了，他向鐵娃道：「你還不儘快收拾，馬上山寨的人全都要轉移。」

鐵娃歎了口氣道：「沒什麼好收拾的。」除了一支彈弓他身無長物，奶奶又死了，這世上連一個親人都沒有了。

羅獵望著這可憐的孩子，心中憐憫頓生，輕聲道：「你不如跟著我去白山吧。」鐵娃倔強堅強，而且為人機靈，更何況張長弓已經認了他當徒弟，還是先將他帶到白山和等在那裡的張長弓會合，以後再確定他的去處。

鐵娃聽聞師父就在白山，自然滿心歡喜。

連雲寨的這場內部會議時間很快就結束，畢竟火山爆發迫在眉睫，誰也不能將時間耽擱在無休止的討論上，通過短暫的會議決定，連雲寨即刻全員撤離，前往天脈山東南五十里外的青駝嶺，那裡也是天脈山的勢力範圍，可以暫時為他們提供安身之所，至於最終的去向，還要等到逃過眼前這場天劫再說。

其實在多半人的心裡希望這場火山爆發的威力不會太過強大，若是火山爆發之後，連雲寨得以保留，他們仍然會回到這片已經生存八百餘年的土地。故土難離，每個人都是一樣，內心深處充滿眷戀。

雖然顏天心下了即刻撤離的命令，可是仍然有人不願離開山寨，這其中多半都是一些行將就木的老人，他們已將這裡視為埋骨之地，又怎能甘心捨棄家園。

轉移並沒有想像中那樣順利，當晚七點左右，在反覆的動員甚至不得已採用強制手段下，連雲寨方才開始了全面撤離。

羅獵幫著鐵娃將那幫來自楊家屯的老人送上馬車，看到長長的撤離隊伍從連雲寨已經延續到了半山腰。鐵娃抱著安大頭道：「羅叔，咱們也走吧？」

羅獵轉身看了看身後，自從回到連雲寨之後，顏天心就忙於諸般事務，甚至抽不開身和他說話，羅獵望著遠處指揮若定的顏天心，唇角露出一絲微笑，他輕聲道：「我還要去接一個人！」

羅獵要接的這個人就是方克文，方克文在接受卓一手的放血療法之後，手足痠軟無法行動，如今還躺在卓一手的木屋中休養，現在到了撤離的時候，別人忘了這件事，羅獵可不能忘。

「我跟你去！」鐵娃道。

羅獵點點頭，帶著鐵娃往木屋方向而去的時候，正遇到同樣前來的卓一手。

卓一手也沒忘了留在木屋中的方克文，他剛才一直忙著山寨的事情，有不少東西還未來得及收拾，木屋中留有不少他多年來搜集的珍貴藥草，還有他畢生行醫的心得，這些東西對他來說非常重要。

有了卓一手引路，回去就變得順利許多，行至中途，鐵娃感覺到有東西飄落到自己臉上，他還以為是雪，用手一抹，發現手指烏黑，這才知道是火山灰。

三人用棉布蒙住口鼻，避免火山灰隨著呼吸進入肺腑。鵝毛般的火山灰越飄越多，嚴重干擾到了他們的視線，若無卓一手這個識途老馬，羅獵和鐵娃十有八九會迷失在漫天飛灰之中。

羅獵的內心也變得非常緊張，從眼前的狀況來看，火山隨時都可能爆發，雖然都說人定勝天，可是在大自然暴怒之時，還是應當暫避鋒芒，不然必將被碰得頭破血流，甚至賠上性命。自從來到蒼白山以來，他的運氣還算不錯，可是人不可能始終走運，所以還是要適當地規避風險。

來到黃泥泉附近，看到溫泉內猶如開鍋一般，混濁的溫泉水沸騰冒泡，周圍熱氣騰騰，這裡距離卓一手的木屋已經不遠，看到一個身影拄著木棍一瘸一拐朝他們走了過來。

羅獵從對方的身形已經判斷出來人是方克文，原來方克文在他們離去之後，休息了一會兒，出門看了看天色，感到形勢不妙，於是找了根襯手的棍子強撐著離開了木屋。

雖然羅獵臨走之時說過回來接他，可是方克文此前就有過被同伴無情拋棄的經歷，羅獵幾人離去的時間越久，他的內心就越是惶恐，生怕被人拋棄的情景重現，這也是方克文決定放棄繼續等待，選擇自行離開的原因。

看到羅獵果然信守承諾，於火山爆發前夕冒險前來接應自己，方克文心中又是感動又是慚愧，五年的地底孤獨求生的日子，讓他對人性的險惡已經深惡痛絕，甚至早已失去了對人最基本的信任，在認識羅獵和顏天心之後，昔日冷卻的內心漸漸找回了溫度，同時也找回了一些對友情的信心。

羅獵看到方克文已經明白他心中所想，不過並未點破，微笑道：「方先生迎我們來了。」

方克文自我解嘲道：「有些等不及了。」

大家都是聰明人，自然一笑而過。鐵娃看到方克文醜怪的樣子，心中懼怕，一時不敢靠近，抱著安大頭遠遠站著。

羅獵道：「鐵娃，你照顧方先生，我陪卓先生回木屋拿東西。」

鐵娃應了一聲，仍然不敢靠近。

羅獵和卓一手離去之後，方克文看了鐵娃一眼，知道這孩子一定是因為自己的相貌醜陋所以不敢靠近，不由得想起自己在津門的親人，他們想必都認為自己已經死了，自己現在這個樣子，不知他們見到會作何感想，是否會受到驚嚇？

山頂的白煙越來越濃，鐵娃有生以來還是第一次見到這種狀況，懷中的安大頭兩顆黑豆般的大眼流露出惶恐的光芒，發出咦咦嗚嗚的聲音，鐵娃抱緊了安大頭，利用這樣的方式給牠些許的安慰。

方克文道：「不用怕，火山噴發只是一種自然現象，照我看一時半會兒還暫時不會爆發。」其實火山什麼時候噴發他也不知道，從眼前的狀況來看，噴發迫在眉睫，他只是想鐵娃這孩子安心一些。

鐵娃體會到方克文的善意，點了點頭道：「這座山會失火嗎？」

從他的話中，方克文就知道他還從未見過火山爆發的景象，微笑點了點頭道：「會！」

「會有火龍出來嗎？」

方克文被鐵娃的這句話給問住了。

鐵娃解釋道：「我奶奶說過，蒼白山的很多山裡都住著火龍，牠們平時都在睡覺，每隔一段時間會飛出來作威作福。」

方克文正想回答，腳下的地面突然開始劇烈震顫了起來，不遠處的黃泥泉突然噴出一股泥黃色的水流，水流直沖天空高約十六米，滾熱的噴泉在空中散落下來，方克文慌忙拉著鐵娃後退，避免被灼熱的泉水燙傷，黃泥泉的水質中含有大量的硫磺，所以才會呈現出類似於泥漿一樣的色彩。

兩人退後時，地面震動越發劇烈，震得他們根本無法站穩，跌倒在地面上，鐵娃失去平衡，安大頭也落在了地上，這小狗出於本能，惶恐地向遠處逃去。

鐵娃呼喚著安大頭的名字，爬起身來搖搖晃晃追趕了上去，方克文生怕這孩子有所閃失，也一瘸一拐追了上去。

整座天脈山都開始震顫，仿若被巨人的一雙手劇烈搖晃著，天脈山在這劇烈的搖晃下散了架，山岩從頂部接二連三的滾落，砸斷了樹木，碾壓著雪下枯黃色的小草，在震動的頻率越來越快的同時，壓抑在山底千年的岩漿在一聲沉悶的低吼聲中沖出了山體的束縛，遠遠望去，赤紅灼熱的岩漿直沖天際，宛若一套通體燃燒的火龍衝入黑雲密佈的天空，雲層被這條火龍逼得四周退散，而雲層又在退散的過程中，彼此劇烈衝撞摩擦，原本濃得化不開的黑雲迅速轉動起來，在空中形成一個巨大的黑色漩渦，中心的黑洞猶如一張深不見底的巨口，試圖將直沖天域的火龍吞下，可是卻被火龍灼熱的身體逼得步步退散，無數紫色的閃電在漩渦的邊緣躍動。

火山灰宛如鵝毛從天上飄飄灑灑地降落，如同下起了一場黑雪。

鐵娃好不容易才將安大頭抱住，一棵高大的雪松卻向他砸落下來，方克文第一時間做出了反應，衝上前去將鐵娃撲倒在地，兩人沿著雪坡滾落，剛剛離開原來的位置，那棵雪松就砸落在地上，一時間雪花飛濺。

羅獵和卓一手兩人從木屋中拿了重要物品出來，剛好看到眼前驚魂一幕，如果不是方克文反應及時，鐵娃只怕已經被那棵雪松砸中，十有八九會性命不保。

兩人來到近前將方克文和鐵娃攙起，卓一手抬頭看了看山頂的方向，臉色嚴峻道：「儘快離開這裡，再晚就來不及了。」

連雲寨的人馬已經撤退到了半山腰，火山爆發前的劇震讓不少人失去平衡摔倒在地，一時間人仰馬翻，其中有人和牲畜沿著雪坡滾落下去，等到這場震動稍稍平息，重新整理隊伍，所有人在真正感受到這場大自然暴怒的威力之後，不得不暫時放下對家園的留戀，加快腳步離開這個即將被熔岩和火山灰佔據的世界。

顏天心終忍不住回頭張望，看到紅彤彤的山頂已經被滾燙的岩漿覆蓋，冰與火交融的情景美麗卻又殘酷，隨著岩漿範圍的擴張，擁有數百年歷史的連雲寨終將毀於一旦，有些事非人力能夠挽回。只希望羅獵不會遇到什麼危險，轉念一想，像他那樣的人就算遇到了危險也能夠逢凶化吉，和他們此前的經歷相比，眼前的這場考驗對羅獵而言應該算不上什麼。

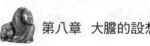

二當家付國勝來到顏天心的身邊，低聲道：「掌櫃的，東南方坡度最大，所以熔岩的流速相對較快，咱們如果直接前往青駝嶺，恐怕不等到那裡道路就會被熔岩封住。」

顏天心秀眉微顰，付國勝所說的情況她也都看在眼裡，點了點頭道：「依你之見……」

「不如取道紅岩口繞行，從目前熔岩的流向來看，應該可以繞過最危險的地段。」說完這句話，付國勝又補充道：「畢竟咱們的隊伍中，老弱病殘不少，還是選這條道路更為穩妥些。」

顏天心卻又想到和羅獵他們的約定，不知羅獵他們會不會按照原路前往？分開之後方才意識到在不知不覺中羅獵已在她心中佔有相當重要的位置，這種佔據心靈的方式潛移默化而又潤物無聲，讓人沒有防備自然無從抗拒，當顏天心意識到時，想要築起防線似乎已來不及了，從今後這世上又多了一個牽掛之人。

付國勝說完，看到顏天心半天沒有反應，忍不住道：「掌櫃的？」

顏天心如夢初醒地哦了一聲，舉目望去，一雙雙充滿期待的眼睛全都在望著她，內心中不由得生出一絲愧疚，這種時候她怎麼可以眷戀兒女私情，山寨上上下下老少爺們千餘口人，這些人將性命交給自己，將所有的希望都寄託在自己的身上，自己應該收起私心雜念，全心全意地帶著他們走出困境，而不是分心去想和羅獵重聚的事情，顏天心點了點頭道：「好，就這麼辦！」

第九章

邪惡的人面蝴蝶

看似無意中的走火卻讓顏天心的內心籠上了一層陰雲，
這兩隻蝴蝶的身上似乎充滿了邪惡的詛咒，
任何靠近牠們的人都會遭到噩運，讓人施救的同時，
她又下了命令，嚴禁所有人靠近那兩隻邪惡的人面蝴蝶。

前方忽然傳來一陣驚呼聲，很快就有手下人稟報，卻是前方小溪中漂來了一具女屍。

因為火山噴發的緣故，岩漿四處流淌，融化冰雪之後，短時間內形成了成千上萬條溝溪，前方原本沒有河流，也是因為冰雪融化剛剛形成的一條，眾人在渡河之時，看到從溪流上游漂來一個紅色的東西，走近一看卻是一具被包裹在冰中的女屍，因為看到女屍的容貌栩栩如生，穿著打扮像個古代人，於是第一時間將情況通報給顏天心知道。

顏天心第一時間來到現場，手下人已經將那寒冰包裹的女屍從溪水中拖了上來，女屍的身體周圍還籠罩著一層薄冰，紅裙鮮豔，肌膚如雪般蒼白，盤膝端坐，五心向天，保持著當初在冰棺中的姿勢。

顏天心一眼就認出，這具女屍正是她和羅獵此前在冰宮之中所遇，當時女屍被封存於冰棺中。她明明見到，羅行木強行將冰棺撬開，卻想不到這女屍因何出現在了這裡。

此前見到女屍的時候畢竟是在冰穴之中，因為當時心中只想著脫身，對這女屍並未看得太過仔細，如今這女屍漂流到了外界，而且就在她的面前，顏天心自然看得比此前要清楚也要更加仔細。

女屍被放倒在雪地上，仍然保持盤膝靜坐的架勢，稚嫩蒼白的小臉上帶著詭異陰森的笑容。顏天心從未見過一個如此年齡的女孩露出過如此讓人恐怖的笑容，雖然是第二次見到這女屍，內心中仍然情不自禁為之一顫。她揮了揮手，下令眾人遠離這具女屍，隊伍繼續前進。

或許冰宮地穴中存在其他的出口，女屍被冰宮內融化的水流送到了這個地方，顏天心考慮應當如何處置這具屍體的時候，漫天飛灰之中，有兩隻藍色的蝴蝶翩翩飛舞而至，來到女屍的上方久久徘徊，上下翻飛，牠們的翅膀舒展開來，猶如兩張露出笑容的面孔。

除了顏天心知道這兩隻人面蝴蝶的來歷之外，其他人從未見過如此詭異的場景，一隻人面蝴蝶飛近人群，一名中年人嫌那人面蝴蝶太過晦氣，揮動手中的槍桿驅趕，那蝴蝶被驅趕之後，非但沒走，反倒避開長槍，飛向他的腿部，那中年人調轉槍桿想要繼續驅趕之時，突然傳來蓬的一聲槍響，卻是他手中長槍在揮動的過程中突然走火，槍口對準了自己的右腳發射，子彈頓時洞穿了他的右腳，那中年人痛得慘叫一聲，跌倒在了地上，鮮血染紅了腳下的積雪。

看似無意中的走火卻讓顏天心的內心籠上了一層陰雲，這兩隻蝴蝶身上似乎充滿了邪惡的詛咒，任何靠近牠們的人都會遭到噩運，讓人施救的同時，她又下了命令，嚴禁所有人靠近那兩隻邪惡的人面蝴蝶。

眾人紛紛向四周散開，準備繞過女屍繼續前行之際，一個巨大的白色身影陡然從雪松林中衝了出來，卻是顏天心他們此前在九幽秘境之中遇到的雪犼，那雪犼雙目赤紅，毛髮豎立，殺入人群之中雙臂橫掃，十餘人因躲避不及而被雪犼強勁有力的臂膀拍飛出去。

連雲寨的這些土匪雖然強悍，可是他們何嘗見過如此龐大凶狠的怪物，雪犼現身之後不少人被嚇破了膽子，沒頭蒼蠅一樣四處逃竄。

二當家付國勝大吼道：「不必驚慌，舉槍射擊！」

經他提醒，許許多多被雪犼出場震撼得呆若木雞的部下方才回過神來，他們迅速掏出武器，瞄準眼前巨大的目標開始射擊，雪犼皮肉堅韌，他們的常規武器根本無法射穿牠的毛皮，子彈的射擊進一步激怒了雪犼，牠抬起大腳，將一名正在更換彈夾的土匪活活踩死在腳下。

顏天心一邊指揮眾人後退，一邊提醒他們瞄準雪犼的面部射擊。

密集的子彈向雪犼的面部射去，雪犼顯然意識到對方想要射擊自己防禦力最為薄弱的雙眼，牠單手護住面門，來到小溪邊，一手抓起了那紅衣女屍，然後循著小溪向上游逃去。

槍聲仍然在繼續，顏天心下令眾人停止射擊，此時眾人方才意識到這怪物的出現卻是為了那具女屍，雖然雪狲來去匆匆，可是短時間內給連雲寨方面已經造成了十七人的傷亡。還沒有逃離天脈山就已經遭到如此重挫，這讓每個人的心頭都蒙上了一層厚重的陰雲，顏天心讓手下儘快挽救傷者，至於死去的弟兄，礙於情況緊急，只能將他們的屍體留在天脈山上，讓熔岩掩埋他們的屍體。

逝者已去，倖存者卻必須堅定地走下去，顏天心留意到那兩隻人面蝴蝶也已經追隨著雪狲離去，山頂處濃煙瀰漫，火山口在剛才的劇烈噴發後，似乎狀況有所減緩，不知是最危險的時候已經度過，還是在醞釀一場更為猛烈的爆發？羅獵他們幾人為何還沒有趕上來？以他們大部隊的行進速度，按理說不應該如此。顏天心決定不再耽擱，傳令下去，即刻取道紅岩口，繞行前往青駝嶺。

其實羅獵幾人中途並沒有任何耽擱，在卓一手返回木屋拿回東西之後，他們四人即刻上路，原本他們循著大部隊的足跡追趕，按照他們的速度本該早就追上，可是在火山噴發之後，山頂噴射出來的岩漿四處流淌，下山的道路多處都被阻斷，而且火山灰如同天空中下了一場黑雪，嚴重干擾到他們的視線，如果不是有卓一手同行，單憑羅獵幾個恐怕根本找不到下山的路線。

卓一手雖然對天脈山的一草一木瞭若指掌，可是因為這場突如其來的火山噴發，摧毀樹木建築的同時也讓山體地貌在短時間內發生了天翻地覆的變化，卓一手駐足回望連雲寨的方向，看到原本連雲寨所在的位置已經變成了一片火海，這座擁有數百年歷史的山寨也終究難逃厄運，卓一手從心底發出一聲長歎。

羅獵聽到了他的這聲歎息，也從卓一手的這聲歎息中體會到了他此刻心中所想，輕聲道：「寨子沒了可以再建，只要人在，就能夠從頭再來。」

卓一手轉過臉去，看了看這意志強大的年輕人，聲音中仍然無法掩飾內心的失落和憂傷，沉聲道：「只怕我有生之年是看不到了。」數百年的經營方才擁有連雲寨今日之基業，而今毀於一旦，又豈是一夕一朝能夠建成？

卓一手看到了連雲寨被熔岩毀滅，而方克文卻看到自己的生命猶如鳳凰一般在噴發的熔岩中浴火重生，五年來，他從未像此刻這般對未來充滿了嚮往和希冀，對他而言猶如經歷了一場重生，正是因為這場重生的來之不易，他才格外珍惜，嘶啞著喉頭催促道：「快走吧！」十萬火急，已經容不得一分一秒的耽擱。

卓一手並沒有急於趕路，而是利用身上的望遠鏡觀察了一下周圍的狀況，無論形勢如何緊急，也需看清方向，這種時候每一步都關乎性命，正所謂欲速則不達，如果盲目前行，只怕會迷失方向。

羅獵向方克文笑了笑，以此來緩解他的急躁和緊張，羅獵能夠理解方克文此時的心情，其實他也同樣著急，可是他知道卓一手的停留絕不是有意拖延，而是為了尋找最佳的逃離路線。

鐵娃緊緊抱著安大頭，生怕安大頭再度從自己的懷中逃離，安大頭雙眼眯縫著，目光充滿了不安，有生以來何嘗見過如此驚心動魄的場面，嚇得牠不停嗚咽，一雙三角形的耳朵沒精打采地耷拉在頭頂，腦袋不停往鐵娃的懷中拱，尋找溫暖的同時也在尋找安慰。

卓一手的動作忽然定格在那裡，他找到了撤退的隊伍，讓他意外的是，隊伍並沒有按照原定的計畫撤離，而是取道紅岩口，卓一手很快就想通了這樣安排的用意，從火山口噴湧而出的岩漿沿著山體四處奔流，岩漿阻斷了山間道路，迫使撤離計畫發生了改變。

卓一手將望遠鏡放下，指了指遠處道：「他們往紅岩口的方向去了，咱們也跟上去，那邊坡度較緩，岩漿的流速相對緩慢。」

選定方向之後，四人迅速撤離，卓一手熟知山中道路自然不用說，鐵娃自小在山村中長大，正值少年，體力極佳，相對而言，反倒是羅獵和方克文兩人拖慢了撤離的速度，他們兩人從九幽秘境之中逃出原本就耗盡了體力，方克文腿腳本來就不便利，又因為中毒而被卓一手施行放血療法，這讓他更是雪上加霜，走了一段距離就落在了後面，幸好有羅獵陪著他，方克文暗自感激羅獵的體恤，卻不知羅獵也是體力透支。

卓一手步伐很快，絲毫沒有等待他們的意思，鐵娃緊跟卓一手的腳步，很快就意識到羅獵和方克文被遠遠甩在身後，提醒道：「卓先生，您走慢一些。」

卓一手沒有理會他，仍然大步流星繼續趕路。

鐵娃道：「他們就快跟不上了。」

卓一手轉身看了一眼道：「跟不上就只能死，不想一起死的話就快走！」他聲音嚴酷，不夾雜任何感情，事實上他對羅獵和方克文並沒有太多的感情，大家只不過是萍水相逢，算起來也是今天剛剛認識而已，為了兩個素昧平生的人犧牲性命並不值得，更何況他並非存心拋棄兩人，始終在前面引路，如果他們兩人因體力不支而跟不上，又豈能責怪自己？

鐵娃有些不滿地看了卓一手的背影一眼，他放慢了腳步，和卓一手拉開了一段距離，又和羅獵、方克文兩人保持了一段距離，這正是他的聰明之處，利用自身來充當聯繫卓一手和後者之間的橋樑，保證卓一手在自己視線範圍內的同時也讓羅獵和方克文看清自己。

方克文一瘸一拐的步伐越發蹣跚起來，手中的木杖點地的力道明顯在加強，他想要通過這種支撐的方式來分擔雙腿的負擔，可是一切都是徒勞的，他就快支持不下去了，恨不能沿著傾斜的山坡滾落下去。

在他準備坐下休息的時候，羅獵攙住了他的臂膀，這種時候如果坐下去只怕很難站起身來，羅獵道：「不能停！」

方克文搖了搖頭，歎了口氣道：「我想歇歇……」

羅獵用嘲諷的眼光看了他的右腿一眼：「我倒忘了，方先生是殘疾人。」方克文明知道這貨是在用激將法，可仍然免不了被刺激到了，一張醜怪的面孔因憤怒變成了紫紅色，惡狠狠盯住羅獵，咬牙切齒道：「我早就警告過你！」

羅獵道：「人死了，再強的自尊都沒用。」

方克文用力擺脫開羅獵的手臂，然後挺直了腰杆，大步向前面走去，卻不巧踩在了凹處，身軀失去平衡一個踉蹌撲倒下去，幸虧羅獵及時將他攙扶住，方克文怒吼道：「滾開！我自己可以走！」

他的這聲大吼把羅獵嚇了一跳，然後他奮起所有的力量再次甩開羅獵的手臂，羅獵卻因為這股力量而失去了平衡，摔倒在了堅硬的地面上。遠遠走在前方的卓一手停下了腳步，透過漫天飛舞的火山灰，他先是看到一個矮小的身影，目光越過那道身影看到遠方一個模糊的身影一瘸一拐地向這裡走來，卓一手雖然看不清方克文的樣子，可是他卻真切感受到了對方的倔強和堅持，他的目光收回到駐足等候的鐵娃身上，不知為何從內心深處湧起一陣難言的愧疚。方克文冒死營救鐵娃的一幕在他腦海中突然閃回，生死關頭，求生本能讓他忽略了自己長久以來秉持的救死扶傷的本心，卓一手不由捫心自問，如果拋棄身後的這些同伴，即便是成功脫險，他以後的歲月會不會終日遭受良心的譴責？

同樣歉疚的還有方克文，他明白羅獵的良苦用心，也知道羅獵絕非有意取笑自己的殘疾，可是他仍然被羅獵成功激怒，憤怒的他爆發出連自己都意想不到的潛力，羅獵阻止了他的摔到，卻因為他而跌倒，羅獵的身法明顯失去了昔日的敏捷和靈動，額角撞在堅硬的岩石上，皮膚被磕碰，殷紅色的鮮血湧了出來。

方克文丟下自己的拐杖，躬身去攙扶羅獵，內心中充滿了歉疚，喃喃道：「我不是存心的……」

羅獵用手捂住額頭的傷口，鮮血從他的手指縫中湧了出來，不過仍然無法掩蓋住他英俊面孔上的明朗笑容：「我也不是存心的。」

鐵娃已經抱著安大頭向兩人跑了過去，知恩圖報，鐵娃雖小可是也明白這個道理，縱然無法逃脫又如何？羅獵和方克文先後都救過他的性命，就算是為他們丟掉這條性命也死而無憾。

鐵娃本以為卓一手會不顧而去，可是一個身影很快就從他身邊超過，卻是卓一手折返回來，**生死關頭往往是最考驗人性的時刻**，卓一手也終於做出了無愧於本心的選擇。

他幫助羅獵迅速處理了一下額頭的傷口，淡然道：「現在的年輕人一個個都是嬌生慣養，這麼點苦就受不了了？」

羅獵笑道：「我只是關心腦袋上會不會留疤？」

卓一手手法嫻熟地為羅獵將傷口包紮好，然後將他扶起：「會毀容，省得你去禍害良家婦女。」

鐵娃笑點頗低，一旁已經哈哈大笑起來，孩子的性情單純善良，雖然他剛才因為卓一手表現出的絕情而憤怒，可是隨著卓一手的回歸，心中的那點兒怨恨早已煙消雲散。

卓一手看了方克文一眼，點了點頭道：「我背你！」

方克文怪眼一翻：「我走得動……」

他的話還沒有說完，就被身後一聲驚天動地的爆炸聲打斷，整個山體再度劇烈戰慄起來，他們踉蹌著身體，紛紛坐倒在地上。一道火紅的烈焰從山頂的正中心噴湧而出，帶著滾滾濃煙直沖夜幕，熔岩的火光染紅了夜空，從山底地心深處噴湧而出的大量岩漿高速射向夜空，然後又在重力和山風的作用下四處散落，猶如一眼巨大火紅的噴泉，四處飛濺的岩漿融化了積雪寒冰，摧毀並點燃了大片的雪松林，火借風勢迅速蔓延開來。

岩漿沿著山體的斜坡有若大河奔流，向下方以肉眼可見的速度流淌，所到之處摧枯拉朽，無可阻擋。

卓一手為之色變，天脈山在他的心中一直都是一處美麗祥和之地，從未有像今日這般可怕，他大聲道：「快走，否則就來不及了！」

方克文此時也不得不暫且放下自尊，老老實實爬到了卓一手的背上。羅獵雖然額頭撞破，可雙腿並未受傷，目睹火山這次震撼人心的大爆發之後，體內的潛能再度被激發起來，居然忘記了疲倦，和鐵娃一起快步奔跑起來。

卓一手帶領三人繞過蓄春泉，來到這裡的時候，岩漿從右側的斜坡已經繞行過來，形成的熔岩河橫亙於前方，阻擋住了他們的去路，灼熱的岩漿流入蓄春泉內，激發出大量的白色水汽，羅獵幾人根本無從分辨方向，幸虧有卓一手在，他帶著幾人從西北繞開，這樣一來，距離想去的紅岩口也越來越遠，雖然他們最初想要儘快追趕上大部隊會合，可是現實狀況卻讓他們不得不改變路線。

歷經兩個小時的輾轉行進之後，他們總算遠離了岩漿分佈的範圍，卓一手呼了口氣，將方克文放了下來，抬起手擦了擦額頭的汗水，舉起望遠鏡看了看遠方，視野中已經找不到大部隊所處的位置，因為岩漿四處奔流，為了躲避肆意流淌的岩漿，他們不得不多次更改路線，如今已經繞到了天脈山西北的位置，距離山腳下雖然還有一段的距離要走，不過這段距離山勢平緩，即便是熔岩流到這裡，流速也會變得緩慢，已經對他們的安全構不成太大的威脅。

卓一手很快就將望遠鏡放了下去，漫天飛舞的火山灰嚴重干擾了視線，利用望遠鏡並不能比肉眼直觀強上多少。

方克文想要說聲感謝，畢竟卓一手將他從火海中背了出來，可是醞釀半天始終無法說出口，他將此歸咎於自己太久沒有和人交流的緣故。在他鼓足勇氣準備開口之際，耳邊似乎傳來呼救之聲。

方克文道：「你們有沒有聽到？」

羅獵三人全都一臉茫然，方克文說得並不明確，不知他究竟指的是什麼？

方克文道：「有人在呼救！」

羅獵傾耳聽去，他的聽力一直很強，甚至擁有了一些聽風辨位的本事，可是周圍的環境複雜多變，分散了他的注意力，他更多關注於火山和岩漿，而忽略了其他，經方克文提醒方才仔細傾聽，果不其然，在正西方向隱隱傳來人聲，而且是中文夾雜著英文的呼救聲。

羅獵第一時間想到的就是阿諾，在九幽秘境，他以自己為交換條件，讓羅行木放了麻雀、阿諾和陸威霖三人，他和顏天心成功逃離九幽秘境之後，就對幾人的安危極其牽掛，可是現實決定他無法返回九幽秘境尋找幾人下落，只能希望三人能夠憑藉自身的本領和運氣離開冰窟，而今聽到人聲，尤其是中英文混雜的呼救聲，首先想到的自然是阿諾。

羅獵道：「我去看看！」

卓一手皺了皺眉頭，他向方克文和鐵娃道：「你們兩個在原地等候，我和羅獵過去。」

方克文卻道：「一起去！」一起去不僅僅是要同生共死，也是擔心失去聯絡，在這樣的環境下，如果離開了卓一手的幫助，他們逃生的機會極其渺茫。

卓一手也沒有反對，幾人一起循聲走了過去。

羅獵心中暗自佩服方克文超強的聽力，其實方克文強大聽力的養成和他五年在九幽秘境內的幽閉生涯有關，終日與寂靜為伍，將一雙耳朵磨煉得異常敏銳，周遭哪怕是一根針落地的聲音他也能聽得清清楚楚。

聲音是從一片雪松林內傳來，雪松林內煙霧繚繞，卻是山頂的雪松燃燒，山風吹動，煙霧和火山灰將這片密林籠罩，人一旦進入雪松林中就容易迷失方向。裡面呼救的人其實距離走出雪松林並不算遠，只是苦於視線受阻，無法找到正確的方向，所以才會大聲呼救，希望能夠得到指引，幸運的是遇到了恰巧經過此地的羅獵幾人。

羅獵他們也不敢貿然進入這片雪松林內，卓一手大聲問道：「我是連雲寨的卓一手，你們是什麼人？」他中氣十足，聲音遠遠傳了出去。

卓一手的問話並沒有得到回答，他相信在這樣的距離下對方肯定能夠聽到自己的聲音，之所以不回答，應當是對方非常謹慎，是敵是友還很難說，不過首先可以排除是山寨中人，否則早已做出回應。他示意羅獵幾人隱蔽好，所有人取出武器以防萬一。

羅獵雖然認為林中很可能是阿諾幾人，可是在沒有確認對方的身分之前，保持警惕也是首要之選。他們選好藏身之處，悄悄觀望著雪松林的方向，約莫過了五分鐘，看到一個魁梧的身影從雪松林內探頭探腦走了出來，金燦燦的頭髮在暗夜中顯得極其顯眼，羅獵看得真切，來人正是在九幽秘境中分開的阿諾，他難以掩飾內心的激動，從藏身的巨石後閃身而出，大聲道：「阿諾！是我！」

阿諾愣了一下，然後努力地睜開雙目，於漫天飛舞的火山灰中找尋到了羅獵挺拔的身軀，雖然模糊，可是阿諾已經從聲音中先行辨明了羅獵的身分，他激動的幾乎跳了起來，大吼道：「羅獵，OH，MY GOD！真的是你，真的是你……」他撒開兩條大長腿向羅獵奔去，此時一個窈窕的身影從雪松林中奔出，宛如一隻高速奔跑的小鹿，驚人的速度在中途就超越了阿諾，第一時間衝到羅獵面前，在距離羅獵還有一米左右的時候，又突然想起了少女的矜持，猛然一個停頓，氣喘吁吁地站在那裡，不知是因為劇烈奔跑還是因為尷尬，佈滿雀斑的面孔明顯有些發紅，雖然帶著羞澀，可是一雙明亮的雙眼仍然喜悅地望著羅獵，毫不掩飾劫後重逢的開心和快樂。

阿諾望著麻雀，嘴巴張得如同一隻驚詫的河馬，他怎麼也想不明白，剛才還在雪松林中疲憊不堪，步履艱難的麻雀怎麼突然爆發了如此強大的小宇宙？

麻雀短暫地猶豫之後，然後做出了一個極其豪爽的舉動，揮拳在羅獵的肩頭捶了一記：「你命可真大！」

不想這一拳卻捶在了羅獵的傷口，羅獵悶哼了一聲，皺了皺眉頭。

麻雀啐了一聲道：「嬌氣！」心中卻因他的表現而生出關切，可是當著周圍人的面又不想表現，裝出若無其事的樣子，向鐵娃笑著招了招手道：「鐵娃，你不認得我了？」

麻雀在楊家屯的時候對鐵娃就極其關心，鐵娃對她印象自然深刻，剛才抱著安大頭一直樂呵呵看著，聽到麻雀呼喚自己，這才笑著走過去親熱地叫了聲姐。

羅獵也微笑走向阿諾，兩人同時伸出手掌對擊了一下，然後雙手相握，彼此肩膀輕輕撞擊了一下，男人之間的交流原本就不需太多言語的表述，阿諾道：「有酒沒有？我就快渴死了！」目光已經鎖定了卓一手腰間的大葫蘆，酒鬼於酒有著超人一等的敏銳嗅覺。

飲酒和解渴並沒有任何直接的因果關係，可對阿諾而言這卻是一個無可更改的定式。定式一旦被打破，他就會進入不平衡的狀態，目前身體上已經率先表現出來了，腳步虛浮，雙手發抖。

卓一手當然留意到了這黃毛老外雙眼的賊光，他拍拍大葫蘆道：「藥酒！」「我不挑剔！」對一個貨真價實的酒鬼來說，就算葫蘆裡裝的是醫用酒精，他一樣可以如獲至珍地吞下去。

羅獵的目光卻繼續投向遠處的雪松林，他總覺得裡面應該還有一個，很快他的感覺就被驗證，陸威霖背著一杆MP18衝鋒槍走了出來，剛才他一直隱藏在林中，卓一手等人警惕他們的同時，他們也留有後手，派出阿諾先出來打探情況，陸威霖和麻雀兩人則繼續埋伏在雪松林中，在後方給阿諾掩護，萬一情況有變，他們還可以保護阿諾迅速退入雪松林，利用雪松的掩護和對方周旋。不過幸好來的是自己人，雙方也免除了交火的必要。

陸威霖英俊的面龐有若大理石雕塑一樣輪廓分明，他向來不是一個表情豐富的人，即便是劫後重生，見到了羅獵，臉上仍然沒有流露出一絲一毫的笑意，不過他的眼神是溫暖的，其中沒有任何的敵意和殺氣，這對一個殺手來說已經是釋放出最大的善意。

他和其他人保持著一定的距離，望著羅獵點了點頭，羅獵從頸部取下一物，向陸威霖輕輕扔了過去，陸威霖伸手抓住，看清羅獵拋給他的正是那枚苦苦尋找的硨磲七寶避風塔符，雖然陸威霖並沒有親眼看到羅獵是如何取回這樣寶物，卻能夠猜到羅獵必然經歷了常人難以想像的艱辛。費勁千辛萬苦得到的東西，就這樣毫不猶豫地交給了自己，不僅是兌現了此前雙方聯手時的承諾，更是表露出對自己的信任，陸威霖冷酷的內心深處感到一股融融的暖意。他看了看這枚避風塔符，又將塔符遞向羅獵：「為什麼不親手交給她？」口中的她自然是葉青虹。

羅獵淡淡一笑，給出了一個極其合理的答案：「我不喜歡她！」

陸威霖揚了揚眉毛，唇角露出一個意味深長的笑容，再不堅持，將避風塔符小心收好，然後道：「我會將你的話轉告給她！」

言者無心，聽者有意，麻雀將兩人之間的對話聽得清清楚楚，連她都不明白為什麼，居然抑制不住心中的喜悅，禁不住露出一絲會心的笑容，又生怕被他人看到自己此時外露的表現，悄悄轉過身去，望向遠方。

此時火山再次噴發，雖然比不上此前的規模，可是積聚的熔岩明顯加快了流速，卓一手提醒眾人務必要馬上離開這裡。

雪松林內忽然傳來一聲震徹天地的嚎叫，眾人心中都是一驚，循聲望去，卻見一個灰色的大球沿著上方山坡迅速滑落，仔細一看，卻是一頭巨猿，牠雙目赤紅，死死盯住前方眾人。

在場的大多數人都從未見過體型如此龐大的生物，羅獵倒是在九幽秘境冰宮之中見過一隻雪㺐，可雪㺐毛色純白，眼前這隻怪物卻是毛色灰黑，稍一琢磨就已經明白了其中的道理，面前的這頭龐然大物就是此前的那隻雪㺐，牠純白的毛色也被漫天飛舞的火山灰沾染成了灰黑的顏色，不過羅獵還是從牠龐大的身軀和赤紅色的雙目中認出了牠。

陸威霖和阿諾兩人此前在九幽秘境內曾經和猿人有過交手的經歷，可是那隻猿人和這頭雪㺐相比簡直如小巫見大巫。他們兩人在前者面前丟盔卸甲，被打得毫無反手之力，而今遇到這隻無論體型還是戰鬥力都要超出猿人數倍的雪犼，頓時驚得面無血色。

麻雀驚呼一聲第一時間躲到了羅獵身後，危險面前本能的反應是尋找安全感，所有人中，羅獵無疑是最能帶給她安全感的那個，羅獵暗自苦笑，自己也是泥菩薩過江自身難保，就算有心保護麻雀，恐怕也是螳臂擋車。

所有人中第一個出手的卻是卓一手，他第一時間從背後取下雙筒獵槍，對準了雪犼，鎖定如此龐大的目標根本不算難事，蓬的一聲槍響，散彈向目標噴射而出，卓一手所使用的雙筒獵槍為滑膛結構，槍膛內沒有常見的旋膛線，特地加工成為高精度的光滑鏡面，通過兩支槍管射出的散彈有效射程雖然比常規武器要短，可是火力覆蓋範圍和殺傷力都很大，在深山老林中適合獵取熊虎豹野豬之類的大型獵物，相對於講究精度的狙擊槍而言，這種雙筒獵槍對槍法的要求不高，更容易上手。

散彈成功擊中了雪犼的腹部，灼熱的彈片燒灼了雪犼的皮毛，可是威力卻不足以突破雪犼堅韌的表尸皮，牠的身軀原地停頓了一下，然後一把抓起旁邊的雪松，那棵雪松有常人大腿粗細，可是牠稍一用力，就將雪松齊根拔起。

陸威霖舉起MP18衝鋒槍，這支被稱為子彈噴射器的武器開始噴吐憤怒的火舌，密集的子彈接連不斷地向雪犼面門射去，雪犼雖然身軀龐大，可動作卻極其敏捷，單手護住面門，在漫天飄舞的火山灰中左閃右避，覷準時機，右手掄起那棵雪松向眾人拋了過去。

卓一手射出第一槍的時候，眾人已經開始向後撤退，而且有意識地分散開來，這是為了讓雪犼無法同時兼顧攻擊。雖然如此，那棵雪松被雪犼大力扔出，攻擊覆蓋的範圍仍然極大。

主動斷後的陸威霖首當其衝，看到那棵橫飛而來的雪松，陸威霖仰身躺倒，雪松從他的身體上方掠過，根部的土塊劈哩啪啦地砸落在陸威霖的身上。

羅獵第一時間反應了過來，轉身抱住麻雀將她撲倒在了地上，用身體掩護住了她，麻雀突然倒地，被摔了個七葷八素，然後又被羅獵的身軀整個壓住，感覺呼吸為之一窒，雖然周身劇痛，可芳心中卻暗暗欣喜，危急關頭，羅獵首先想到的還是自己，不惜用身體掩護自己，有生以來還從未有人對自己如此好過，心中又是幸福又是感動，身體的那點創痛根本算不上什麼，只是被羅獵壓得如此緊密，實在是有些羞澀難耐。

女人無論在任何時候都可以營造編製出屬於自己的浪漫，而男人卻在多半時候跟不上女人的節奏，比如說羅獵，即便是暖玉溫香抱個滿懷，他的心中卻沒有生出一絲一毫旖旎浪漫的念頭，所有的腦細胞都積極調動起來，唯一的想法就是如何能夠儘快逃命。

雪松砸落在地面上，然後又因為慣性而向後方繼續跳躍滑動，阿諾撒開兩條大長腿沒命地奔跑，至少在此刻他已經將喝酒的事情拋到了九霄雲外，跟酒比起來還是性命更加重要一些，留得青山在不怕沒柴燒，只要能夠保住性命，這輩子有的是酒喝。

雪犼拋出雪松後，向前重重跨出一步，然後利用地面的反彈力騰躍起來，牠的攻擊簡單粗暴，大腳丫子向羅獵和麻雀踩了過去，羅獵抱著麻雀向右側翻滾，雪犼踏了個空，又一把操起地上的雪松，照著前方拚命逃離的阿諾砸了過去。

阿諾只覺腦後飆風突起，嚇得魂不附體，轉身望去，卻見那棵雪松兜頭蓋頂朝自己砸了下來，腦中頃刻間一片空白，暗自叫道，完了！今天要喪命於此。

雪松重重砸落在地面之上，激起灰塵萬丈，幸運的是，阿諾竟然從樹枝的空隙中漏了過去，雖然躲過了雪犼的這次重擊，卻無法躲過撲面而來的灰塵，整個人都被彌散而起的火山灰包裹。

蓬！槍聲響起，卻是卓一手從側方射來一槍，獵槍擊中雪犼的腰部，雪犼怒吼一聲，將手中的雪松向卓一手投擲過去，卓一手開槍之後馬上就藏身到岩石後方，雪松砸在岩石上攔腰折成兩段，木屑四處紛飛，有不少散射的木屑貼著卓一手的身體飛掠出去，高速插入他身後樹幹之中。

雪犼被這一槍轉移了注意力，忘記了近在咫尺的阿諾，抬腿從他的頭頂跨過，直奔卓一手藏身的方向衝去。

阿諾嚇得呆若木雞，仍然傻呆呆立在原地。陸威霖怒吼道：「閃開！」他的這聲大吼才讓阿諾重新回到現實中來，阿諾如夢初醒般閃向一旁。陸威霖扣動扳機，MP18衝鋒槍瞄準雪犼的右耳，突突突瘋狂射擊，陸威霖堅信任何生物都會有弱點，雪犼的一身皮肉雖然強橫，可畢竟是血肉之軀，絕不可能刀槍不入。

果不其然，這一輪彈雨將雪犼相對薄弱的右耳打得稀爛，雪犼因為疼痛而放棄了繼續攻擊卓一手的打算，轉而撲向陸威霖。

羅獵幾人分散開來的目的就是要讓雪犼無法左右兼顧，來回周旋，疲於奔命，一旦將雪犼的注意力吸引過來，馬上開始撤退，陸威霖看到雪犼奔向自己，轉身就逃。

羅獵此時也從地上爬了起來，他雖然立誓不再用槍，可是並沒有發誓不用其他的武器，揚起右手，將早已準備好的手雷扔了出去，手雷瞄準了雪犼雙腿之間的要害，倒不是羅獵下手狠辣，而是目前的形勢下為了保住自己和同伴的性命不敢手下留情。

雪狁應變奇快，第一時間就發現了這顆飛來的手雷，牠張開大手，一把就將手雷抓住，那顆手雷在牠掌心猶如一顆核桃在常人手中大小，手雷在雪狁掌心爆炸，雖未能將雪狁右手炸掉，卻也震得牠掌心血肉模糊，半邊手臂失去了知覺。

陸威霖趁著這會兒功夫移動角度，衝鋒槍瞄準雪狁的面門繼續發射，雪狁左手遮住面門，竟然不顧陸威霖的射擊，認定了向牠投擲手雷的羅獵。羅獵向麻雀道：「快逃！」他居然轉身向雪松林逃去。

此時驚魂未定的阿諾和卓一手兩人同時加入戰團，意圖通過射擊來吸引雪狁的注意力，可是雪狁似乎已經識破了他們想分散自己注意力讓自己疲於奔命的用意，這次牠鎖定了羅獵，決心先將這個對自己傷害最大的傢伙置於死地，然後在騰出手來對付其他人。

羅獵衝入雪松林的目的就是要利用雪松和煙塵的掩護來阻擋雪狁的速度，他們目前所在的坡地平緩空曠缺乏掩護，以他們的速度根本無法和雪狁正面周旋。既然雪狁認定了自己，那麼他剛好可以將雪狁重新引入雪松林，一來可以利用雪松林複雜的地形和這隻龐然大物進行周旋，為同伴們創造逃跑機會。

第十章

人間煉獄

當眾人漸漸遠離這座噴發的火山，
他們心中的惶恐又開始被失落和懷念所佔據，
轉身回望，已經看不到他們的家園，
昔日美麗的天脈山完全被籠罩在烈焰和塵埃之中，
儼然已經成為了人間煉獄。
目睹此情此境，不少人都留下了傷心的淚水。

七人之中不乏老弱婦孺的存在，方克文身有殘疾而且體力嚴重透支，根本無力反擊，鐵娃又只是一個孩子，麻雀是個女性也是眾人照顧的對象之一。所以攻擊雪犼的重任主要落在了其餘四人身上。

陸威霖看到羅獵逃向雪松林已明白了他的用意，雖然舉槍追逐雪犼不停射擊，可是那雪犼也是個一根筋的貨色，只認定了羅獵一個。不過這並不代表雪犼沒有腦子，陸威霖射傷了牠的右耳，羅獵又用手雷將牠掌心炸傷，在雪犼漫長的生命歷程中，還沒有接連受過如此的重創。雪犼在追逐羅獵的過程中明顯採用了曲線迂迴的路線，左閃右避，以這種方式來躲閃後方陸威霖等人的追逐射擊。事實證明牠的方法還是有效的，後方火力多半落空。但有一利必有一弊，這樣的迂迴前進也讓雪犼減慢了速度，給羅獵逃脫牠追逐的機會，搶在雪犼追上自己之前衝入了雪松林內。

卓一手大吼道：「你們先撤！」他口中的你們指的自然是方克文、麻雀和鐵娃。也只有他們中最弱的三人先行撤退，方能了卻心中的後顧之憂。

陸威霖和卓一手交遞了一個眼神，兩人瞬間就明白了對方心中的決定，陸威霖轉向阿諾道：「你在外面負責接應，我們進去！」雪松林內情況複雜，遮天蔽日的樹影和瀰漫其中的火山灰容易讓人迷失方向，剛才如果不是湊巧遇到了羅獵一行，他們三人只怕仍然還在雪松林內繞圈子，沒那麼容易脫身出來，陸威霖自然不想重蹈覆轍。

羅獵剛剛進入雪松林，暴怒的雪犺就跟了進來，龐大而強橫的身體在雪松林內橫衝直撞，宛如摧枯拉朽般從密集的雪松林中硬生生開出一條道路。羅獵不敢回頭張望，生怕回頭拖慢了自已逃跑的速度，他能夠聽到身後樹木不斷倒伏的聲音。雪犺的亂衝亂撞，將雪松林弄得一片狼藉，不斷倒伏的雪松激起地上的積雪，雪霧和火山灰交織在一起，讓原本混亂的場景變得越發混沌。

羅獵根本無從辨別方向，只能認定了一個方向沒命奔跑，身後槍聲此起彼伏，從槍聲可以推斷出同伴們並沒有捨棄自已離去，仍然在盡力狙擊這只雪犺，試圖解救自已。

山風迎面吹來，送來一股灼熱的氣息，羅獵心中暗叫不妙，雖然看不清前方的狀況，可是從這股熱浪能夠推測出前方應該有熔岩分佈。雪犺沉重的腳步聲卻是越來越近，羅獵已經沒有了其他的選擇，唯有硬著頭皮繼續向前方逃去，視野中突然就出現了一條寬闊的熔岩河，羅獵慌忙停下腳步，他的判斷果然沒錯，從山頂流淌下的岩漿已經蔓延到了這裡，因為雪松林內可見度奇差，所以奔到近前方才發現，前方無路可逃，後方雪犺窮追不捨，熔岩河對面的雪松林被岩漿包圍，不少已經開始熊熊燃燒，羅獵左顧右盼，發現在熔岩河下游，距離自己不遠的地方，有一棵巨大的雪松倒伏在那裡，剛好橫亙於熔岩河一條支流之上，形成一道天然的橋樑。

羅獵咬了咬嘴唇，瞬間做出了一個大膽的決定，來到那倒伏的雪松前，踩著樹幹試圖渡過這條熔岩河。

雖然雪松的樹幹有成人合抱粗細，可是走在其上仍然心驚膽戰，畢竟下方就是流淌的熔岩河，羅獵方才來到熔岩河的中心就已經被下方灼熱的岩漿熏得幾乎就要暈過去。

而雪犼也已經來到近前，看到羅獵試圖通過雪松渡過熔岩河，雪犼雙臂伸出，竟然將已經被岩漿點燃的雪松一把拽了起來來，羅獵還沒有來得及抵達對岸，慌忙死命抱住樹枝，雪犼舉起雪松意圖將雪松和羅獵一起投入熔岩河內。後方陸威霖和卓一手兩人分從不同的角度靠近了這裡，兩人看到眼前狀況都是大吃一驚，同時瞄準雪犼開火，試圖逼迫牠放棄這個念頭。

羅獵一手抱住樹枝，一手掏出手雷，引爆後扔了下去，這次的目標並不是雪犼，而是下方的熔岩河，手雷落入熔岩河內發生了爆炸，爆炸將岩漿迸射得到處都是，靠近熔岩河的雪犼首當其衝，飛濺的岩漿落到了牠的身上，引燃了牠的毛髮，灼傷了牠的肌膚，雪狃痛得哀嚎一聲，忍痛將雪松向熔岩河內投去，羅獵在此時鬆開樹枝，飛身騰躍出去，張開雙臂撲向前方的雪松林，他的身體撞擊在雪松的枝葉上，雪松堅韌的樹枝撞斷了他的左臂，同時層層疊疊的枝葉也對他的墜落起到了一定的緩衝作用，羅獵的身軀撞斷了十多根樹枝之後，方才重重落在了被火山灰覆蓋的雪地之上，疼痛讓他已經無力起身。

雪狃周身的毛髮遇火即燃，轉瞬之間渾身上下都燃燒起來，這頭巨獸在烈火的包圍中失去了理智，牠哀嚎著橫衝直撞，燃燒的大腳眼看就要踩到羅獵身上。

陸威霖和卓一手雖在後方對雪狃窮追猛打，卻無法阻止這一悲劇的發生。

千鈞一髮的時候，一個窈窕的身影從樹林中閃出，不顧一切地撲倒在了羅獵的身上，竟然是麻雀，她並未聽從卓一手的安排撤離，因為不放心羅獵的安全，她和鐵娃兩人也隨後冒險進入了雪松林，剛巧讓她看到眼前的一幕，麻雀不顧一切地撲上去，利用身體為羅獵作掩護，其實並沒有任何作用，雖然她抱著犧牲自我保全羅獵的念頭，可是這樣的做法並不明智。

鐵娃也在麻雀的身後衝了出來，比起冒死保護羅獵的麻雀，鐵娃的勇氣毫不遜色，他站在那裡，臨危不懼，雙手配合拉開鐵胎彈弓，牛筋製成的彈索拉到極限，猛然一鬆，一顆鐵彈子追星逐月般向雪狃射去，正中雪狃的右眼。

而鐵娃的這一擊也成為壓垮駱駝的最後一根稻草，鐵彈子擊碎雪犼右眼的同時，也將雪犼積蓄到極致的憤怒和力量擊潰，劇痛讓雪犼再度發出一聲哀嚎，抬起的巨大腳掌並沒有來得及踏下，龐大的身軀搖搖晃晃，然後失去了平衡，四仰八叉地向後方倒去，上半身完全浸入了熔岩河內。雪犼試圖掙扎離開，可是牠周身都被熊熊烈焰包圍，在暴虐的自然災難面前，縱然是雪犼如此強橫的生命也一樣無法與之抗衡。

陸威霖和卓一手兩人擔心雪犼還會垂死反撲，兩人舉起武器瞄準雪犼燃燒的軀體不停射擊，直到射光所有的子彈方才停下。

麻雀和鐵娃一起將羅獵從地上扶了起來，羅獵原本就肋骨斷裂，剛才在亡命逃離的過程中左臂又被樹枝撞斷骨折，生死關頭，麻雀捨生忘死的飛撲固然讓人感動，可這妮子不顧一切的飛撲更加重了羅獵的傷情，羅獵現在痛得滿頭大汗，連話都說不出來了。

陸威霖看到羅獵的樣子並沒表現出應有的同情，反而幸災樂禍地笑了起來。

麻雀對這廝的態度極其不滿，惡狠狠瞪了他一眼道：「你居然還笑得出來，羅獵如果不是為了大家，怎麼會傷得那麼重？」

陸威霖將仍然冒著青煙的衝鋒槍扛在了肩頭，樂呵呵道：「如果不是你撲上去，他也不會傷得那麼重！」

「怎麼說話的？」

陸威霖可不敢跟她繼續理論，走向那隻巨大的雪犰，雪犰的屍身仍在燃燒，空氣中到處都彌散著焦臭味，陸威霖將套在脖子上的圍脖拉了上去，掩住了口鼻，這會兒功夫岩漿又向他們所在的地方蔓延了不少，他提醒眾人道：「要儘快離開，用不了多久，整片雪松林都會被岩漿點燃，一旦被火包圍就出不去了。」

這會兒功夫卓一手已經利用樹枝將羅獵骨折的左臂固定好，陸威霖走了過來，主動將羅獵背起，羅獵疼痛稍稍緩解，他低聲道：「想不到你也是個刀子嘴豆腐心……」

陸威霖歪了歪唇角：「我只是不想欠你人情，這樣一來就兩不相欠了。」

「什麼兩不相欠？剛才分明是羅獵救了大家！包括你！」緊跟在羅獵身邊一臉關切的麻雀打抱不平道。

陸威霖道：「你既然覺得欠他那麼多，乾脆以身相許！」

「你……」麻雀柳眉倒豎，鳳目圓睜，可內心卻並不像表現的那樣生氣。

顏天心率領眾人終於來到了紅岩口，因為人員眾多，其中不乏老弱婦孺，他們不得不放慢行進的速度，而山頂噴湧而出的熔岩肆意奔流融化了積雪，在短時間內改變了天脈山的地貌，整個山坡之上熔岩河和大大小小的溪流縱橫交錯，下山的道路多處遭到阻斷，繞開這些阻礙繼續前進也耗去了他們更多的時間。

當眾人漸漸遠離這座噴發的火山，他們心中的惶恐又開始被失落和懷念所佔據，轉身回望，已看不到他們的家園，昔日美麗的天脈山完全被籠罩在烈焰和塵埃之中，儼然成為了人間煉獄。目睹此情此境，不少人都留下了傷心的淚水。

顏天心的表情雖然鎮定如常，可是她的內心深處並不比其他人好過，列祖列宗代代相傳，連雲寨在數百年的傳承中雖歷經滄桑風雨，可從未遭遇過今日這種滅頂之災，眼看祖宗基業就要葬送在自己手上，內心中的負疚感難以形容。望著已經淪為一片火海的天脈山，眼前不覺又浮現出羅獵的樣子，縱然心中牽掛羅獵的安危，可是肩負的職責卻讓她不得不暫時放下，她要帶領這些父老鄉親離開這裡，要對得起他們的信任和期望。

頭頂傳來一陣嘈雜聲，顏天心抬頭望去，卻是一群驚慌的山鳥正從隊伍上方飛過，宛如黑雲般飄過他們的頭頂，不過那群山鳥並沒有繼續向遠方飛走，而是盤旋在紅岩口附近的地方，顏天心留意到這一不同尋常的徵象，傳令下去，讓手下人先過去看看到底發生了什麼事情。

派去探路的人很快就回來了，臉上帶著極度惶恐的神情：「啟稟大當家……那……那女屍又回來了……」

顏天心內心劇震，他們在半山腰處遇到了那具女屍，如今已經繞行到了紅岩口，兩地的直線距離要在五里左右，難道那女屍會自己行走不成？此事實在有些邪門，她決定還是親自去看看。舉步來到鳥群盤旋的地方，卻見那紅衣女屍果真一動不動躺在前方道路中心的雪地之上，和此前不同，包裹在她體外的冰層已經完全融化，如今平躺在雪地上，不再像此前盤膝打坐的姿勢，更為奇怪的是，她的身上竟然沒有沾染一丁點兒火山灰，應當是那些飛鳥盤旋在她的上方為她遮擋灰塵的緣故，她身體周圍大約有三米直徑的範圍內沒有任何的灰燼飄落。

如果不是在九幽秘境親眼目睹這女屍就在冰棺之中，顏天心甚至會認為她只是昏迷過去，整件事細思極恐，一具女屍竟然能從九幽秘境一直追隨自己來到這裡，這其中難道僅僅只是巧合？顏天心舉目四顧，並沒有發現雪犼，也沒有看到那兩隻始終追隨女屍翩然起舞的人面蝴蝶。

二當家付國勝聞訊來到顏天心身邊，看到眼前一幕也不由得倒吸了一口冷氣，低聲道：「掌櫃的，此事邪門，這女屍因何跟著我等陰魂不散？」

聽他說出陰魂不散這四個字，顏天心內心不由得打了個冷顫，皺了皺眉頭道：「這世上哪有那麼多邪門的事情。」

付國勝道：「依屬下所見，不如將這女屍就地掩埋，咱們繼續前進？」他本想說將女屍丟到一旁，可話到唇邊又覺得此事詭異，還是選擇入土為安的好。

顏天心想了想，付國勝的提議倒也不失為一個好的解決辦法，她點了點頭。

付國勝看到她同意，馬上讓人去將女屍抬走。四名手下接到命令向女屍走去，還未等他們靠近，頭頂盤旋的山鳥就不顧一切地衝了上去，瘋狂向四人發起攻擊。四人慌忙舉槍瞄準這些山鳥射擊，雖然射殺了不少山鳥，可是並未能將山鳥嚇退，剩下的山鳥仍然無畏向他們發起攻擊。

顏天心遠遠看著，心中越發感到奇怪，這些山鳥因何要亡命守護這具女屍？

付國勝揮了揮手，又派出多人前往增援，這些山鳥護住女屍的同時也阻擋了前行的道路。

顏天心忽然道：「算了！讓他們回來，咱們繞道就是！」

付國勝道：「大當家，這是目前通往青駝嶺最近的道路，若是繞行至少要走十里的冤枉路，只不過是一些鳥雀罷了，剛好殺了下酒！」

顏天心抿了抿櫻唇，正準備說話的時候，突然看到空中一個黑乎乎的物體落了下來，卻是一塊從一旁山坡滾落的岩石，正砸在派去清障的隊伍中，那岩石磨盤般大小，從高處墜落殺傷力巨大，兩名躲避不及的手下被岩石砸中，立時斃命，還有一人重傷，其餘幾人雖然沒有受傷也被嚇得魂飛魄散。

付國勝也傻了眼，不過他回過神來的第一件事就是命令道：「都愣著做什麼？趕緊將道路清理乾淨！咱們已經來不及了！」

此時一名年輕男子悄悄來到顏天心的身邊，此人是顏天心的得力手下之一，連雲寨偵察隊隊長董方明，他低聲向顏天心耳語了幾句，顏天心鳳目之中迸射出憤怒的光芒。

付國勝還在指揮眾人前去清障之時，突然感到雙臂一緊，卻是被董方明和另外一人分別拿住了手臂，還沒等他回過神來，膝彎已經挨了董方明重重一擊，付國勝雙膝一軟，撲通一聲跪倒在了地上，他怒道：「你們做什麼……」話未說完，董方明的槍口已經抵住了他的額頭。周圍眾人看到眼前一幕，也全都是吃了一驚，畢竟付國勝是山寨三當家，論到身分地位董方明遠無法和他相提並論，現在的行為明顯是以下犯上。

顏天心冷冷道：「難怪你會建議我們從紅岩口繞行，原來你早就和外人勾結，事先於紅岩口外埋下伏兵，想要阻殺我們！」

付國勝叫苦不迭道：「掌櫃的，天大的冤枉，我付國勝向來忠心耿耿，為山寨立下戰功無數，怎會背叛兄弟們，掌櫃的千萬不要聽信小人挑唆……」

董方明怒道：「你還敢狡辯，在你建議更改路線之後，寨主就派我先行前去探路，紅岩口外三里的密林之中佈滿徐北山的伏兵，我們如果就這樣走出去，只怕會全軍覆沒。」

付國勝道：「我不知道，我發誓，我不知道！」他雖然強作鎮定，可此刻卻已經肝膽俱寒，聲音都顫抖起來。

顏天心自從在淩天堡內遭遇玉滿樓的背叛之後，就意識到連雲寨內暗潮湧動，背叛自己的人絕不止玉滿樓一個，在十字坡遭遇徐北山的精銳小隊狙殺，更加證實了她的猜測，如果不是這次突如其來的火山爆發，她返回連雲寨之後，首先就會著手肅清內部的叛徒，然而形勢所迫，讓顏天心不得不將這件事放下。

在她成為寨主之後，二當家付國勝多數時間都表現得對她言聽計從，很少主動提出意見，而今天他提出更改路線的建議，顏天心當時就起了疑心，所以悄悄派出她的心腹先行前往紅岩口打探情況，事實證明她的猜測完全正確，紅岩口外果然有南滿軍閥徐北山的部隊埋伏，意圖將他們一網打盡。

顏天心輕聲道：「付國勝，你以為借著探親之名將家人提前轉移到了奉天就沒有了後顧之憂？你的妻子兒女住在哪裡我全都清清楚楚。」

顏天心的話瞬間就擊潰了付國勝內心的防線，他惶恐道：「跟他們沒有關係……跟他們沒有關係，我一人做事一人當，掌櫃的，我錯了，你不要傷害我的家人，是我利慾薰心，這件事跟我的家人沒有任何關係。」

顏天心抽出手槍，瞄準付國勝的額頭毫不猶豫地扣動了扳機，子彈近距離穿透了付國勝的頭顱，殷紅色的血液混合著白色的腦漿從付國勝腦後的大洞中噴射出來，他的屍體直挺挺倒在了地上，雙膝仍然保持著跪地的姿勢。

顏天心鄙夷地望著付國勝的屍體，並非她下手狠辣，在當前的非常時刻，她必須要用重手震住這群手下，她不知道自己的隊伍中究竟還混入了多少軍閥的奸細，也不知道其中到底產生了多少背叛者和動搖者，果斷剷除付國勝就是要給眾人敲響警鐘，要在短時間內重新樹立起自己不容置疑的統治力。雖然對於權力她一直看得很淡，可是她不能在這種時候放棄她的父老鄉親，也唯有強調自己的權威，方才能夠指揮這支隊伍離開險境。

顏天心的這一槍震懾手下人的同時也震懾了那群山鳥，剛才還在瘋狂攻擊人群的山鳥居然四散而逃，地面上只剩下一些死鳥和隨風飄動的羽毛。

顏天心將手槍納入槍套之中，緩步走向那具紅衣女屍，她忽然意識到正是這具女屍的存在方才延緩了他們的行程，否則即便是董方明回來稟報，只怕他們也已經出了紅岩口，或許已經陷入了敵方的包圍圈，從這一點上來看，女屍的出現讓他們躲過了一場劫難。

望著眼前那具栩栩如生的女屍，顏天心猶豫了起來，她不知應當如何處置這具屍體，今天兩次遭遇女屍，每次針對這具女屍的行動都遭遇了噩運，難道這具女屍的身上當真存在著某種不為人知的詛咒？

董方明道：「掌櫃的，咱們還是儘快離開這裡。」

顏天心點了點頭，此時後方傳來歡呼聲，卻是卓一手率領羅獵等人幾經輾轉終於趕上了大部隊。

卓一手來到之後，馬上就投入到救治傷患的工作中。

顏天心的目光找尋到羅獵的影子，看到羅獵用三角巾吊著的左臂，就知道他又受傷了，芳心中一陣緊張，幾乎馬上就想要走過去問候，可是她馬上又想到了身後的數千雙眼睛，那一雙雙充滿殷切期盼和希冀的目光有若無形繩索一般束縛住她的腳步，於是她停留在原地，靜靜望著羅獵，在眾人的面前甚至連關切的眼神都要收藏起來。人的責任越大，顧忌也就越多，顏天心忽然意識到在多半時間所表現出的都不是真實的自己。

羅獵也沒有向她走過去，遠遠站在人群中，在麻雀和鐵娃的攙扶下就那樣站著，篤定而自信的目光只是極其隨意地完成了和顏天心之間的交匯，匆匆一瞥，所有關切盡在不言中。

卓一手完成了傷患的搶救之後，方才來到顏天心的身邊，打了聲招呼，他已經從其他人那裡得知了剛才發生的狀況，對付國勝的死，他並沒有感到任何的惋惜，對卓一手而言，整個連雲寨中，他最為在意的只是顏天心，在他心中早已將顏天心當成親生女兒一般看待。

真正引起卓一手重視的卻是那具紅衣女屍，望著那具躺在那裡的女屍，他低聲詢問這女屍的來歷，顏天心將最早在九幽秘境發現女屍，這女屍又因何來到這裡原原本本說了一遍，甚至連剛才山鳥盤旋護衛女屍的情景也說得清清楚楚。

卓一手聽完表情變得異常凝重，他緩步走了過去，雙手交叉合什向女屍跪拜下去，表情極其虔誠。

顏天心充滿詫異地望著他的舉動，卓一手不但是山寨唯一的醫生，他和爺爺父親感情深篤，很多家族中的事情，她都會向他請教。

卓一手恭恭敬敬跪拜之後，重新起身回到顏天心的身邊，低聲道：「天心，你有沒有聽說過西夏聖女的事情？」

顏天心經他提醒恍然大悟，她這才想起小時候爺爺曾經給她親口講述的一個故事，在金國最為強盛之時，西夏國俯首稱臣，雙方建立起宗藩關係，西夏崇宗時期國力衰微，西夏百姓將國力崛起的希望寄託於上天，西夏王也沉迷宗教，逃避現實，上行下效，一時間國內宗教盛行，然而上天並沒有賜福給西夏，非但國力沒有走向強盛，反而天災不斷，民不聊生。

夏崇宗七年，西夏全國遭遇旱情，三年滴雨未落，江河斷流，湖泊枯涸，莊稼草場大面積枯竭，老百姓連自己的飲水都保障不了，更不用說牛羊牲畜。為了改變困境，夏崇宗設壇求雨，盛況空前絕後，就在祭祀當日他的皇后誕下一女，或許是機緣巧合，此女出生之時天降甘霖，困擾西夏三年之久的旱災得到緩解。

據皇后所說，懷上此女之時曾經得遇龍王托夢，告訴她此女生產之日就是西夏旱災緩解之時，所以西夏皇室認為此女乃是龍女轉世，夏崇宗對她也是最為寵愛，視為掌上明珠，封她為龍玉公主。

龍玉公主出生不久就被當時的西夏國師大薩滿昊日大師收為關門弟子，她容貌絕世，天資聰穎，兩歲識字三歲可作詩，到了五歲琴棋書畫就無一不精，非但如此，她天生神通，可預知吉凶禍福，可通靈仙界，要風得風要雨得雨。

在昊日大師仙去之後，九歲的龍玉公主就被指定為他唯一的繼承人，成為天廟聖女，自此以後西夏的大型祭祀都由她來主持，而從她擔任祭祀之後，西夏就風調雨順，連年豐收，水草也恢復了昔日的豐茂，牛羊成群，駿馬遍野。西夏國力也在逐漸增強。就在龍玉公主十四歲那一年，遠隔千里之外的金國也發生了旱災，當時的金國皇帝遍請能人高士，甚至親自登壇求雨，可最終全都是無功而返，在屢次努力無果的狀況下，最後就想到了被西夏國民奉若神明的這位龍玉公主，想邀她過去做法求雨。

夏崇宗本不願意，可畢竟身為金朝屬國，迫於對方的威勢，不得不答應對方的要求，龍玉公主前往金國之前曾經留下一番話，自己此去金國可能凶多吉少，若是自己遭遇不測，希望父親千萬不要因此而和金朝反目，不然西夏會有滅國之災，只要忍得一時之仇，西夏必然能夠看到金朝覆亡之日。

事情果然被龍玉公主說中，她抵達金國之後，登壇祈雨，馬到功成，乾旱了兩年的金國迎來了一場喜雨，當時金國的皇帝設宴答謝，卻覬覦龍玉公主的美色，想要占為己有，將她納入後宮。

龍玉公主告訴金朝皇帝，自己是龍女之身，若是他膽敢對自己無禮，金朝必遭厄運，金國皇帝並不相信，貪慕龍玉公主的美色，想要強行將她佔有，龍玉公主咬碎事先含在口中的毒藥自盡以保存清白，她身亡當晚，雨下不停，一道閃電擊中金朝皇宮大殿，引發一場火災，這場火災導致皇宮近二百人喪生，而這場大雨延綿不絕，下足一月都未曾停歇。

此時金國皇帝方才知道害怕，找到龍玉公主的遺書，按照龍玉公主遺書之中的吩咐，將她安葬在了九幽秘境，雖然事後做足了補救措施，仍然導致了極其嚴重的後果，自此以後金國的國運一落千丈，由盛轉衰，到後來最終免不了被蒙古滅國的命運，而西夏的滅亡卻在金國之後，正應了當初龍玉公主的那番話，西夏果然看到了金朝的覆亡。

顏天心對這個故事記憶極其深刻，她忽然想起爺爺臨終之時交給自己的羊皮卷地圖，當時在九幽秘境之中她並未來得及仔細查看，脫離險境之後方才發現上面還有一行小字——**神碑現，龍女出，群山崩，江河枯，保太平，歸故土**。聯繫起此前所經歷的一切，神碑現莫非指的就是那座懸空漂浮於九幽秘境熔岩湖上的禹神碑，龍女就是眼前的龍玉公主，這場火山噴發恰恰呼應了群山崩的描述，至於江河枯，或許是預示著一場乾旱就要來臨，想要保全太平，需要回歸故土。

可這裡就是他們的故土？顏天心心中暗忖，最後的兩句話顯然指的不是他們，難道是在給出暗示，想要保全太平，必須將龍玉公主的遺體送還家鄉嗎？望著仍在噴發的火山，羊皮卷所描述的一切竟然在慢慢應驗。

卓一手將顏天心請到一旁，他低聲道：「神碑現，龍女出，群山崩，江河枯，保太平，歸故土！你是否聽過這段話？」

顏天心心中一怔，旋即就想到羊皮卷是從爺爺手中得來，這段歌謠應當是爺爺親筆所寫，至於卓一手知道也不奇怪，畢竟他是爺爺的義子。

顏天心點了點頭道：「我曾經聽爺爺誦念過！」

卓一手沉聲道：「如果我沒有看錯，這具女屍就是當年西夏的龍玉公主。」他能夠得出這樣的結論，顯然是聽說過關於龍玉公主的故事的。

顏天心咬了咬櫻唇，她將那張染血的羊皮卷取出遞給了卓一手。

卓一手接過羊皮卷，當他看清羊皮卷上方的內容之後，素來沉穩的面孔也變得激動起來，低聲道：「這……這張羊皮卷你是從何處得來的？」

顏天心並未將九幽秘境內邂逅爺爺的事向他說明，眼前的狀況下也沒有時間向他解釋，她輕聲道：「這是當年爺爺留下的。」

卓一手並沒有刨根問底，他和顏天心之間有著等同於父女般的信任，他點了點頭目光重新回到了地圖上：「西夏，這張地圖標注的是古西夏天廟！」

顏天心秀眉微顰，龍玉公主豈不就是西夏天廟的主人？看來爺爺留下的這張地圖和她有關。

卓一手道：「剛才的那段歌謠並非憑空臆造，我查過當年的歷史，的確有過龍玉公主其人，據史書所載，當年龍玉公主曾經受邀前來金國傳經佈道，因為舟車勞頓，抵達金國不久就染上了重病。」

顏天心心中暗忖，爺爺當年告訴自己的故事卻是祖上口口相傳，她為此也特地翻閱了史料，並沒有任何證據可以證明爺爺所說的那個故事就是事實，甚至連龍玉公主的名字都沒能從史書上找到，卻不知卓一手是從何處查閱的資料？

卓一手道：「然而有件事毋庸置疑，自從龍玉公主死後，金國一連下了兩個月的暴雨，洪水肆虐，氾濫成災，直到將她下葬，天空方才放晴，據當時的歷史所記載，龍玉公主死的時候是在六月盛夏，而她的屍體在未經任何處理的情況下在室內停放了整整兩個月，仍然栩栩如生，膚色如常，不見任何腐爛。」

兩人不約而同將目光投向不遠處的屍體，從歷史推算，龍玉公主應該已經死去近八百年了，可是她的遺體仍然保持得很好，頭髮烏木般黑亮，皮膚雖然蒼白，可是仍然充滿了水分和彈性，就連她那身紅裙也沒有一絲一毫的褪色，與其說是一具屍首，還不如說她只是一個熟睡的少女，仿若隨時都會醒來一樣。

如果說在九幽秘境之中是因為遺體儲存在冰棺中的緣故，可是現在遺體已經暴露於外界，似乎仍然沒有發生任何變化，這就不能不讓人感到驚奇了。

顏天心又聯想起這女屍出現之後的種種詭異現象，越發感覺到其中的不同尋常，按照常理來推斷，這具女屍應當經過了特殊的防腐工藝處理，否則不會歷經八百年不腐。

卓一手道：「金國的國運從龍玉公主死後開始由盛轉衰，我聽你爺爺說過，龍玉公主死前詛咒了這個國度，所以大金才會滅國，這八百年來詛咒和噩運始終籠罩著這片土地。」說到這裡他停頓了一下，目光投向身後的火山，歎了口氣道：「老爺子將這卷地圖交給你，並不是沒有原因的。」

顏天心道：「難道要將龍玉公主送往天廟安葬，方能破除她的詛咒嗎？」

卓一手點了點頭。

顏天心抿起櫻唇，大金滅亡已經近八百年，就算爺爺所說的故事屬實，他們將龍玉公主的遺體送回昔日的西夏國天廟，大金也不可能重現昔日輝煌，別說大金，就連同為女真後裔的大清如今也已經亡了。只是歌謠中所敘述的一切全都一一兌現，如果他們不這樣做，會不會有更大的噩運降臨到這些族人身上？

卓一手道：「連雲寨片瓦不存，蒼白山已非久留之地。」

顏天心對目前的時局比卓一手更加清楚，自從血戰凌天堡之後，她和連雲寨就陷入一個接一個的危機之中，歸來之後，她想做的第一件事本該是查出內奸清理門戶，然而天降橫禍，一場火山爆發將祖宗八百年的基業毀於一旦，她和她的族人也失去了立足保命的根本。

蕭天行的死讓黑虎嶺業已改朝換代，而連雲寨的毀滅，讓昔日蒼白山最為強大的兩股勢力迅速衰落下去，面對如此變故，蟄伏於蒼白山的諸多勢力必然不會放過這個機會，可以預見不久以後蒼白山的各方勢力會面臨重新洗牌，甚至會陷入多方混戰之中，而一直對蒼白山覬覦已久的滿洲兩大軍閥也不會放過搶佔先機的絕好機會，紅岩口外的伏擊就是明證。

二當家付國勝勾結南滿軍閥徐北山，己方的行動路線已經被對方完全掌握，他們既然可以在紅岩口外埋伏，就可能在青駝嶺布下伏兵，如此說來，他們此前想要前往青駝嶺暫時安身的計畫也面臨著極大風險。在察覺付國勝的陰謀之後，顏天心就決定更改原定的路線，確保連雲寨所有族人的安全撤離。

卓一手道：「徐北山和張同武兩人為了爭奪滿洲的控制權，都想要佔領蒼白山，日本人的勢力也不斷向滿洲滲透，這些年來，他們不停修築鐵路，開採礦山，砍伐森林，就算沒有這場天災，恐怕我們生存的空間也會被不停壓縮，這蒼白山已非久留之地。」

顏天心點了點頭，歎了口氣道：「天下之大，何處是我們的容身之地？」

卓一手道：「難道你忘了，你還有一個叔叔。」

顏天心怎會忘記，她還有一個叔叔顏拓疆，不過早在十五年前那位胸懷遠大抱負的叔叔就選擇離開了連雲寨獨闖天涯，據說走的時候和爺爺鬧得很不愉快，父子兩人不歡而散，性情暴烈的爺爺顏闊海甚至公開和他斷絕了父子關係，記得十年前爺爺失蹤的時候，叔叔曾經回來過一次，那次他和兄長顏拓山又發生了激烈的爭吵，自此以後顏拓疆就再也沒有出現在天脈山。後來聽說叔叔從了軍，不過除此以外再也沒有他的任何消息。

卓一手道：「拓疆現在出息了，官封甘邊寧夏護軍使，直屬北洋政府蒙藏院，統領內蒙西套二旗。」

顏天心心中不由得一動，叔叔現在居然成了北洋政府的官員，而且手中權力不小，也算得上是權傾一方的封疆大吏了。她很快又想到，卓一手告訴自己這些事情應當是另有一番深意。

卓一手提出了一個一舉兩得的建議：「而今的滿洲已經沒有我們的立足之地，連雲寨被毀，祖宗基業毀於一旦，想要東山再起絕非易事，放眼中華大地，反倒是西北邊陲太平一些，以我之見，不如帶著這些族人前去投奔你叔叔拓疆，他雖然早就離開了連雲寨，可是以他的性情是絕不會對這些父老鄉親坐視不理的，而且我們剛好可以將龍玉公主的遺體送往故土安葬。」

顏天心明顯還有些猶豫：「只怕叔叔都已經不認得我了。」

卓一手笑道：「血濃於水，拓疆是最像你爺爺的一個，老爺子雖然口口聲聲跟他斷絕父子關係，可是心中最疼的那個人始終都是他。」

顏天心道：「可是前往那裡接近五千里，咱們這麼多人，其中不乏老弱病殘，這一路的艱辛可想而知。」

卓一手道：「從另一方面來講，大家可以相互照應，咱們可以化整為零，分成多支隊伍前去，以免引人注目，至於實在不願去或者走不動的，給他們安家的費用，讓他們自行選擇就是。」

顏天心黯然點了點頭，目前來說的確沒有了更好的選擇。

羅獵和方克文來到那女屍附近，確定這具女屍就是在九幽秘境內冰棺中所見，內心暗自震撼，他們幾個歷經千辛萬苦方才逃到了這裡，這女屍不可能行走，究竟是如何抵達此地？兩人對望了一眼，都察覺到對方眼中的震驚神情。

羅獵低聲道：「方先生怎麼看？」

方克文搖了搖頭，想了一會兒方才道：「或許是火山噴發的時候隨著融化的雪水漂到了這裡，不過……邪門啊！」他明顯想要說什麼，可是欲言又止。

羅獵道：「經歷了那麼久，居然像活人一樣。」悄悄觀察方克文的表情，期待他的下文，方克文被困九幽秘境整整五年，當初之所以墜入秘境的原因就是探尋這女屍的秘密，關於這具女屍或許他還知道其他的秘密。

方克文望著那女屍，看到她蒼白的面孔上仍然掛著一絲詭異的笑容，沒來由打了個冷顫，不由自主向後退去，喃喃道：「古怪得很，還是不要靠近她。」

羅獵回望遠處的顏天心，顏天心恰巧也正向他看來，兩人同時笑了笑，然後緩緩走向對方。雖然近在咫尺，可是卻突然感覺到疏離了許多，應當是所處環境的緣故，回想起他們從凌天堡一路走來的艱辛，恍如隔世。

顏天心的目光落在羅獵骨折的左臂上，輕聲道：「傷勢如何？」

「估計回去要休養幾個月了。」

顏天心道：「回黃浦？」

羅獵點了點頭，葉青虹交給他們的任務已經完成，兩枚七寶避風符全都找到，對葉青虹對穆三爺都算是有了交代，和他們的恩怨也可畫上一個句號。雖然羅獵心中對葉青虹的事情有些好奇，可是他並不想繼續參與其中，葉青虹雖然年輕可是心機深沉，從未對自己坦誠相告，更何況她的背景太過複雜，還不知涉及到怎樣的驚天陰謀，至於穆三爺更是他招惹不起的江湖梟雄，明智的做法最好是選擇敬而遠之。

顏天心的美眸中流露出些許不捨，可是稍閃即逝，她清楚自己的使命，感情對她並不是生命中的必須，而眼前的羅獵豁達灑脫，絕不是一個安守本分的人。

羅獵道：「你有什麼打算？」連雲寨已經毀於這場火山爆發，顏天心和她的這些族人失去了家園，她所面臨的一切比自己更加困難。

顏天心道：「我準備去寧夏！」

「寧夏？」雖然已經做好了分離的心理準備，可聽到顏天心未來的去向仍然感到驚奇。

顏天心補充道：「我叔叔在那邊，蒼白山四面埋伏，處處危機，我必須保證這些族人的安全。」

羅獵點了點頭，望著顏天心憔悴的俏臉，內心中生出一種說不出的愛憐，顏天心堅強而獨立，她孱弱的肩頭肩負著沉重的使命。

「一路平安！」簡單的一句話包含著太多的關切和祝福。

顏天心的鼻子居然感到有些酸澀，還好她很好地控制住了自己情緒，在族人面前，她永遠要呈現出自己最為堅強的一面，微笑道：「你也一樣。」

說完她轉身向自己的隊伍走去，毅然決然，沒有表現出絲毫的留戀。並非沒有留戀，而是將留戀深藏在心頭，理智和情感或許會讓顏天心感到迷惘，可是如果再加上責任，她就會知道自己現在的選擇，喜歡一個人未必要跟他日夜相守，顏天心相信在羅獵不羈的內心中一定擁有自己的位置，而這對她已經足夠了。

羅獵靜靜望著顏天心的背影，一直追隨著她走向遠方，他欣賞顏天心的灑脫，而她的這份灑脫給他們此前生死與共的經歷暫時畫上了一個圓滿的句號，留下滿滿的美好回憶，讓他回味無窮。肩膀被人從後方撞了一下，肋骨的傷痛又被觸及，不由得皺了皺眉頭，沒有回頭已經知道來人是誰。

麻雀意味深長道：「別看了，人家已經走了。」

羅獵道：「眼睛長我自己身上，你管得可真寬！」

麻雀哼了一聲，正想反唇相譏，卻看到卓一手帶著人過來，用毛毯將那具女屍小心包裹了抬走。心中不覺有些奇怪，好奇道：「他們要帶著這具屍體走？」

羅獵雖然也感到好奇，可是並沒有走過去詢問究竟，畢竟這是連雲寨內部的事情，涉及到族中秘密，就算顏天心也不會輕易開口，更何況其他人。

卓一手將龍玉公主遺體安頓好後，也來向羅獵等人道別，他提醒羅獵道：「紅岩口外有南滿軍閥徐北山的伏兵，最好轉向東南，從那裡離開蒼白山。」

羅獵向卓一手道謝。

卓一手笑道：「不必客氣，相信以後咱們還有相見之日！」他又向方克文道：「藥方我給你寫好了，你只需按照我的藥方定時服用藥物，最遲三個月後，體內的毒素就會完全清理乾淨，性命應當無礙。」

「多謝卓先生，以後如有機會，請來津門找我，克文必盡地主之誼。」方克文對這位蒙古大夫也是滿懷感激。

卓一手道：「有件事你還需記住，三個月後，無論狀況如何，你都要去北平複診一次，藥方後面有具體的地址。」他又向羅獵道：「北平西郊火神廟有家回春堂，回春堂的掌櫃吳傑是我的好朋友，我會將我們的下落寫信告知於他，你可通過他和我們聯絡。」

羅獵微笑點頭，卓一手果然想得周到，不過這件事或許出自於顏天心的安排，等到自己將手上的事情解決之後，必然前往和伊人相會。

羅獵一行六人和連雲寨的人馬就此分別，和他們一起離開的還有楊家屯的那些老人。他們聽從了卓一手的建議，繞過紅岩口，取道東南，前往白山去那裡和先行抵達等候的張長弓、瞎子、周曉蝶會合。

尊重方克文的請求，羅獵並未向其他人透露方克文的本來身分，在他們抵達白山之前，陸威霖就選擇悄然離開，每個人都有自己的使命，他要帶著那顆費勁千辛萬苦得來的七寶避風塔符去找葉青虹覆命。張長弓和鐵娃決定暫時留在白山，負責安頓那些楊家屯倖存的老人。

至於瞎子他決定儘快返回黃浦去探望他的外婆，他勸說周曉蝶同行，畢竟黃浦那邊有不少的洋人醫院，興許能夠幫助周曉蝶治好她的眼睛，再說周曉蝶的特殊身分決定她留在滿洲並不安全，還是儘快遠離為好。

羅獵並沒有選擇和瞎子一起回去，一是因為他答應了方克文，要陪同方克文一起返回津門，二來他有種預感，總覺得回到黃浦還會有許多事糾纏不清，不如借著前往津門的機會將身邊的事放一放，也剛好可以休養身體。阿諾是個四海為家的流浪漢，本想隨同瞎子一起去黃浦，可看到瞎子對周曉蝶如同蜜蜂見到了花朵的感覺，也不想跟著當大號燈泡，於是決定和羅獵一起護送方克文前往津門。

真正讓羅獵感到奇怪的卻是麻雀，在抵達白山當晚，麻雀也像陸威霖一樣選擇了不辭而別。每個人都有自己的秘密，相信麻雀也一定有事瞞著自己，羅獵對此非常理解，其實麻雀離開未嘗不是一件好事，畢竟方克文落到如今的地步是被她父親麻博軒所害，縱然方克文不會選擇父債子償，可是心中難免感到不舒服。

卓一手的膏藥非常有效，短短的一個月，羅獵的左臂已經好得差不多了，當然這和他本身身體素質過硬，還有這次的骨傷並不重也有著一定的關係，應當只是比較輕微的骨折。

走出津門火車站的時候已經是正月十五，車站始建於光緒十二年，一九〇〇年六月八國聯軍進攻津門，發生了歷史上有名的庚子事變，在義和團反清滅洋的運動中，火車站毀於戰火，現如今的火車站經過複建，被歐洲湯姆森公司控制。這也是如今中華的普遍狀況，鐵路的路權大都不在政府的手中，多半都為洋人所控制。

津門的正月還處在寒冷之中，昨晚下了一夜的小雪，雪層雖然很薄可是白得耀眼。

走下火車之後，羅獵和阿諾不約而同戴上了墨鏡，方克文雖然沒有戴墨鏡，可是卻用氈帽將自己的面孔裹得嚴嚴實實，只留下一雙眼睛露在外面，這樣的季節，來往的行人中不乏有這樣的裝扮，所以方克文並沒有引起外人的注目，他身穿灰色長衫，手拄文明棍，小心翼翼地來到月台上，內心中卻又開始猶豫起來。

請續看《替天行盜》卷五　奇變陡生

替天行盜 卷4 長生秘訣

作者：石章魚
發行人：陳曉林
出版所：風雲時代出版股份有限公司
地址：10576台北市民生東路五段178號7樓之3
電話：(02) 2756-0949
傳真：(02) 2765-3799
執行主編：劉宇青
美術設計：許惠芳
行銷企劃：林安莉
業務總監：張瑋鳳

初版日期：2021年8月
版權授權：閱文集團
ISBN ：978-986-5589-43-1
風雲書網：http://www.eastbooks.com.tw
官方部落格：http://eastbooks.pixnet.net/blog
Facebook：http://www.facebook.com/h7560949
E-mail：h7560949@ms15.hinet.net
劃撥帳號：12043291
戶名：風雲時代出版股份有限公司

風雲發行所：33373桃園市龜山區公西村2鄰復興街304巷96號
電話：(03) 318-1378
傳真：(03) 318-1378
法律顧問：永然法律事務所 李永然律師
北辰著作權事務所 蕭雄淋律師

行政院新聞局局版台業字第3595號 營利事業統一編號22759935

定價：290元

國家圖書館出版品預行編目資料

替天行盜 ／石章魚 著. -- 臺北市：風雲時代出版股份有限公司，2021.05- 冊；公分

ISBN 978-986-5589-43-1（第4冊；平裝）

857.7 110003703